풍경과 심경

KB192474

강세환 시집

풍경과 심경

경진출판

차례

제1부 이 견딜 수 없는 것 때문에

제2부 고군분투한다는 것

제3부 다이소를 나오며

제4부 한낮의 지하철에 대하여

제5부 자전거 택배 청년에게

제6부 웅천에서 3박 4일

제7부 서해의 눈

제8부 2024년 2월의 우울에 관한 기록

제9부 벽 혹은 끝까지 가라

제10부 오래된 농담

작가 인터뷰

고독의 즐거움

▷시가 설 땅이 없다.

　시인도 마찬가지다. 시도 시인도 고립되었다. 고립무원이다. 이미 오래되었다. 그렇지 않은가. 아름답고 가슴 설레게 하던, 무슨 귀중품 같던 시집들조차 그렇게 되고 말았다. 시나 시인의 시대는 다시 돌아오지 않을 것이다. 그저 겨우 형식이나 제도만 남은 것 같다. 그러나 오늘도 시를 썼다.

▷그럼에도 불구하고 시를 쓰고 또 시집을 상재하고 있지 않은가.

　그 또한 시인의 일이라고 생각한다. 이 땅의 많은 군소 자영업자들을 보라. 그들은 가게를 접지 않는 한, 하루도 쉬지 않고 문을 열어놓고 있다. 그게 시다. 장사가 되든지 안 되든지, 스마트폰 들여다 볼 때가 많아도 식탁을 한 번 더 닦을지라도 그들은 항상 현역병으로서 최전선에 서 있다. 화성시 발안공단 내 친구 편의점도 부부가 매달려서 24시간 내내 풀가동하고 있다. 그러나 말은 이렇게 해도 비유컨대 나는 불성실한 자영업자로서 문을 일찍 닫을 때도 많고, 24시간은커녕 하루 일당도 못 채울 때가 부지기수다. 나는 어쩌면 이미 폐업한 가게 주인이 되었는지도 모르겠다. 그냥 가게 앞에 앉아 있을 때가 있다. 비가 온다고 해서, 눈이 온다고 해서 마냥 가슴이 촉촉해지는 게 아니다. 시나 시집에 관한 일은 백화점 문화센터나 대학에 있는 것도 아니다. 딱히 레시피가 없다. 레시피가 있다면 시인도 셰프가 된다. 그러나 불 앞에 선 셰프는 시인이다. 가슴 뜨거운 자가 시인이리라.

혼자 하는 것

▷시는 소수의 장르인가.

무엇보다 끝이 없기 때문이다. 누가 끝이 없는 길을 갈 것인가. 설사 그 끝에 도달했다 해도 남는 게 없다. 손에 쥐어주는 게 없다. 암튼 많은 시가 있고 많은 시인이 있다 해도 시는 결코 다수의 장르가 될 수 없다. 누가 새파랗게 젊은 문청 때부터 자기의 삶을 파괴하고 세상의 논리에 굴복하지 않는 길을 갈 수 있겠는가. 미(美)친 짓이 아니라 완전 개미친 짓이다. 철학은 병이라는 말을 어디서 들었는데 문학 또한 그에 못지않은 병이다. 인문학이든 인문학과 관련된 종사자든 세상과의 불화를 겪을 수밖에 없다는 것 아닌가. 왜 그들이 아웃사이더 혹은 언더그라운드를 자처하는지 보라. 그들이 왜 나이브(순진)한 패자(敗者)와 고독을 자처했는지 보라. 그들이 왜 안락보다 몰락과 타락의 길을 일로전진하게 되었는지 보라. 그들이 왜 현실 권력을 향해 일관되게 부정하고 또 타협하지 않았는지 보라. 그들이 왜 소수자가 되어야 하는지 보라. 남의 집 얘기 같지만 파블로 피카소가 언제까지 왜 붓을 들고 있었는지 보라.

▷시 쓰는 자와 시 쓰기에 대한 것 같다.

  성공한 것보다 패배한 것이기 때문이다.

▷가령, 퇴직 이후의 삶과 퇴직 이전의 삶은 어떤가.

  퇴직 이후의 삶은 혼자 할 수 있는 게 많다는 것 아닌가. 혼자 열심히 하는 것은 다 시가 될 수 있는 것 아니겠는가. 그리고 또 하나, 속을 일도 없고 굳이 속지 않아도 된다는 것. 다만, 시한테만 속고 살고 때때로 시도 속이면서 살고 놀고, 또 더 이상 남의 시선 따위 의식하지 않아도 된다는 것. 산책 시간 크게 늘었다는 것도. 퇴직 이전의 삶, 즉 어떤 배역이나 로봇적인 상황에서 벗어났다는 것. 24시간 내내 온전히 시한테 집중할 수 있다는 것. 이따금 '유아독존'할 수 있다는 것. 때때로 무위도식할 수 있다는 것. 이기심 가져도 된다는 것. 캐주얼하게 살아도 된다는 것. 진영논리 뛰어넘을 수 있다는 것. 양비론자가 될 수 있다는 것. 늦잠 자도 된다는 것 등등.

허무주의자가 되고 있다는 것

▷요즈음 산책 하는가 아님 조깅하는가.

일주일에 두어 번 산책보다 조깅에 좀 더 가까운 것을 한다. 이젠 몸에 밴 루틴이 된 것 같다.

▷조깅 거리나 구간 말할 수 있나.

8km, 중랑천변이나 무수골 산책로. 요즘엔 서울 창포원 구내 산책로를 이용한다.

▷신작 시집 출간한 지 일 년도 안 된 것 같은데 또 그만한 볼륨의 시집을 내놓은 소회는.

소회 없다. 이렇게 많은 시 앞에서 또 많은 말을 할 까닭이 없다. 그냥 말수도 줄여야 하고 말수도 줄어드는 것 같다. 그만큼 혼자 있는 시간이 늘었다는 것. 시를 쓰는 한, 언어에 얽매일 수밖에 없지만 그 언어는 본래 내 것이 아니었고, 그 언어라는 것도 단지 그 어떤 대상의 아주 작은 일부일 뿐이다. 언어 특히 말로 드러난 것은 또 눈에 보이는 것은 언제 어디서나 단지 빙산의 일각일 뿐이다. 환상이 맴돌 뿐이다. 이면(裏面)은 끝내 얼굴을 드러나지 않을 것이다. 시도 그렇고 언어도 그렇고, 세상도 인생도 그렇지 않은가. 정답도 없고 결론도 없다. 그러나 아침과 저녁이 다르고, 어제하고 오늘이 또 다르고, 미제(未濟) 같은 사건만 반복되고 있다. 그래도 기표만 남은 언어라 해도 그의 치맛자락을 잡고 있어야 시가 된다. 그리고 지금 여기, 이 시조차 내가 발명한 것도 아니지 않은가. 결국 이미 어떤 틀에 얽매여 있다는 것 아닌가. 그것을 굳이 무엇이라고 말하진 않겠다. 나는 다만, 그것들로부터 뚝 떨어져서 아주 사소한 풀꽃 같은 쓸쓸함을 배우고자 한다. 과거한때 젊은 날처럼 허무주의자가 되고 있다는 것. 어떤 무대 위에서 관객도 없는, 혹은 텅 빈 교실에 서 있는 것 같다. 연전에 나온 신작 시집 이후 밀려온 허탈감 같은 것이다. 늦은 밤 외출했다 귀가하다 경비실쯤에서 내 아파트 바라보듯 내 시를 바라볼 때가 있다.

▷이 신작 시집은 몇 번째 시집인가 묻고 싶지만 대답하지 않을 것 같아 취소하겠다. 시는 소통이나 이해의 장르가 아니다. 동의하는가. 남의 말을 잘 듣지 않는 편인가. 가령, 내비게이션도 잘 듣지 않는 편인가. 좀 삐딱한 편 아닌가. 반골 성향인가. 좀 까다롭고 예민한 편인가. 열정적인가. 우물의 밑을 볼 줄 알아야 하는가. 시 이외 집중하는 것이 없는가. 시인은 보수적이기보다 진보적인 성향인가. 시도 결국 공백의 세계인가. 한국 시가 너무 교훈적이라는 것에 대한 입장은 무엇인가. 오늘의 시는 어제의 시와 다른 것인가. 또 어제의 시보다 새로운 것을 지향해야 하는가. 시도 선명한 것으로부터 벗어나야 하는가. 시는 이미 주어진 '지식'에 의존하는 게 아니지 않은가. 시 앞에 신념이나 도덕을 앞세울 수만 없지 않은가. 역사를 앞세울 수만 없지 않은가. 언어를 갖다 버려야 하는가. 시는 타자의 언어와 타자의 문법을 거부해야 하는가. 더 나아가 이 세계의 논리와 문법조차 거부해야 하는가. 시도 어떤 틀을 부단히 깨는 것 아닌가. 아시다시피 시인은 구라를 치는 업종이 아니다. 그의 삶이 곧 그의 시이기

때문이다. 그리고 또 시를 포함한 예술의 세계는 결국 안목(眼目)의 세계가 아닌가. 암튼 시인도 혁명에 실패한 망명객처럼 떠도는 것 아닌가.

자리를 바꿔 앉아야 할 것 같다. (잠시 일어났다 다시 앉는다.) 무엇에 대해 동의하고 수긍하기 싫어하는 편이지만 저 위의 질문을 대체로 수긍할 수밖에 없다. (근년에 이르러 내비 말은 듣는 편이다.)

공백의 시

▷밥 먹고 시만 쓰는가.

그렇다. 아니다, 지하철 타고 놀러 다니고 가끔 케이티엑스 타고 좀 더 멀리 갔다온다. 시인은 기인이 아니다. 가수는 노래를 하고 시인은 시를 쓸 뿐이다. 또 늦은 오후엔 산책길 끝에 있는 자현암 범종 소리 들을 때도 있다.

▷시 쓰는 일이 삶의 형식이 되었는가.

하루하루 그렇게 하다 보니 삶의 형식이 그렇게 되고 말았다. 시 쓰는 일과 삶의 형식이 거꾸로 될 때도 있다. 그럴 땐 내가 시를 쓰는 것 같지 않다. '공백' 같은 시가 된다.

▷잠깐, 공백 같은 시는 무엇인가.

공백 같은 시를 시의 공백으로 바꾸어 말해도 되겠는가. 시의 공백

22

은 또 시의 여백일 것이다. 나의 경우만 보더라도 시의 자루 속에 뭔가 꾹꾹 채우기 바빴을 것이다. 여기저기 불룩불룩 튀어나온 '배부른 돼지' 비슷한 마대자루 같은 시였을 것이다. 여백도 공백도 없는 답답한 시였을 것이다. 숨이 턱까지 찬, 빵빵하게 팽창한 시였을 것이다. 부연하면 마치 수업시간에 딴짓 한 번 하지 못한 범생이 같은 시였을 것이다. 이제 이 시집을 쓰면서 혹은 이제 이 시집을 탈고하면서 공백과 여백은 결국 '쓸쓸한 고독'이라는 것도 알게 되었다. 남들이 볼 땐 하찮은 것이겠지만 필자로선 유의미한 소득이었다. 그것은 또 대상이 없는 비대상이리라. 또 하나의 길 없는 길일 것이다. 그러나 그것은 뭘 내려놓고 또 비우는 이런 말들과 섞이지 않았으면 좋겠다. 차라리 웃음이나 농담과 일맥상통할 것이다. 그럭저럭 차츰차츰 가라앉다 보니 저 밑바닥의 고독에 닿게 되었다는 것. 그게 또 시의 원동력이라는 것.

▷그럼, 고독은 또 무엇인가.
 저 바위처럼 아무것도 하지 않는 것. 혹은 〈관습적 인식〉에 대한 대립과 고립 혹은 그것으로부터의 자유. 본질적인 문제에 대한 끊임없는 고뇌. 침묵 혹은 때때로 불가능한 것을 생각하는 것.

고군분투

▷왜 더 덧붙일 말이 있는가.

시의 공백이든 삶의 공백이든 결국 나이 먹었다는 것이다. 늙었다는 것은 또 그런 것이다. 나쁘지 않다.

▷1980년대 시인인가.

그렇다. 그러나 매우 어색한 비유겠지만 2024년 7월 서울 동북부지역 어디 동네 조기축구회 준회원 같은 시인이다. 이미 구단은 해체되었지만 등번호도 떼지 못한 낡은 유니폼을 입고 벤치에 앉아 있는 신세다.

▷시인으로서 독립했는가.

그렇다. 아니다 좀 오해가 있겠지만 시인의 독립은 무엇보다 시집 출판으로부터의 독립일 것이다. 차마 이 땅에선 어려운 일이 아닐 수 없다. 끝까지 고군분투할 일만 남은 것 같다.

▷이번 시집은 전력투구했는가. 아님 고군분투했는가.

전력투구한다고 했는데 어느새 알고 보니 역시 고군분투하고 있었다.

▷TV 보는가. 페이스북 하는가. 엑스(X, 트위터) 하는가. 인스타그램 하는가. 밴드 가입한 곳 있는가. 유튜브 하는가. 즐겨 찾는 유튜브 있는가. 알바 하는

가. 시집 나오면 기자간담회 같은 것 하는가. 출판기념회 하는가. 북콘서트 하는가. 독자와의 대화 하는가. 요즘도 문단 안팎에 시집을 보내는가. 문학동인 활동 하는가. 어느 문인단체의 회원인지 말 할 수 있는가. 기원에 나가는가. 탁구 등 스포츠 동호회 있는가. 향우회나 동창회 나가는가. 클래식이나 재즈 같은 것 즐겨 듣는가. 지인들과 식사 모임 하는가. 혹시 골프 회원권 있는가.

  그런 것 없다. 아니다 있다. 일 년에 두 번, 강원도 동해시에 가서 50년 지기들과 커피 마시고 술 마시고 다음 날 아침 콩나물해장국 먹고 온다. 아, 또 있다. 꽤 많은 문학출판사 트위터에 들어가서 신간 소식이나 리뷰 등등 찾아본다. 그리고 등단 직후부터 작가회의 회원이다. 가끔 TV 본다. 얼마 전엔 TV 채널 돌리다, 돌리다 우연히 65번 국회방송인가 봤다.

▷무엇을 봤는가.

  이 자리에 어울리지 않고 또 너무 먼 나라 얘기겠지만 스웨덴 현역 국회의원 일상을 봤다. 가령, 지역구가 의사당 기준 50km 이상 떨어진 의원에게 제공되는 원룸만한 공용 숙소였다. 깜짝 놀랐다. 작은 침대, 검소한 소파, 평범한 식탁 등이 눈에 띄었다. 휴일도 없이 1년 365일, 일주일 내내 24시간 근무 형태라고 한다. 그 나라는 국회의원 복지나 예우를 저렇게 해도 되는지 어리둥절할 뿐이었다. 그 앞에서 워라밸 운운 할 수 있을까. 그나마 세비는 한화로 약 1억원이라고 한다. 그래도 법을 만드는 것이 높은 임금보다 더 보람이라는 말은, 이를 테면 클래스가 달라도 너무 달랐다. 거기다 국회의원 비서 체계에 대해선 더 이상 입을 다물 수밖에 없었다. 의원 두세 명 당 사무 보조비서가 1명 이라니 이게 말이 되는가. 말이 안 된다면 그 나라는 또 무엇인가. 잘 모르지만 비서나 보좌관 없이 의정 활동이 제대로 가능할까. 이 얘긴 그만하자. 그러나 몇 십 년이 걸리더라도 우리도 5년 단임 대통령제보 다 '의원내각제' 같은 것 공론화했으면 한다.

찰스 부코스키

▷이 시집 끝에 보면 찰스 부코스키의 시를 패러디한 게 보인다. 찰스 부코스 키를 알고 있었나.

몰랐다. 나는 내가 이렇게 무지하고 무식하다는 걸 몰랐다. 이 시집 끝에서 우연히 알았다. 쪽 팔린다. 인터넷 검색은 남보다 빠르고 잘 한 다고 생각했는데 부코스키를 검색한 적이 없었다. 그 후 우선 급한 대 로 포털 사이트에서 폭풍 검색했다. 암튼 문단에선 다 알고 있었는데 나만 모르고 산 것 같아 잠시 우울했었다.

▷몇 줄이라도 소개할 수 있는가.

소개할 것도 없다. 나무위키, 출판사 리뷰 등등 검색하면 다 뜬다. 이미 국내에 번역된 책이 많다. 연보를 보면 김수영과 갑장이라는 점 도 놀라웠다. 전업 작가로 본격적으로 활동을 시작한 시기가 또 김수 영 타계 이후 그즈음으로 짐작된다.

▷시 제목이라도.

「야망 없이 살자는 야망」, 「부패」…

▷소설도 있고 산문집도 있다.

그렇다. 이 시집 이후 읽을 책이 좀 늘어났다.

시인 아닌 듯이 살아야…

▷시의 독자는 있는가.

시는 늘 독고다이다. 독자 없이 시 쓰는 게 가능하다. 시 쓰다 보면 시와 살고 있다는 생각이 든다. 내가 읽고 내가 쓴다. 그럼에도 불구하고 시를 읽어주는 독자가 있다면 그도 나처럼 외롭거나 '고독의 즐거움'을 아는 자일 것이다. 아니다 시를 모르는 자를 만나도 그의 말에 귀 기울일 줄 알아야 한다. 길에서 검객을 만나도 칼끝을 내보이지 않고 간혹 시인을 만나더라도 시인이 아닌 듯이 지나가야 하고….

▷어딘가 좀 부드러워진 것 같다. 근자의 생활도 그러한가.

번외가 되었다는 것 아니겠는가. 그리고 좀 다른 말이겠지만 조금이라도 아픈 사람이 곁에 있다 보면 그렇게 된다. 아픔이나 슬픔은 아주 깊은 곳까지 쿡 찌를 때가 있다. 톤 다운 될 수밖에 없다. (强大處下 柔弱處上.)

번외

▷시인은 무엇인가.

나약한 인간 혹은 개인적 인간이 되었을 뿐이다. 본래부터 또 무모한 자였을 것이다. 물론 전사를 따라다닌 적도 있고, 투사 곁에서 같이 구호도 외쳤지만 언제나 아주 나약하고 비겁한 존재였다. 그 존재조차도 아주 미미한 존재였다. 얼굴 없는 가수 같은 존재였다. 그게 맞다. 술도 많이 마셨지만 술을 이기지 못했다. 이젠 한물 갔지만 애들 말마따나 '중고 신입'처럼 살고 있다. 호기심도 많고 의정 갈등 등 인터넷에 뜬 이슈에 대해서도 그냥 넘어가지 않고 '제로 지점'에서부터 사유하게 된다. 때때로 비판적 인식과 함께. (추신: 이웃나라 일이지만 의대 증원과 관련해 누가 무엇을 어떻게 해야 하는지 아래 링크를 걸어 놓았으니 일선 업무 관계자는 일독 바람. '50년 넘게 의대 정원 조정해도 갈등 없는 일본…', 한국일보, 2024년 8월 2일자)

▷얼마 전 시인 신경림 선생 작고하셨는데…

작가회의 사무국 부고 문자 받자마자 좀 어두운 색 재킷을 입고 곧장 문상했다. 80년대 끝 무렵 아현동 작가회의에서 만나던 문우들이 장례집행위원장과 부위원장으로서 심지어 상주 곁에서 상주보다 더 상주처럼 조문객을 맞고 있었다. 나는 선뜻 앉을 데도 찾지 못하고 상가를 빠져나왔다. 신발을 다 신을 때쯤 강원도 모 후배 시인이 등 뒤에 서 있었는가 보다. "오셨어요?" 그는 어느새 옆에 서 있었다. "좋은 시 많이 쓰던데…." 얼버무리듯 말해 놓고 밖으로 나와 상가 쪽을 바라보았다. 어둠 속에서 마치 신경림 선생님을 한참 바라보듯이 말이다. 그리고 작가회의 모 후배 시인과 담배를 피우면서 그의 얘기를 다 듣고 나서 지하철을 탔다. 지하철에서 불현 듯 생각났다. 아뿔싸! 부의금이 너무 적다는 생각! 누군가 내 부의금을 꺼내는 순간, 지금 내 생각처럼 너무 적다는 생각이 들 것 같다. 어떻게 차를 돌릴까. 아님 낼 다시 봉투를 들고 갈까. 고인과의 그 특별했던 인연을 생각하면 면목 없는 인간이 된 것 같다. 우는 자도 있었고 아래 위 검은색으로 상복을 갖춰 입은 자도 많았다. 내 행색이나 부의금은 많이 어긋난 것 같았다. 오래 전 산에 갔다 등산복 차림으로 문단 후배 결혼식장에 참석한 신경림 선생님을 생각하면 그냥 웃어넘기실 것도 같다. 그리고 이틀 뒤 영결식장에서 내 손을 잡아주던 따뜻한 손도 있었다. 모 여류시인이었다. 그 순간, 고인이 잠시 환생한 것 같았다.

▷언제 처음 뵙게 되었는가.

  문단 데뷔하기 전, 인사동 민정당사 뒤쪽 수휘재라는 전통찻집에서 뵈었다. 그동안 쓴 시를 골라서 만년필로 대학노트에 깨끗하게 정서하여 들고 갔다. 시를 내밀자마자 천천히 또 급하게 끝까지 다 읽어주셨다. 아름답고 감사한 일이다.

▷최근에 읽은 시집 있으면.

  황동규의 『봄비를 맞다』. 시집과 관련된 언론 인터뷰나 리뷰도 찾아

읽었다. 무엇보다 끝까지 완주한다는 것의 산역사를 본 것 같았다. 뒷
표지 글의 한 문장도 남아 있다. '보고 싶은 사람들이 있다.'

한심한 타이피스트

▷모 출판사 사장님이 저녁 회식 자리에서 시인을 가리켜 '괴물'이라고 하는
소릴 옆에서 들었다. 당황하지 않았는가.

아니다. 만 1년도 안 됐는데 또 그만한 분량의 시집 원고를 들고 왔
는데 미치광이라고 하지 않은 것만 해도 다행이지 않은가. 허허. 메이
저에 비하면 아주 작은 출판사지만 시집 출판에 관한 한, 공연히 시인
을 주눅 들게 하지 않는다. 이 점은 입소문을 내도 괜찮을 것 같다.

▷요 바로 앞의 시집도 그렇고, 이번 신작 시집도 그렇지만 우선 한국 문단의
평균적 볼륨을 크게 초과한 것 같다.

그땐 약간 미(美)쳤다고 했는데, 이번엔 그냥 좀 한심한 타이피스트
가 된 것 같다. 눈치 보지 않는 자가 됐다는 것 아닌가. 고맙고 또 황
홀한 순간이었을 것이다. 감히 말한다면 정점은 그럴 것만 같다. 어떨
결에 맛보기라도 한 것 같다. 암튼 순간순간 아주 현실적이었다가 또
비현실적인 순간이었을 것이다. 무의식의 순간일 것이다. 시가 무슨
빛처럼 광속으로 왔다 간다. 나도 없고 너도 없다. 마침내 시도 없다.
이젠 시인도 없다.

▷시의 정점은 무엇인가.

끝까지 갔을 때, 그 끝에서 그러나 끝이 없다. 정점은 끝이 없다.

▷순간순간 시가 되는가.

그렇지 않은가.

늙은 문청

▷견성(見性) 했는가.

할! 시인은 운수납자가 아니다. 시인은 견자(見者)일 뿐!

▷이 시집을 막 내놓으면서 생각나는 것들은.

정점, 절정, 열정, 뿌듯함, 자존심, 집중력, 거두절미, 무인지경, 몰입,
우연, 필연… 그런 말들이 막 스쳐가는 것 같다. 또 삶의 뒷골목 같은,
늙은 문청 같은, 뭔가 안간힘 쓰는 것 같은, 너무 정색했던 생활에 대
한 반성 같은 것, 두문불출, 밤 산책, 에프엠 라디오, 고모리 김종삼 시
비와 제빵소 카페, 경춘선, 여수 웅천, 루실라 씨 등등.

비대상

▷대상 없는 시 쓰기가 가능한가.

이제 조금씩 가능할 것 같다.

▷부정적인가.

내 말은 아니고 살아있는 정신은 긍정성보다 부정성에서 싹튼다고
하지 않던가. 특히 공적 조직에선 그러한 애티튜드가 있어야 한다. 그
리고 문학은 예스맨의 세계가 아니다. 철학도 아티스트 세계도 예스
맨의 세계가 아니다. 심지어 매우 어렵지만 종교의 세계도 그렇다. 암
튼 개인도 그렇고 기업도 그렇고 한 나라도 그렇지 않은가. 아무리 작
은 조직이라 해도 예스맨만으론 도저히 발전할 수 없다. 누워서 자기
얼굴에 침을 뱉더라도 침을 뱉어야 한다. 상대 진영보다 자기 진영을
향한 통렬한 쓴소리가 필요한 시대가 되었다. 악마의 대변인(Devil's
advocate)이 내부에 있어야 한다. 시대도 변했지만 과녁도 변했다. 예
스맨이 곳곳에 깔려 있으면 아주 더러운 침묵에 빠져들고 만다. 비단
특정 종교뿐만 아니라 어느 집단이든 아주 더러운 침묵에 빠지지 않
기 위해서라도 쓴소리도 하고 자기 얼굴에 침도 뱉어야 한다. 다만, 그
러한 빅 플레이트와 내부자 익명 게시판 같은 환경이 전제 조건이 되
어야 한다. 한 개인의 용기와 양심에만 맡겨둘 순 없다. (과거 오스만
제국에선 국정 논의할 때 최고 정치 지도자인 술탄의 자리가 왜 늘 비
어 있었는지 생각해 보라.)

▷시스템이 잘못 됐다는 말인가.

누가 또 무엇을 어떻게 해야 하는지 시인에게 묻지 마라. 시인은 한 갓 백면서생일 뿐이다. 또 이미 많은 영감을 주었고 분에 넘치게 받았을 것이다. 그리고 국회법 몰라서 하는 말이겠지만, 가령 공익 제보자 보호법만 해도, 특히 내부 제보자 보호 등 법적 제도적 장치를 재정비해야 할 것이다. 그래도 어떤 국정 현안에 대해 국회 차원에서 나서야지 국민이 또 나설 순 없지 않은가. 지금 이 순간, 시인은 모래탑을 또 쌓을 뿐이다. 무너질 걸 뻔히 알면서 또 제 손으로 무너뜨리면서 탑을 쌓는 것이다.

▷선(禪) 문답 같다.

선문답보다 동문서답에 가까울 것이다.

▷왜 또 위의 질문에 대해 할 말이 남았는가.

(잠시 정색 좀 하겠다.) 아니다. 특정한 대상 없이 그냥 또 허공을 향해 한 마디 해야겠다. 예컨대 국회인사청문회부터 해당 후보자가 빠져나갈 수 없도록 대폭 강화하라. 또 대학 들어가자마자 법학개론 배웠다면 어떤 목적이 옳다 해도 '절차적 정의'를 이기지 못한다는 걸 잘 알 것 아닌가. 그리고 각 지자체를 비롯하여 중앙정부까지 눈에 확 띄게 지속적으로 작은 정부를 지향해야 하지 않은가. 단 한 방울이라도 국민 혈세가 들어가는 각급 공공기관도 허리띠 졸라매고 다이어트 해야 하지 않은가. 이렇게 말하고 나면 이게 또 아무짝에도 쓸데없이 내

입만 아픈 것이리라. 낙관보다 비관하는 이유도 여기쯤 있을 것이다. (추신, 최근 인공지능 모델인 지피티(GPT) 최신 버전과 클로드 3.5 소네트로 하여금 2023년 수능 기출문제를 풀게 했다. 결과는 4등급, 5등급, 6등급이 생각보다 많았다. 이제 수능 난도도 대폭 낮추거나 자격고사로 전환할 때가 되었다. 아니다, 수능 폐지 및 그 이후를 생각해야 할 것이다.)

무용(無用)한 것

▷좋은 것은 멀리 있는가.

가까운 곳에도 있다.

▷시는 눈앞에 있는 나무보다 더 먼 곳에 있는가.

시는 어쩌면 눈에 뵈지 않는 나무 같은 것이다. 그것보다 남들이 보지 못한 나무를 보는 것이다. 아니다 그보다 행인들이 보고도 놓친 나무를 보는 것이다. 다시 어쩌면 마치 이 세상에 존재하지 않는 나무를 갖다 놓은 것이다.

▷존경하는 사람 있는가.

없다. 이제 이런 말에 속지 않는다. 아니다 이제 이런 말을 기꺼이 거부한다. 좋은 것도 아니고, 나쁜 것도 아니다. 그게 또 도(道) 아니겠는가. 그럼에도 불구하고 이태석 신부님을 꼽고 싶다.

▷시도 사라지는가.

시는 오는 순간, 사라진다. 『금강경』한 구절을 인용하겠다. 꿈같고
환영 같고 물거품 같고 그림자 같고 이슬 같고 또한 번개 같다. (一切有
爲法 如夢幻泡影 如露亦如電 應作如是觀.) 그러나 문제는 인터넷이다.

허구

▷문학평론가 유종호 선생의 '시인은 역사가가 아니라 허구를 다루는 자'라는
말에 동의하는가.

몇 해 전 산문집 쓸 때, 이미 한 표 행사했다.

▷그럼 시도 픽션인가.

그렇다. 그러나 나는 그곳에 감각적인 이미지나 느낌보다 의미나 대
상이나 생각의 카드를 먼저 끼워 넣었다. 어떤 사태에 대하여 발언하기
에 급급하였을 것이다. 또 소위 현실을 갖다가 아주 납작하게 재구성
하여 도로 현실이 되게 하였다. 먼 길을 돌아다녔다. 그러나 이제 시도
삶도 이 현실조차 그저 연극 같고, 혹은 픽션의 일부 같다고 생각한다.
어떤 대상에 대해 종종 리셋하고 나서 사유하는 경우도 생겼다. 어떤
사유 너머 없음 혹은 부재에 대해 엿볼 때도 있다. 비현실이 되는 것.

나도 모르게 어떤 상상력이 발휘되는 것. 웃을 때도 있다는 것. 본의 아니게 속에 없는 말도 하게 되는 것. 가끔 틀리게 말해도 되는 것.

▷시도 이른바 '관습과 상식'을 뚫고 나가야 하는가.

그게 정신분석학에서 말하는 소위 '죽음 충동'이다. 물론 여기선 생물학적인 죽음을 가리키는 게 아니다. 어떤 상징적 영역 그 너머 있다는 것. 시와 시인의 길이 어디 있는지 보일 것이다.

삶의 기록

▷시가 삶이었다가 또 삶이 시였다가 그런 것인가.

어긋날 때도 있다. 각자 자기의 삶이 있듯이, 각자 자기의 시가 있을 것이다. 또 시가 아니라 자기 삶의 노래도 있고 춤도 있을 것이다. 다만, 아직도 써지지 않고 있을 뿐이다. 다 말하지 못하고 속주머니에 넣고 다니는 것이다. 그게 시다. 꾀죄죄하다고 속상할 것 없다. 시도 그렇고 삶도 그런 거다.

▷삶이 언어였다가 또 언어가 삶이었다가 그런 것인가.

어긋날 때가 많다.

▷시가 언어였다가 또 언어가 시였다가 그런 것인가.

각방 쓸 때도 있다. 이 언어를 갖고 아주 새롭진 못해도 다르게 하고 싶을 때가 있다. 그렇다 해도 고작 하룻밤의 사랑이다. 가도 가도 끝이 없다. 이루어질 수 없는 사랑이다.

▷향후 계획 하나쯤 말할 수 있는가.

좀 가벼운 시집을 내고 싶다. 또 이 시집 나오면 웅천에 가서 3박 4일 놀다 오고 싶다.

(참고: 대담은 2024년 7월 중순이었고, 7호선 도봉산역 서울 창포원과 노원구 수락산방 등지에서 진행되었다.)

제1부 이 견딜 수 없는 것 때문에

한낮의 폭우

중랑천 산책 중에 폭우가 쏟아졌다
피할 데가 없다
무슨 맛을 보여주려는 것인가
빽빽한 대나무 숲에 든 듯
저렇게 내리꽂는 비를 뚫고 나갈 사람은 없다
뾰족한 수가 없을 때도 있다
가진 게 없는 사람은 알지
잡념조차 허락하지 않는다는 것을!

무소뿔처럼 정면 돌파하겠다는 것인가
더 이상 젖을 게 없다는 걸까
이 빗속을 뚫고 가는 제1의 여자가 있다
이 빗속을 뚫고 가는 제2의 여자가 있다
이 빗속을 뚫고 가는 제3의 여자가 있다
나도 이 빗속을 뚫고 갔다
"무섭지 않았소?"
"아뇨 몸 확 달아오르는 느낌 왔었다!"

시월, 간월암에서

물 빠질 때까지 저녁노을만 끌어당겼다 놓았다
요 앞의 등대 길 한 번 다녀오고
허공을 향해 갈매기 소리 비슷하게 질러보고
끼룩 끼룩
좀 전보다 조금 더 바닥 드러난 바닷길

바닷길 기다리며 물수제비뜨던 중년 여자 둘이서
한 번 더 힘껏 돌을 던지던
한 번 더 던지던
한 번 더 던지면 바닷길 열릴 것도 같은데…
정확하게 오후 5시 50분
"열렸어~"

막상 길 건너놓고 보니 달도 없고 기다림도 없고
물길도 없다
부처도 없다
이쪽에서 보면 허한 것 같고
저쪽에서 보면 공한 것 같은
물 들어오면 물 만난 인연으로
물 빠질 땐 헤어질 인연으로
한 철 나면

무엇을 헤어져야 하고 무엇을 또 만날 수 있으려나

법당 마룻바닥에 무릎 닿는 소리가 귀에 거슬렸는지
내 앞에 무릎 매트 한 장 갖다놓던
옛 제자뻘 같던 보살을 다시 만나
여기서 만났다고 인연이 되는 것도 아니고
내가 보았다고 시가 되는 것도 아니다
지척에 있다고 내 것은 아니다
생각이 또 많은 자는 여기 있으면 안 될 것 같다

밀물 들기 전에 간월을 보며 생각한다
어떤 기다림이 순수하다면
대상이 없어도…
달도 없고 기다림도 없고 물길도 없고
부처도 없는 밤을 더 겪을 것 같다

갯벌을 거닐던 까닭

―s에게

달 탐사하듯
밤 아홉 시 넘어 딴 세상 같은 갯벌을 거닐다
저 끝의 섬이라도 사겠다는 듯
저 밤바다로 나가겠다는 듯
저 섬 끝까지 가겠다는 걸음으로
마치 공룡의 발자국을 찾아 나선 걸음으로

밤 새워 이 갯벌을 걸어도
호미까지 꺼내 들고 갯벌을 다 파헤쳐보아도
낙지나 조개를 캘 것도 아니고
옛 애인이 어디 숨어 있는 것도 아니고
저 섬을 살 것도 아니고
불빛 두어 개 반짝이던 저 칠흑의 바다로 더 나갈 것도 들어올 것도
아니고
별주부 따라 더 깊은 바다로 갈 것도 아니고
숨어 있는 애인은 나오지 않고
낙지도 조개도 없었다

누구든 제 삶을 쉽게 드러내지 않는 것이거늘
천천히 갯벌을 되돌아나왔다
마음은 그렇다 해도 세상에 이렇게 정겨운 어둠도 있었나?

어둠이여! 섬이여! 애인이여! 폭죽처럼 툭툭 터져라!
적막한 갯벌이 갑자기 환해졌다
어두운 것은 또 무엇이냐
무엇이 어둡다는 것이냐
그리고 세상이 어둡다면 어둡다고 크게 말해라
아프면 아프다고 말해라

파도리 해변에서

바다를 향해 걸었다
파도리 해변에서 나는 혼자 걸었다
더 가면 물때를 만날 것만 같았다
다시 혼자 걸었다
아무도 만날 수 없는 길을

물때 만나면 물때 만날 것이고
물개 만나면 물개 만날 것이다
그러나 물때보다 한 발 앞서서 되돌아오는 길
노루처럼 경중경중 뛰다시피
열망이나 열정 따위 다 놔두고
사랑이나 이별이나 눈물을 훔치며 되돌아서던 길은 언제였던가?

그때 길쭉하고 미끈한 돌 하나
손에 움켜쥐자 무엇을 콱 움켜쥔 것 같은
물컹한 이 낯 뜨거움!
'남근처럼 생긴 돌이 눈에 띌 때도 있네!'
파도리 해변에서 혼자 웃었다

지극히 소중한 것도 가난한 것도
돌아보면 돌아갈 수도 없는 곳에 있다

헤어지면 더 기다릴 것도 없이
누군가 또 제 상처에 혀끝을 갖다 대리라
무슨 말을 해도 곧 어두워질 것이다
많은 말은 또 궁핍하거나 남의 것이다
빈 잔 같은 것

*충남 태안 소원면 파도리

해미읍성 천주교 순교 터…에서

광폭으로 도망 다닌 자도 있었고
몸을 숨긴 자도 있었을 것이다
죽임 당한 자도 있었을 것이다
성곽 밖으로 몸을 던진 자도 있었을 것이다
여자도 있었을 것이고
노비도 있었을 것이고
양반도 있었을 것이다
대나무 끝에 몸을 찔린 자도 있었을 것이고
저 회화나무에 매달린 자도 있었을 것이다
성호 미처 긋지 못한 자도 있었을 것이다
하늘만 쳐다보던 자도 있었을 것이고
사물놀이패 따라다니던 자도 있었을 것이다
객주 집을 드나들던 자도 있었고
한글 깨우치지 못한 자도 있었고
제 이름조차 갖지 못한 자도 있었을 것이다

청나라도 왜국도 모르고
조정 대신이나 국왕을 모르던 자도 있었을 것이다
하늘 우러러 볼 줄 아는 자는 있었을 것이다
제 가슴 칠 줄 아는 자도 있었을 것이다
땅만 파먹던 자도 있었을 것이다

바람소리에 귀 기울일 줄 아는 자도 있었을 것이다
무릎이라도 꿇을 줄 아는 자도 있었을 것이다
누굴 믿고 누굴 따를 겨를도 없이
그저 저 높은 하늘만 믿고 따랐을 것이다
저 빛이라는 것도
저 죽음이라는 것도
제 가슴 언저리에 머문다는 것을 알았을 뿐이다
하늘보다
이 땅에서 더 이상 머물 곳도 없었을 것이다
이 세상은 불안하고 불완전한 곳인가

꽃지 낙조

—2022. 10. 27 그날 동행했던 경, 석, 희에게

1.
그것은 일출 아니라 일몰이었다
애기 안은 채 휴대폰 든 손 쭉 뻗으며
또 두 손 모으고 큰 노을 지켜보는 이도 있었다
하루가 저무는 게 이렇게 성대했던가?
하늘을 날던 수십 마리 갈매기 떼도
이 낙조 앞에선
산낙지 놓고 한잔하는 관광객들도
객이 아니라 일제히 주체가 되는 순간이다
그때 속에서 뭔가 불타고 있었다

2.
미처 타지 못한 생각들은 태우지 말고
노을 속에 툭 던져 놓자
취하면 취하게 두고
타면 태우고
다 풀지 못한 생각은 노을 속에 부딪치게 풀어놓자
여기까지 왔는데
미처 풀지 못한 생각도 있어야 그 생각에 기대어 또 한번 생각하지
않겠는가?
그때 풀지 못한 생각이 노을 속에 타고 있었다

3.
그래 큰 노을이나 유난히 큰 것은 시가 되기 어렵다
혼자 있어도 외롭지 않을 때가 있다
아! 미치겠다
겁도 많았는데
나는 나보다 타자의 삶을 살았던 것 같다

길에서 만난 여자

길에서 만난 여자한테 시집을 줬다
문단 친구들한테 줄 때처럼
2022년 늦가을… 서명도 했다
아주 보기 드문 일이다
신작 시집 나온 지 딱 일주일 만에 벌어진 일이다
시집 나오면 문단 선후배 앞으로
무슨 공식 행사처럼 시집 발송하던 일을
이번엔 눈 질끈 감고 딱 끊었다
어떻게 끊었을까
왜 끊었을까

길에서 만난 여자는 또 누굴까
그대는 혹시 알고 있는가
길에서 만난 여자한테 시집을 불쑥 건넬 수 있을까
그 여자는 어떤 심경이었을까
그 여자는 내 시를 어디까지 읽을 수 있을까
지난밤 갈 데까지 술 마신 것처럼
나도 갈 데까지 갔다는 말인가
끝까지 갔다는 것인가
그 끝에 그 여자가 있었다는 말인가
그 여자는 왜 내 시집을 가슴에 꼭 껴안았을까

그 여자는 가슴에 꼭 껴안을 게 없었을까
사나흘 지나 생각해보니 그런 독자 한 서넛 줄지어 만났으면
좋겠다
좋겠다

누굴 욕하는 건 참 쉽다

앞에 없는 친구를 욕하는 건 쉽다
그 앞에서 할 수 없는 말
무슨 욕을 깨놓고 해도
깨놓고 할 수 있는 욕이란 쉽다
깨놓고 말할 수 없는 게
시다

너무 높은 곳에 있는 분을 욕하는 것도 쉽다
그 앞에선 할 수 없는 말
무슨 욕을 깨놓고 해도
깨놓고 말할 수 있는 욕이란 쉽다
깨놓고 할 수 없는 게
시다

집사람 앞에서만 겨우 깨놓고 말할 수 있는 게
시다
아니다 그 앞에서 말할 수 없는 게 시다
아니다 집사람 앞에서도 눈치를 보기 시작했다
집사람도 시를 피할 때가 있다
나도 집사람을 피할 때가 있다
시를 읽을 사람이 없다

아무도 읽지 않고 아무도 읽지 않아도 될 것 같은
아무도 모르는 아무도 모를 것 같은
당신도 모르고 나도 모를 것 같은
바쁘게 지나치는 그냥 행인 같은 것
이제부터 그게
시다

나이 먹었다는 거야

약속 지키는 것 진보적인 것
연민, 약자와의 연대 의식
축구 국가대표팀과 붉은 악마
낙관적인 것
신념보다 단념할 것
그러나 이 생각도 그냥 생각일 뿐!
무엇 하나 비우지도 못하고
무엇 하나 줄이지도 못하고
가볍게 살지도 못하고
낙관보다 비관에 기댈 때가 많다
세계관이 바뀔 때도 있다
나이 먹었다는 거야
오늘은 없는 계급장도 떼고
친구네 편의점에 가서 알바라도 하자
편의점 컵라면 하나 먹고
되돌아오는 것도 괜찮다
컵라면을 캔맥주라 해도 괜찮다
눈물도 분노도 괜찮다
알바생을 위한
시 한 편 써놓고 되돌아오자

이젠 이런 게 싫다고?

가령, 옳은 소리만 해대는 것
화를 내는 것
코앞에서 큰소리로 말하는 것도 싫다
따지듯이 말하는 것도
노인처럼 말하는 것
심각하게 말하는 것
남의 입장 1도 생각하지 않는 것도
농담도 않는 것
방구석에서 글만 쓰는 것도
만나는 친구도 없는 것
식사 모임도 없는 것
퇴직했다는 것
과거 한때 진보주의자로 살았다는 것
밥 빨리 먹고 일어나는 것도
퉁명스런 말투도
지겹다
이젠 안 먹던 것도 먹어보고
낯선 길도 가보자

새벽 다섯 시 반

다시 벽을 향해 등을 뒤척이면
전 재산인 아파트 한 채와 자동차까지 남은 식구들한테 주고
칠십 넘어 빈털터리가 된
어떤 남자가 철새처럼 지나간다
그 남자는 1호선 끝이나 시베리아쯤 살고 있을 것 같다
그 남자의 밤은 또 얼마나 깊고 어두웠을까
버림받은 생은 또 얼마나 버려진 생일까
새벽 다섯 시 반 겨우 잠 든 날은
꿈 하나 없어도 꿈같은 하루를
아무렇지도 않게
아무렇지도 않게 하루를 건너 뛴 것만 같다
버림받은 생을 살아낸 것 같다

가끔 잠이 오지 않는 밤이 있다
무슨 잡념이나 정책 구상이나 동북아 정세 때문이 아니라
그냥 몸을 뒤척이는 밤이다
슬픔을 다스리기 어렵듯이
잠 못 드는 밤을 다스리는 것도 어렵다
머릿속은 대낮처럼 환해도
대낮처럼 일어나 일할 수 있는 것도 아니다
그래도 차라리 자리에서 일어나

불을 켜놓고 맨손체조 하거나

맹물을 마시거나

그리운 것 하나 없는 이 밤에 뜬금없이 먼 데 있는 자를 불러보기도
한다

그가 귓바퀴에 손바닥을 대고 들을 것만 같다

비문증(飛蚊症)

마침내 드디어 노화가 시작되었군! 축!
비 그친 늦가을 근린공원엔 일제히 떨어진 낙엽들과
늦은 오후 텅 빈 산책길과

엊그제부터 눈앞에 쪼그맣고 새까만 벌레 하나
일정한 거리를 두고 날고 있다
눈을 꾹 감으면 없어질 것 같아
몇 번 감았다 떠도
딱 5센티미터 앞에서 일정한 간격으로 왔다갔다 날아다닌다
깨끗한 모니터에 박힌 선명한 점 같은
아 이게 바로 그 날파리 증후군!

나도 늙었다는 것! 어딘가 녹슬고 있다는 것!
이젠 저 쬐그만 모기 같은 놈을 데리고 살아야 하나
저 놈보다 작은 것도 아무리 큰 것도
저 놈 보고 나서야 볼 수 있으리
눈 마주치지 않으려고
고개 휙 돌려보아도
그만큼 또 곧장 따라오는 저 놈!
같이 살자

시는 거저 오지 않는다

시는 거저 오지 않는다

4월 총선에 낙선했거나
가게를 엎었거나 돈을 잃었거나
과음했거나
사랑이 깨졌거나
대선에 졌거나
문단 친구의 신작 시집을 읽거나
또는 시집을 받고 문자 보내기 전이거나
울고 있던 어떤 여자를 보았거나
술 취한 여자를 보았거나
부부싸움 했거나
엎질러진 물을 훔치지 못했거나
시골 어머니 전화를 먼저 툭 끊었거나
누군가에게 또 비굴했거나
누군가를 속였거나
누군가에게 또 속았거나

또 한없이 작아지는 기억

1.
나는 항구 가까운 곳에서 태어나 자랐다
몇 발자국만 걸으면
옆구리서 피 흘리던 밍크고래가 어판장 바닥에 누워 있고
그 옆에선 어부의 아내가 고래고기를 삶아 팔았다
나는 일곱 살 때 고래고기 맛을 알았고
뭇 바닷바람과 생선 비린내를 구별할 수 있었다

나는 바닷바람과 먼바다를 앞에 두고 살았지만
먼바다는 멀리 있고 간혹 바닷바람보다
방금 잘라낸 나무 냄새와 톱밥 냄새와 함께 살면서
나무 꼬챙이로 땅바닥에 뭔가 끄적거렸을 것이다
때때로 그곳에서 나무가 되곤 하였다

시의 첫 줄을 주었던 내 시의 옛 동지들을 하나씩 불러본다
오징어잡이 어화(漁火), 등대, 명태, 가자미
고등어, 꽁치, 양미리, 도루묵, 수평선, 나룻가 친구들
큰댁 오동나무, 야양 고개, 소돌, 교항리 외가…
나는 시를 쓰고 있지만
여기에 다 쓰지 못한 기억들이 또 남아 있다

2.

우리 집안일 거들어주던 키다리 아저씨, 아버지 책상, 현금 출납부, 주판, 오대산 원목 실어 나르던 제무시 트럭, 주영초등학교 기성회 저녁 회식, 마당 끝에 거대한 성곽처럼 쌓아둔 어상자(漁箱子), 우리 집 바로 앞의 강냉이 꽝밥 장수, 대통령 얼굴 박힌 백 환짜리 지폐, 그리고 안방 벽면에 걸려 있던 기도하는 예수상…

어떤 외로움 곁에서

1.

가까운 사람이 텔레비전 뉴스 보다가 혼잣말처럼 묻는다

(혹시 아나운서한테 물었던 것 아니었나?)

"우크라이나 전쟁 끝났나?"

"몰라요!!"

그렇다고 내가 무슨 반전주의자도 아니면서

뉴스 안 보는 것도 아니면서

왜 그렇게 툭 잘라 말했을까?

아님 그 말을 삼키든가

아님 아는 만큼 전황에 대해 말해 주든가

말 툭 자르지 말든가

2.

나는 누가 나한테 뭘 물어보는 걸 싫어한다

나도 누구한테 딱히 무얼 물어본 적이 없다

인성이 부족한 것도 아니고

소통이 부족한 것도 아니다

다만 혼자 생각하고

혼자 쓰고

혼자 읽고 사는 일이 잦아졌기 때문이다

오전엔 동대문에 가서 건강검진을 받았고
금천구청역 출판사에 가서 교정 보고
오후엔 옛 직장이 조금 보이는 자동차 검사소에 다녀왔다
어떤 외로움 곁에서 시를 쓰고 시를 읽었다
아무도 본 사람은 없었을 것이다
그럼 됐다
그럼 됐지

3.
남자는 여자들처럼 친구들을 만나
외로움 같은 걸 수다떨 듯 털어놓을 줄도 모른다
시인은 꼭 그런 남자들만 골라서
한 대여섯 명 모아놓은 것이리라
시인은 어디서든 불안과 가난과 외로움을 먹고 산다
허공에 매달아 놓은 것을 붙들고 산다

시를 이렇게 쓰는 시인도 있다

책상 스탠드 전등 아래서
골똘히 아주 골똘히 노트북 자판기에 숫제 코를 박고 쓴다
경건하게 아주 경건하게
지우고 다시 고쳐 쓰고
다음 날 아침 일어나서 또 읽어보고 고쳐 쓰고
다음 날 한 번 더 읽어보고
그리고 너의 손을 놓아준다
위선을 떨지 않는 것도
사는 것도 쓰는 것도 그의 삶과 꼭 닮았으리라
시에서 눈을 떼어놓아도
굳이 딴 곳을 쳐다보지도 않는다
시도 그들 앞에선 때때로 입을 다물 수밖에 없다

그렇게 살지도 않고 그렇게 쓰지도 않는
시인들도 있다
그들은 한 삼십여 분이면 시 한 편을 뚝딱뚝딱 해치운다
시 앞에서
경건하지도 않고 골똘하지도 않는다
다음날 아침
그들은 또 다른 시 앞에서 삼십여 분 정도 앉아 있을 것이다
아님 커피 한 잔 마시며

다음날 그 다음날쯤 시를 놓아준다
아무도 모르고 누구도 알 수 없는 일이다
쉿!
시도 그들 앞에선 입을 다물 수밖에 없는 일이다

왕년의 가수를 위하여

1.
어지럼증 때문에 누워 있어야만 하는데도
간이 천막 기둥을 붙잡고
지역 특산물 축제 마당에서 노래를 부른다
들으면 다 알 만한
김삿갓도 있고 방랑 시인도 있다
애리조나도 있고 카우보이도 있다
아주머니들이 노래를 듣다 말고
늙은 가수 주머니에 지폐를 쑥 찔러준다
그의 주머니가 약간 불룩하다

그는 그의 노래를 부르며 여기까지 왔을 것이다
그가 축제 마당까지 걸어오는 동안
어지럼증도 외로움도 겪었지만
이제 남은 것은 공중에 뜬 낮달 같은 그의 노래뿐이었다
시인도 저렇게 시만 남겨두고 늙어 가는가
남자는 저렇게 아무것도 없이 늙어 가는가
어떻게 아무것도 없이 늙어 갈 수 있을까

2.
저이는 어디서부터 어긋난 걸까

아무것도 없는 것을 어떻게 또 쓸 수 있을까
시도 남을 데가 있을까
노래하는 사람은 노래하는 순간이 삶의 전부일 것이고
시인은 시 쓰는 순간이 삶의 전부일 것이다
시는 시 쓰는 그 순간에 완성되었을 것이다
어디 축제 같은 데 가서 시 낭독하지 말자

가파른 산책길

1.

1인용 견과류 한 봉지 주머니에 넣고
도봉 옛길 둘레 길 오르리
계절이 바뀌는지 하늘빛도 개울물 소리도 다르다
마음보다 몸이 먼저 아는 걸까
몸이 열려야 마음도 열리는가

바위에 걸터앉아 견과류 씹다 말고
툭툭 뱉었다
다람쥐나 묏 새 쪼아 먹으라고?
아님 지지난 해 5미터쯤에서 보았던 멧돼지 일가족?
몇 알 남은 봉지째 다 털어 넣으려다
두어 번 씹다 뱉었다

2.

천천히 가파른 돌계단 오르다
돌부리 사나운 계단 위 바윗돌 발끝으로 밀어내고
한 번 더 발끝으로 완전히 밀어낸다
길고양이와 눈 한 번 더 마주치고
한 번 더 마주치면
녀석보다 더 빠르게 휴대폰 카메라 터트리리라

가만, 이 길에서 걸음 멈추고 무얼 그렇게 생각했다는 걸까
잡생각이든 헛생각이든 발걸음 무겁게 했던 게 뭘까
남들은 생각하지도 않는 것들도 있다
퇴직 이후
잡념도 늘었지만 삶이 크게 단순해진 것도 있다
딱히 할 일이 없어졌다는 것!

어느 빵집이 사라진 이유

학교 정문 앞의 길목 좋은 빵집은
결국 휴대폰 매장 앞에 자리를 내주고
조금 더 뒤로 밀려났다
그래도 조금 더 뒤로 밀려난 집을 찾아갔다
인심은 그렇게 쉽게 변하지 않는다

또 한 두 해 만에
골목 끝으로 한 번 더 밀려나고 말았다
길에서도 눈에서도 멀어졌다
이젠 인심도 쉽게 변하고 말았다

빵집도 변했다
만 하루 막 지난 빵 두어 개를 묶어서
반값 세일할 때도 많았다

몇 해 지나면 아파트 상가 세탁소처럼
2층에 있다가
아예 지하로 내려갈지도 모를 일이다
막상 지하로 내려가면
길에서도 눈에서도 보이지 않을 것이다

그때가 되면
빵집이 사라진 이유를 알게 될 것이다
어쩌면 도봉시장 단골 순댓국집처럼
물어봐도 동네 가게들도 모르는 일이 될 것이다

이 봄밤에

—박세현 형님께

1970년대 혹은 1980년대 뒷골목 같은 길을
시인 둘이서 걸었다
시인 1인은 시인 1인보다 더 취했고
시인 1인은 시인 1인보다 덜 취했다
그러나 이 봄밤은 다 술 취한 여자 같았다

한 시간 동안 노래방은 꿈같은 곳이었다
어떤 노래의 1절은 그가 불렀고
2절은 내가 불렀다
어떤 노래는 그가 혼자 불렀다
〈보슬비 오는 거리〉는
마치 군악대 반주에 맞춰 같이 불렀다

이 밤에
시인 1인은 고(故) 김태정 시인의 시가 좋다고 했고
시인 1인은 그 시인을 모른다고 했다
다음날 김태정 시가 좋다는 문자가 도착했다
시인이 외로운 직종이란 것도 합의했다
외로운 시인은 용서할 수 있을 것 같다
누구나 자기 삶을 다 밀어붙이면
외로움에 닿는 거 아닐까

다시 1차 했던 술집을 향해
1970년대처럼 1980년대처럼 좀 취한 걸음으로 걸었다
이 봄밤에
또 시를 쓰기 좋은 봄비가 내리고 있었다
집으로 돌아가는 길이 또 멀어질 것만 같다
외로움만 견딜 수 있다면?

봄날의 풍경
—2023년 3월 30일

가평고등학교 앞의 작은 돌다리 건너
자라섬 가는 길
그때 어떤 풍경처럼 등만 보인 학생
물소리 배경 삼아 태평하게 왕뚜껑 컵라면 먹던 학생
다가서자 어느새 먼저 건네던 목례
"점심시간인가?"
"네"

*

둑길 걸으며 한 번 더 돌아보았을 텐데
왜 엄지 척 하나 날리지 못했을까?
뭔가 하나 두고 온 것 같아
허공 속 걷는 듯
연두! 연두! 하던 봄의 색도 잊고
자라섬 중도 매화 향기 홀로 진동케 하던 것도
물수제비뜨듯
한 번 더 물수제비뜨듯 휙 날아가는 가마우지도 잊고
돌다리 옆의 봄 쑥도 잊고
그냥 풍경 하나 되는 것

*

이 풍경 속에 뛰어들지 못한 강가의 버드나무 몇 채를 물속에 빠뜨
려놓고
물속에 들지 못한 또 몇 채는 풍경 밖에 세워두었다

*

지난밤에 김수영 시집을 다시 읽었다
그처럼 솔직한 것도 결코 쉽지 않다는 생각이 들었다
한국 시가 어떤 틀에 박혀 있을 때 그는 깨어 있었다
그의 시는 그의 삶을 끝까지 뚫고 나간 곳에 있었다
기성 시에 대한 그의 고독과 정직함과 자존심과 쓸쓸함과 대립과
단절이 생각났다
그는 흑백사진 몇 장과 육필 원고를 두고 갔다

*

이젠 시를 쓴다는 게 결코 거룩한 일이 아니다

봄날은 간다

봄날은 간다
마들역 어느 공공기관 건물 앞을 지나는데
가로등에 그 기관 안내판을 매달고 있었다
스케치북 펼쳐놓은 크기만한 플라스틱 안내 간판
그 안내판에 매달린 직원만
무려 일곱 명
간이 사다리 끝에 올라간 한 명
사다리 붙잡고 있는 한 명
사다리 옆에서 뒷짐 지고 구경하는 사람 세 명
구경하는 사람 옆에 또 한 명
사다리 하나 더 갖고 온다고 자리 뜨던 한 명
행인 한 명 추가요!

저 조그만 사무실 급한 전화는 누가 받을라나?
봄이 왔다고 죄다 나와 있으면 어떻게 하나?
봄날은 간다

.

진짜 싸나이

지하철 1호선
육십 전후 남자가 한잔 걸친 목소리로
동석한 친구들에게
"야 김봉국이가 진짜 싸나이야! 아들이 여친 하고 인사하러 온 자리
에서 봉국이가 이제부터 우리 집 제사 싹 다 없앤다고 했대!"
"우와 진짜 싸나이 맞다"
"맞다!"

짝짝짝 짝짝짝
짝짝짝 짝짝짝

시의 침묵

늘 혼자 오르던 길을 모처럼 셋이서 걸었네
시인 셋이서…
어느 시인은 제 무릎을 꾹꾹 눌러보았고
어느 시인은 복잡한 제 가슴을 툭툭 쳤었네
시인들의 가슴엔 뭐가 들었다는 걸까?

저녁에 순두부만 3년 먹었다는 시인도 있었고
여고 1학년 때 울기만 했다는 시인도 있었네
몸의 한 절반은 친정어머니라고 했고
창비 신인상 최종심 갔었다는 시인도 있었네
다들 왜 그러시냐고 물을 수도 없었네

약수터에서 모 시인이 졸시 「비대칭의 시」 낭독했네
이승훈의 「제주에서」는 내가 낭독하듯 읊었네
중국집에서 점심 먹을 땐 그의 「잡채밥」도 같이 먹었네
이 능선은 지체 높은 여자가 걷던 길이라 했었네
그녀는 이 길을 되돌아갈 생각을 했을까
그녀의 생각도 난세처럼 복잡하였을 것이네
생각이 복잡한 사람은 외로운 사람이었을 것 같네
외로우면 좀 더 외로워해도 되겠네

빅토르 위고 장례식 날 다 같이 허탈했던 파리의 청년들도
포로수용소에서 생니를 뽑았다는 김수영도
식구들을 도쿄 처가에 두고 돌아서던 이중섭도…

시가 싹 다 망했다는데 시를 또 써야 하나?
뭇 시인들도 여기까지 기어서 왔을 텐데
누가 누구를 무턱대고 사랑할 수 있을까
생각이 복잡한 날은 한 잔 더 마시지도 못 하겠네
시 비슷한 날도 있었네

애비의 웃음

애비와 어느 딸아이의 대화가 뒤에서 들렸다
아빠 그렇게 크게 웃는 것 처음 봤다
아빠~ 방금 전화한 사람 누구야?
내 친구 박기영이야!
내가 그 아저씨 커피 한 잔 사드려야 하겠다
박기영 씨한테 들릴 만큼 딸아이의 목소리가 크게 퍼져나갔다
옆에 있던 가로등도 좀 더 밝아지는 듯 했다
나도 괜히 우쭐하여 속으로 웃어 보았다
박기영 씨도 웃고 있을 것만 같다

부녀는 우리 아파트 옆 동으로 들어갔다
애비는 집에 들어가면 또 웃음을 잊어먹을 것이다
텔레비전에서 아무리 웃고 떠든다 해도
애비는 저녁 내내 웃지 않을 것만 같다
애비는 공연히 창문을 열었다 닫았다 반복할 것이다
멀리 있는 박기영 씨라도 부르려는 듯
방안의 공기를 다른 공기로 바꾸려는 듯
창문을 열었다 또 쿵 하고 닫을 것이다
친구 박기영 씨가 다시 전화할 때까지

상추쌈

주말농장에서 뜯어온 상추쌈 싸서 먹는데
집사람이 한 마디 툭 던진다
"아버님 좋아하시던 게 뭔지 알아?"
(나는 왜 아버님하고 단 둘이서 외식 한 번 한 적 없을까?)
"삶은 달걀, 국수 말고…."
"몰라!"
"상추쌈 싸먹는 당신 보니까 생각이 나네"
"상추쌈?"

그게 끝인데 저녁 먹고 나서 잠자리 들 때까지
도저히 잊히질 않네
견딜 수가 없네
요번 기제사 땐 상추쌈 한 접시 올려야 하나
아버지에 대해 집사람보다 모르는 게 많다

그림자에 관한 잡념

긴 그림자와 함께 길을 나섰다
길을 나선 자는 말을 삼키려는 듯 길 하나가 된다
바람도 그림자도 다 지나가는 것이다
볼펜도 A4도 챙기지 않았다
그냥 가자
휴대폰도 꺼내지 말고 걷자
방금 지나친 중년 여자는 법륜 유튜브를 보고 있었다
법륜한테 빠진 이유를 생각한다
황창연 신부 유튜브도 지나간다

세월교 건너 골목 어귀
희미한 가로등 아래 느릿하게 움직이는 어두운 그림자
가로등 아래 내놓은 종이박스 챙겨든 노인
긴 그림자도 그의 뒤를 따르고 있다
24시 무인 카페는 어둡지 않다

무인 카페 한쪽 벽면을 포스트잇으로 다 채운 것 같다
입에 삼키지 못한 말이 많다는 것이다
산책 중 반려견한테도 할 말이 많다는 것 아닌가
"왜 내 말 안 듣는 거니?"
저 반려견도 돌아서고 싶을 때가 있을 것이다

개도 불성이 있는가? 없다!
개도 불성이 있는가? 있다!

중년 여자 둘이서 지나치면서 하는 말을 또렷이 들었다
"야야 남자는 다 어린애 같다!"
나는 걸음을 멈추고 순간 어린애가 된다
누군가 했던 말이다
"남자들도 나처럼 부족하고 불안한 존재다!"*
대박!

돌아보면 아직도 긴 그림자는 견고한 물체처럼 그곳에 있었다
어떤 그림자는 한낮의 지루함보다 더 지리멸렬하다
나는 그림자를 의식하지 않고 그림자조차 의지하지 않고 살고 있는가
그대는 무엇을 의식하고 무엇을 의지했다는 말인가?
창비? 작가회의? 도덕성? 인간성? 공동체? 강원도?
강원도가 배경이 된 적 있는가? 없다
작가적 양심과 시대적 양심이 부단히 혼재했던 것인가?
(…)

어떤 그림자를 의식하지 않고 또 의지하지 않고 살 수 있는가? 없다,
있다

가만, 양심이 시가 될 수 있는가? 있다, 없다
도덕은 시가 될 수 있는가? 없다, 있다
신념은 시가 될 수 있는가? 없다, 있다
작가회의가 배경이 된 적 있는가? 있다
창비가 배경이 된 적 있는가? 있다

두 팔 크게 벌린 그림자 하나가 날갯짓하고 있다
뜬구름이라도 잡겠다는 시늉인가?
그림자를 떼어놓으려는 거친 몸부림인가?
홀로 추는 춤인가?
어떤 그림자도 의식하지 않고 의지하지 않고 살아야 하는 것인가

외롭지 않은 것도 또 외로울 때까지
사랑하지 않는 것도 사랑할 때까지
불화는 화해하지 않고 끝까지 불화를 겪을 때까지 겪어내는 것!
적적하고 고요할 때까지
애증이 그냥 애정이나 증오가 될 때까지
어떤 소리가 헛소리가 될 때까지
어떤 그림자도 의식하지 않고 의지하지 않을 때까지
나도 패배하고 시도 패배할 때까지
내가 쓴 시를 의식하지 않을 때까지

나의 문학적 신념이 소진될 때까지
아무것도, 아무것도 의지하지 않을 때까지
다시 허무하고 또 무의미할 때까지

*김지미: 영화배우(1940~)

살아있다는 것

무수골 골짜기에 살아있는 이 밤꽃 냄새
아 냄새 탓인가
눈에 익은 돌길을 자꾸 헛딛는다
그리고 헛디딜 때마다 어떤 틀에서 벗어나는 이 낯선 느낌!
이 헛디딤이 당기는 순간
헛디딜 때마다 어떤 구멍에 닿을 것 같은
이 텅 빔!
여기저기 나뭇가지 툭툭 부러진 물푸레나무가 눈에 띈다
길 아래 계곡 물소리도

바로 그때 자현암 길 아래쪽 계곡에서 마치 호랑이 울음소리와 동
시에
길 가로질러 빠르게 산을 오르는 시커먼 멧돼지 행렬
더 큰 멧돼지 하나 또 하나
그 뒤를 쫓아가는 새끼강아지보다 더 작은 새끼들
다섯 마리 또 다섯 마리
일순 정지!
잔뜩 얼어붙은 마음 더 작아지는 이 무서움!
살아있다는 것은 무섭고 두려운 것
이 불안함도 받아들이면 서서히 사라지는 것
살아있다는 것은 또 받아들이는 것!

저 밤꽃 냄새도 살아있다는 것
이 헛디딤도 살아있다는 것
늙었다는 것도 외롭다는 것도 아픈 것도 슬픈 것도
더 이상 돌아보지 않는 것도
다 살아있다는 것!

이런 의문

주간 당직자처럼 노트북 앞에 앉는다
나는 누구인가
나는 무엇을 하고 있는가
시는 나의 직업인가
에프엠 라디오는 나의 오랜 친구인가
몇 시에 집을 나설 것인가

무수골 지나 성신여대 난향원까지 다녀올 것인가
몇 시까지 시 앞에 앉아 있을 것인가
간밤에 쓴 시를 아침에 또 들여다볼 것인가
국내 정치는 끊었는가
점심 먹을 때까지 의자에서 일어나지 않을 것인가
커피 한 잔을 두어 시간 마실 텐가

로마 병사가 예수한테 너는 누구냐? 물었을 때
왜 아무 말도 하지 않고 병사만 쳐다보았을까?
아무 말하지 않고 빛처럼 대답한 것인가
시인은 시를 쓰고 무당은 굿을 하는 것 아닌가
시를 누가 읽을까
시가 생활인가
시와 생활은 다른 것인가

한국 사회에 대하여 할 말이 남아 있지 않은가
없다
어떤 대상이 없어졌다고 대상이 없어진 것인가
아니다
시는 도덕이 아니다 문학개론이나 교과서도 아니다
아침 유리창에 비치는 빛도 아니고
딱히 어디 앉아 있어야 할 곳이 없다
자! 커피믹스라도 한 잔 더 마셔야 하겠다

한 사내가 바위 끝에 앉아 있다

한 사내가 바위 끝에 앉아 있다
오래전부터 저 자리에 앉아 있는 것 같다
주위가 좀 어두워지자
사내도 바위의 일부가 된 것 같다
어딘가 물드는 게 그런 것이다
앗! 사내의 얼굴은 더 이상 보이지 않았다
그대는 돌아갈 곳이 없는가
사내는 어느새 어둠보다 더 어둠이 된 것 같다
사내 옆엔 물소리밖에 없다
사내는 무엇을 시험하고 있는 것인가
무엇을 견디고 있는 것인가
무엇과 한몸이 되었다는 것인가
사내도 저 물소리에 빠진 걸까

사내는 아주 작은 강아지를 가슴에 품고 있었다
제 가슴에 무엇이 닿았는지 알 수 있었다
무엇과 한몸이 되었는지 알 수 있었다
때때로 아무것도 모를 때가 있다
그냥 허공에 기댈 때도 있다
사람의 얼굴이 이 세상보다 더 어두울 때가 있다

콩깍지가 쓴 시

눈에 콩깍지가 썬 걸까
어떤 콩깍지엔 콩알이 다섯 개
어떤 콩깍지엔 일곱 개
어떤 콩깍지엔 여덟 개
물경 다섯 시간 동안 콩깍지를 까다 보니
시 쓸 시간을 놓쳤다
마음은 콩밭에 있지만

어떤 콩깍지엔 다섯 개
어떤 콩깍지엔 일곱 개
어떤 콩깍지엔 콩알 네 개
어떤 콩깍지엔 아홉 개
어떤 콩깍지엔 여섯 개
콩깍지가 씌면 누구나 단순한 사람이 된다
단순한 사람이 되고 싶다
콩깍지가 씌다 보면 콩깍지가 무서울 때도 있다
무서워도 콩깍지가 썬 게 좋다
시도 그럴 때가 있다
나도 그럴 때가 있다

물안에서*

영화와 삶의 경계가 있는가?
없다
어디까지 영화이고 어디까지 일상인가
그런 것 없다
바닷가에서 쓰레기 줍던 주민은 동네 주민인가?
그렇다
바닷가에서 쓰레기 줍는 김승윤은 배우인가?
그렇다
돌과 바람이 많은 제주도는 세트장인가
그렇다

배우와 일반인은 거리가 없는가
없다 있다
그게 무엇인가
어쨌든 카메라 앵글 안에 들어와야 한다
영화도 자전적인가?
그렇다
삶은 연기인가?
연기도 삶이다
영화는 삶의 발견인가? 발견의 삶인가?
그냥 보라

편한 것보다 불편한 것이 영화인가
그렇다
삶이 불편한가?
그렇다

*홍상수 감독 29번째 장편영화

불온한 날을 위하여

시 쓰는 게 마치 직업병 같을 때가 있다
시 쓰는 척이라도 해야 할 때가 있다
여러 날 시를 건너뛰면 죄책감마저 들 때가 있더군!
그것도 자학이라면 자학일 거야
자학 아니라 가학! 가학! 가학!
목련나무 잎사귀 한 잎 뜯어다 쓸 때가 있고
주말농장에서 푸성귀 뜯어다 쓸 때도 있다
혁명을 꿈꿀 때도 있다
잠깐 미친 척 하는 거지
집착이야 집착 아니라 픽션! 픽션! 미니 픽션!

하루는 시를 써야 살고, 하루는 살기 위해 시를 쓴다
내가 시를 쓰는 건지
시가 나를 쓰는 건지 모를 때도 있다
산다는 게 견디는 걸까
견디는 게 사는 걸까
세상이 문제가 아니라 내가 문제였다
자기를 또 부정해야 하는가?
하루라도 시를 쉬면, 하루를 잘 못 산 것만 같더군!
시여! 실패한 자의 기록이여!
시여! 우울한 자의 기록이여!

무(無)깊이에 대하여

창문을 열었다 닫을 때가 있다
그냥 닫았다 열었다 할 때가 있다
꿈을 꿨다가 지울 때도 있다
그럴 때가 있다
꿈을 끊을 때도 있다
삶의 깊이가 있다고 생각하는가?
있다 없다 문제 아니다
생각의 깊이가 있다고 생각하는가?
있다 없다 문제 아니다
시가 깊어졌다 밤이 깊었다 등 깊다는 걸 어떻게 생각하는가?
있다 없다 문제 아니다
깊은 잠을 자는가?
잠 설칠 때가 많다

그림은 그저 색이고 시는 단지 언어이다
생판 모르는 곳에 가서
아님 서촌이든 서강에 나가 바람이라도 쐬기를
각자의 삶이 곧 각자의 철학이거늘!
각자도생이 곧 각자의 시이거늘!

뒤늦은 고백

나만 빼고 너도 변했고 그도 변했는가?
아니다 너도 변했고 그도 변했다
나도 변했다 모두 다 같이 일제히 변한 것 같다
나는 아직도 그를 용서하지 못했는데
너는 이미 그를 용서한 것 같다
나는 너의 웃음에서 그의 웃음을 보았다
나 혼자만 그를 용서하지 못하고
그를 오래된 적으로 생각하는 것 같다
그도 변했는데 나만 변하지 않은 것 같다

나도 웃고 싶은데 웃음이 나오지 않는다
그보다 먼저 웃고 싶은데
너보다 먼저 웃고 싶은데 그게 안 된다
내가 너보다 먼저 웃으면 내가 변한 것 같고
너보다 먼저 웃으면 내가 용서한 것 같아
먼저 웃지도 못하고
나는 아직도 그를 용서하지 않았으니까
나는 변하지 않았고 내가 변하지 않았으니까
나의 신념은 변하지 않았다고
나는 여기서 고백하고 싶다

고작 이 비겁한 고백이 변하지 않았다는 것인가?
그러나 나도 모르게 나도 변했고 나도 용서했고
너도 없는 곳에서 그도 없는 곳에서
나는 이렇게 혼자 웃고 있는데
나는 이렇게 아주 편하게 시를 쓰고 사는데
변하지 않았다는 게 말이 되는가
나는 너보다 먼저 변했고 너는 또 나보다 먼저 변했다
그보다 그것보다 세상이 먼저 변했다
나비가 독수리처럼 높이 날아도
세상을 바꿀 수가 없다
나도 너도 그도 세상을 바꿀 수 있다고 믿었다
그도 웃고 너도 웃고 있는데
나만 웃지 못하고 있었다

정말 아무것도 모르는 게 많다

그가 우는지도 모르고 그녀가 웃는지도 모르고
나는 웃고 있었다 또 너는 울고 있었다
그것도 많은 밤이 지나간 뒤에야 알았다
정말 아무것도 모르고 웃을 때가 있다
그녀도 울고 싶을 때가 있다
하루가 지나고 또 하루가 지난 다음에
무슨 벌레처럼 쪼그리고 앉아 있을 때
앙가슴을 바짝 웅크리고 있을 때
내 눈물도 네 눈물도 얼마나 남았는지 알 수 없다
아무리 슬퍼도 울지 않는 자만 남았다
화가 나도 분노하지 않는 자만 남았다
측백나무, 햇살, 레몬, 안개꽃, 세월, 당신, 사소한 것
바보, 고래, 구멍, 그림자, 북유럽, 고독한 미식가

나는 왜 이 야밤에 걷고 있는 것인가
어두운 밤에 밤꽃 냄새만 간간이 또 가만히 지속되기를!
그것도 아주 어두운 뒷골목처럼
그것은 아무것도 아닌 그저 먹구름이라도 된 듯
그날 밤에 그는 떠났고 그녀만 남았다
그의 눈물인지 그녀의 눈물인지 눈물만 남고
그것만 남고 그것만 두고 갔는지

간간이 바람이 불었다
정말 아무것도 모르고 우는 자만 남았다
어둡고 깊은 밤에 우는 자만 남았다
슬픔인지 아픔인지 그것만 남아 있다
텅 빈 사무실에 앉아 벽만 바라보는 자가 있었다
그는 혼자 남은 자가 되었다
나는 가끔 내가 아닌 것도 같다

이 견딜 수 없는 것 때문에

당신에게
내가 왜 이렇게 급하게 사는지 말해야만 할 것 같다
무수골 주말농장 다녀오는 길 위에서
올 가을엔 당장 이사라도 가야 할 것처럼
당신 앞에서 왜 그렇게 성급하게 결론을 내리려고 했는지
모든 게 또 잠든 것 같은
자정 가까운 이 시각쯤 말해야 할 것 같다
당신이 잠자리 들기 전에 말해야 한다
이것도 강박인가 급한 성격 탓인가

당신이 말 꺼내기 전에 내가 왜 결론부터 말해야 하는지
자동차 수리비 때문에 그런 게 아니다
사주팔자에 화(火)가 네 개나 들었다고 그런 것도 아니다
내가 꼭 말하고 싶은 것은
이제 되돌릴 수도 없겠지만 견적서 받아들고
덜컥 받아들인 것 때문만은 아니다
캘리퍼니 브레이크 패드니 정말 하나도 모르면서
어디 가서 견적 비교도 하지 않고
오히려 어떤 성향 때문에
이런 것도 일종의 그 '행동 편향' 아닐까 싶었다

그러나 꼭 그런 것 때문이 아니다
퇴직 이후 밥 먹는 속도나 산책하는 시간이나 마트에 다녀올 때도
더, 더 급해진 것은
아마도 이 노트북을 떠나 있었기 때문일 것이다
이런 것도 일종의 '강박증'과 같을 것이다
많은 시간을 가졌고 많은 시간을 누리면서도
나는 또 많은 시간에 쫓기고 있는 걸까?
세월보다 이렇게 더 빠르게 살아도 되는 인생인가 말이다

퇴직 전엔 동료들과 밥 먹는 바람에
동료들보다 더 빨리 먹어도 더 빨리 일어날 수가 없었다
그러나 퇴직 후엔 식구들보다 더 빨리 앉아서 먹고 먼저 일어날 수
밖에 없었다
그러나 당신에게 이제는 말해야 할 것 같다
내 급한 성미 때문이 아니라고!
그게 단지 저 노트북 때문이라고 말해야 할 것 같다

당신은 또 그만큼 문학에 빠져 살면 됐지…
나는 노트북 앞에 앉아 있었던 것보다
마치 주말 부부처럼 노트북과 떨어져서
노트북을 떠나 있던 시간이 더 많았던 것도 알고 있다

나는 아주 게으르고 느려터진 시인이었다
하루 쉬면 내가 알고 이틀 쉬면 상대방이 안다
한 시간 쉬면 내가 먼저 알고
두 시간 쉬면 노트북이 먼저 알고 있을 것이다

또 적을 향해 겨누었던 모든 화살들을
이제 나를 향해 되돌려 놓았다는 말도 해야 하겠다
적과 싸우다 내가 나의 적이 되었다
내가 나의 적을 오랫동안 용서하지 않았듯이
나도 나를 용서하지 않을 것 같다
이것은 대단한 것도 아니고 허전한 것도 아니고
살아가면서 지루한 싸움이 되고 말 것이다

아! 몇 번이나 견적서를 꺼내놓고
한 줄 한 줄 시를 읽듯이 시를 쓰듯이 아무리 들여다보고 또 들여
다보아도
공임비도 동네 카센터보다 더 비싼 것 같고…
암튼 급하게 동의하고 돌아선 내가 적이 되었다
내가 나를 경멸하는 것은 어려운 일이 아니다
나를 반성하는 것도 어려운 일이 아니다

그렇다 해도 엎지른 물은 엎지른 물이 되고 말았다
내가 물보다 더 빨리 엎지른 물이 되었고
내가 물보다 더 빨리 물이 되었다
나는 물을 뒤집어썼다
밤이슬에 아랫도리 다 젖는 줄 모른다더니
이미 패망한 왕조의 난민이 되었는데도 아직도 패망한 그 왕조의
유신인 것처럼
제 그림자나 끌고 다니는 꼴이 되었다

내가 다시 돌아가서 만약 그 견적서를 거절하고
한 번 더 거절하고
돌아서 나온다 해도 나는 이미 패자가 되고 말았다
시는 패자의 몫인가
패자의 시는 또 외롭지도 않고 괴롭지도 않다
뚝뚝 떨어지는 것은 나뭇잎뿐만 아니었다
나는 미워할 것도 없고 사랑할 것도 없다
패배는 그런 것이다
그러나 나는 패자가 됐는데 더 이상 패자가 아니었다
나는 정직한 패자가 아니었다
여기까지만 하자

물 같은 하루를 불 같은 하루를 화살나무라 칭하면서

급하다 생각하면 급한 것이고 또 급하지 않다고 생각하면 급하지
않을 수도 있는 것 아닌가

그러나 여기서 갑자기 자꾸만 김수영의 「거대한 뿌리」가 생각나고
'이슽 여사와 연애를 하고 있는' 그 구절이 생각나고

그 다음 구절이 생각나고

또 그 다음 구절이 생각나고 또 그의 그 거침없는 언사들이 툭툭 튀
어나올 것 같아서 여기까지만…

아님 또 내가 먼저 더 빨리 많은 말을 쏟아놓을 것만 같아서 중간
쯤에서 끊어야 할 것 같다 가령, 부질없음과 침묵, 방관, 관념, 시인인
척, 퇴직자인 척, 뭣도 없으면서 뭣도 있는 것처럼, 신사인 척, 남자인
척, 대범한 척, 정의감, 직관, 인식, 통찰, 불찰, 파토, 경멸, 후회하지 않
는 척, 은둔, 망명, 난민, 중립국, 제3자, 묵묵부답, 운명, 아무것도 아닌
것, 남성적 권력과 현실 원칙, 사건, 충동, 아무것도 없는 것, 쓸쓸함, 고
정관념 중의 고정관념, 블라디보스토크, 북간도, 무의미, 무위, 무위이
화, 기분, 심리적인 것, 자기만족 혹은 대리만족, 자기위안, 심리적 보상,
가만히 있지 못하는 것, 모를 뿐, 있는 그대로 볼 뿐, 들을 뿐, 정견(正
見), 욕망, 권력, 소유지족, 비대상, 비겁함, 비관적, 의기소침, 가오, 독자
노선, 다른 삶, 인생론자 혹은 무신론자…

그렇다 이 모든 소리가 또 헛소리가 될 것 같아서
그런 것보다 무거운 잠이 먼저 쏟아질 것 같아서
당신이 이미 잠자리에 든 것 같아서
내가 그냥 나를 포기할 것 같아서
아무도 없는 이 깊은 밤 이 시가 나보다 먼저 나를 조용히 또 조용
히 위로할 것만 같아서
아무것도, 아무것도 아닌 것 때문에
이 견딜 수 없는 것 때문에

제2부 **고군분투한다는 것**

마들역 1번 출구

바람 불면 시가 왔고 시의 행간에 바람이 머물다 갔다
밤이 되면 밤이 또 시가 되었다
나는 바람과 밤의 비공식 대변인이 되었다
원외 대변인이었다

마들역 1번 출구에서 맞닥뜨린
체육복 입은 여중생의 육성을 받아 적을 때도 있다
"죽어 버릴 거야!"
"죽여 버릴 거야!"
단모음이었던가? 이중 모음이었던가?
그게 그렇게 단순한 음운의 문제가 아닌 것만 같다
네가 죽어도 아니 되고
네가 죽여도 아니 되는 일이거늘!

시는 수사나 기교가 아니라 사람의 말일 때가 있다
나는 어느 여중생의 깜짝 대변인이었다
비 소식 같은 것도 없었지만
비도 오고 바람도 부는 날이었다고 기록할 것이다
시가 나보다 먼저 받아쓸 때도 있다

그리운 새 한 마리

1.

한밤중에 걸었다 차라리 동굴 속에 들어갔다
강원도 주문진수산고등학교 통신과 졸업반 친구들과
세상 밖의 한겨울밤 장덕리 길을 걸었다
생전 처음 보는 낯설고 환한 어둠이었다
그냥 황홀하고 또 텅 빈 밤하늘이었다

그때 밤하늘 언저리에서 어둡고 텅 빈 노래가 들렸다
이곳이 아니라 먼 곳에 있는 노래 같았다
꿈보다 아주 먼 곳을 가야 할 것 같은 노래였다
노래도 열여덟 살도 작은 구름이 되었다
작은 구름은 날씨나 장래 희망이나 그리움이나 먼 곳에 대해선 노
래하지 않는다
아무 일도 없었지만 아무것도 할 수가 없었다

2.

50여 년 전 어둠 속에서 불렀던 노래*였는데 그보다 더 먼 곳에서
불렀던 노래 같았다
그보다 더 견고하고 쓸쓸한 밤을 겪었을 텐데
나의 구름은 그곳에 남아 있는 것만 같다
열여덟 살은 좀처럼 변하지 않는 나이인 것 같다

내일 아침 저 언덕을 넘으면
열여덟 살의 꿈보다 아버지의 세계에서 아버지처럼 살아야 했다
먼바다보다 더 큰 세상이 앞에 있었다
열여덟 살이 갑자기 다 큰 어른이 되어 버렸다

3.
어둠 속에서 시꺼먼 밤을 한 장 한 장 넘길 때마다
그 밤보다 더 무겁고 어둡던 새 한 마리
남쪽을 향하던 문득문득 그리운 작은 새 한 마리
동해 먼바다나 밤하늘엔 가 닿지 못해도
밤길에 자꾸 두리번거리며 헤매던
그리움이나 기다림을 언덕 밑에 가만히 묻어두던
우리들의 작은 새 한 마리

*김정호 〈작은 새〉

사랑보다 진한 것에 대하여

—김경창 仁兄에게

1.

거울 앞에 서면 친구가 크게 웃고 있다
차비도 없어 동가식서가숙 하던 젊은 날
음악 감상실 〈넘버 나인〉에 앉혀 놓고
양병집 〈잃어버린 전설〉과 핑크 플로이드 〈피어리스〉 듣게 하던
집에 데려가 밥도 먹이고 여러 날 잠도 재워주고
카키색 남방셔츠도 사다 준 것

오거리에서 유리 가게 하던 친구의 매형과 누님도 계셨다
안동서 직장 동료들이 놀러왔을 때
경포 나이트클럽과 시내 호텔방까지 잡아주었던 것
이제 한 시절 다 흘러간 것처럼
그들은 나를 까맣게 다 잊어먹었을 것이다

2.

시 쓰는 일이 먼 곳에 있는 것도 아니고
시 쓰는 일이 돌아서서 돌아보지 않는 것도 아닐 텐데…
거울 앞에 서 있는 게
거울 앞에 서서 나를 한 번 쳐다보는 게 힘든 날도 있다
거울 밖에서 돌아보면
돌아볼 수 없으면 돌아보지 말아야 하는지

돌아보지 못하면 돌아볼 수 없는 것인지
거울 앞에 서서 조금씩 조금씩 돌아보는 것이다
돌아보면 과거가 되지 못한 과거도 있다
사랑은 가도 옛날은 남는 것*

*박인환

사라지는 것과 떠나가는 것과

슬픔이여 눈물이여 가라
망설이고 두려운 것들도 허전함도 조급함도
오래된 아픔도 외로움도
흐르는 것들과 함께 떠나라
추억도 기억도 과거도 이 저녁도
실수한 것도 실언한 것도
어젯밤 내가 너에게 했던 개소리 이를 테면 시인은 그냥 밥이나 먹
고 또 살기 위해 살아가는 사람이 아니다
떠나가는 구름과 돌아보지 않는 바람과 함께
잊어라 무서운 것과 무서워하는 것도
보이는 것도 안 보일 때까지
내가 가지고 있는 것과 내가 가지고 있지 않은 것도
있는 것도 없는 것도 안 보일 때까지…
너를 향한 분노도 슬픔도 저 길모퉁이처럼
돌아보지 마라
저 후박나무처럼 한 번도 돌아보지 마라

막대한 안개도 물거품처럼 사라지는 것이거늘!
의미도 대상도 상처도 이 우울함도
무료한 시간도 이 떠나가는 계절도 적막함도
이 계절과 때 이른 폭염주의보와

이 시대착오적인 시 쓰기와 환상과 어긋남과
사라지는 것도 떠나가는 것도 아닌
너의 슬픔이여 나의 눈물이여
사라지는 것은 사라지고 떠나가는 것은 떠나가고
사라지는 것과 떠나가는 것과 남아 있는 것과
이 부드러워진 불안과 없음과 부족함과
현실적인 것과 비현실적인 것과 함께
이 고독과 함께

밤 산책길에서 생각한 것들

내 안에 들어 있는 것은 도대체 뭘까?
드러냄일까 감춤일까 숨김일까 숨은 걸까
이것은 억압일까 욕망하는 걸까
저 벚나무는 벚나무가 아니다
나는 내가 아니다

나는 그저 행인이다 나는 남편이고 아빠이고 큰오빠이고 사촌형이
다 작가회의 회원이고 아들이고 맏이고 큰형이다 어제는 마을버스 승
객이었고 취객이었고 한심한 인류였다 나는 경로 우대고 글 쓰다가 부
랴부랴 밤 산책 나선 동네 주민이고 퇴직자이고, 시는 이미 망했지만
길 위에서 시를 생각하는 망명객 같은 시인이다

내 안에 들어 있는 나는 도대체 누굴까?
방금 지나간 여자를 돌아서서 바라본 자는 누굴까
나를 바라본 저 여자는 누굴까
저기 배드민턴 치던 남녀는 연인일까
네 눈에 내가 보일까
내 눈에 네가 보일까
지금 여기서 보면 일목요연한 것은 없다

언젠가 신작 시집의 약력도 비우고 표사도 비우고

시인의 말도 싹 다 지우고 싶다
보도 자료 한 장 없이 시집을 내고 싶다
식구들도 모르게 입 쓰윽 닦고 싶다
쓱
또 제목도 없는 시, 한 10편 묶어서 발표하고 싶다
쓱
한 달여 만에 시집 한 권 분량 쓴 것 같다
쓱

저 강의 깊이와 높이

1.
저 강의 깊이와 높이를 알 수 없었다

삼십여 년 전 여름 작가회의 매포리 전국 문학인 대회
술자리 시작되기 전
앞에서 마이크 잡고 행사 진행 총괄하던 도종환 시인
오늘 밤 강가에 가지 말아야 시인들 이름을 나열하였다
어느 선배 시인 바로 뒤에 나를 호명하였다

가끔 마시던 폭음 때문이었을 것이다
여기저기 따가운 눈총이 번득였다
술 더 마시기 전에 다녀올까
출옥한 지 얼마 되지 않은 김남주 선생 앞에서
오늘밤 어떻게 또 취해야 할까

2.
십 년 옥고(獄苦)의 깊이와 높이를 알 수 없었다

이 세상의 많은 술을 누가 다 마셔야 하는가
이제 시인들보다 이 세상이 더 마셔야 할 때가 되었다
시인들보다 이 세상이 먼저 취해야 한다

그러나 지금은 시인도 세상도 술을 마시지 않는다

바람은 더 심하게 불고 세상은 또 흘러가는데
높은 벽을 무너뜨리는 자도 없고
깊은 강을 건너는 자도 없고
더 이상 마이크를 잡는 자도 없다
이제 아무도, 폭음도 통음도 하지 않는 세상이 되었다
누가 십 년 옥살이를 또 하겠는가?

사랑의 뿌리

"집에 갈 거야!"
요양원 할머니들이 가장 많이 하는 말
왜 그렇게 집에 가고 싶어 하는 걸까?
"집이 그리워서… 그게 아니야, 밥, 밥 때문이었어!"
아이들 밥도 먹이고 남편도 먹여야 한다고
밥 하러 집에 가야 한다는 것!

한평생 얼마나 많은 밥을 때맞춰 해먹였으면
오도가도 못 하는 치매에 걸려서도
오도가도 못 하는 요양원에서도
밥걱정 하고 있는 걸까
밥 하러 가야 한다는 요양원의 치매 할머니들*
밥 한 끼가 이렇게 거룩한 줄 몰랐다

집에 밥 하러 가지 못 하는
요양원 할머니의 속은 얼마나 더 썩어야 하는가?
속 다 썩어도 집에 갈 수 있을까
요양원 할머니는 남이 해준 밥을 어떻게 먹을까
식구들 밥은 누가 해서 먹을까
식은 밥은 누가 다 먹었을까

이제 밥을 누가 하고 밥을 누가 먹어야 할 차례인가?
밥 한 끼가 이렇게 거룩한 줄 몰랐다
지금 그냥 앉아서 밥 먹을 때가 아니다
이 세상의 모든 밥에 관한 것들 앞에서
이 세상의 어머니들 밥 앞에서

*최은숙 작가(신동아, 2023년 6월호)

칠십 줄 시인들은 어디서 시를 쓰고 있을까

시 한 편 뚝딱 쓰고 급히 집을 나섰는데
전봇대 옆에서 담배 피우던
칠십 줄 미당(未堂)을 빼닮은 남자
"아이쿠 깜짝이야!"
무수천 금계국이고 뭐고 간에
옆에 서서
담배 한 대 같이 피울 걸
담배나 피울 걸

금계국보다 눈에 자꾸 밟히던 게 뭐였을까
그 남자보다 눈에 더 선한 게 뭐였을까
칠십 줄 남자들은 어디서 살고 있을까
칠십 줄 시인들은 어디서 시를 쓰고 있을까
(절필!)
절필한 시인들의 시는 어디에 남았을까
아무도 읽지 않아
어딘가 남아 있는 시를 그가 지우고 있을 것 같다
이제 다 지웠을 것 같다

목월을 생각하다

오랫동안 거실 책꽂이 구석에 무슨 비밀처럼 숨어 있던 문고판 시집
이 있다 마른 낙엽처럼 부스러질 것만 같은 『백일 편의 시』* 책 모서리
몇 군데 접어둔 곳도 눈에 띄었다―지훈 가고 이삼일 지나 쓴 시도 있
다 이런 구절 앞에서 한국 문학의 뒷공간이 확 느껴진다 목월은 또 구
름에 달 가듯이 살지만 않았다 때론 '턱이나 문지르며 살지/ 귓밥이나
만지며 살지/ 어떡카노 어떡카노' 목월의 경상도 사투리가 행간에 잔
뜩 밴 것 같다 또 '산 자는 모두 북으로 가고/ 아니 죽은 자는 모두 북
으로 가고…' 북쪽을 바라보다 고개를 돌렸을 것 같은 그의 뒷모습이
보였다

*박목월 자선시집(삼중당문고, 1975)

늙었다는 것

나는 아직도 밥물을 맞추지 못한다
손등 어느 주름을 짐작하지만 번번이 맞지 않는다
집사람이 하면 그럴 리가 없는데…
오늘도 쌀을 안쳤지만 밥물이 맞지 않았다
집사람은 밥이 질면 질다 하고
마르면 마르다 한다
나는 집사람의 말을 그대로 받아들인다
한 귀로 듣고 한 귀로 흘려도
나이 먹어도 사람은 들을 수 있는 귀가 필요하다

다시 손등의 기준을 생각한다
그러나 기준이 없다
그리고 또 대충 생각한다
나는 시 이외 대충대충 생각하는 버릇이 생겼다
시도 대충대충 생각해야 할 것 같다
늙었다는 것이다
시도 시의 행간처럼 비우고 또 비워야 한다
하! 속이 뻥뻥 뚫린 시가 좋다
어딘가 군데군데 좀 어긋나는 것도 좋다
세상엔 이가 딱딱 맞는 게 많지 않다

노원역 지하서점에서

텅 빈 동굴 같다
시집 코너 앞뒤를 돌아보고 돌아보아도 텅 비었다
아무도 없고
남의 집 담장을 넘어 텅 빈 방을 훔쳐 본 것 같다
바람벽엔 또 무엇이 있었을까

제 가슴에 주렁주렁 훈장을 매달고 산다는 것은 시인의 가슴이 될
수 없다
〈청하〉에서 단 한 해만 하고 싹 다 접은 〈김종삼문학상〉은
산 자를 위해서도 죽은 자를 위해서도 잘 한 일!

문청 땐 시인보다 더 가난하고 더 외로운 직종은 없다고
시인보다 술 더 많이 마시는 직종이 없다고 생각했다
나이 먹어보니 외롭고 가난하고 술 더 많이 마시는 직종이 시인보다
훨씬 많고
또 그보다 오늘 하루의 삶을 산다는 것은
고군분투하며 사는 것!
고군분투하며 쓰는 것!
오늘 하루의 시를 쓰는 것!

웃고 있는 당신에게

시를 써야 한다
시를 써야 한다는 내가 있고
시를 쓰지 못하는 내가 있다
간혹 편두통에 시달리는 내가 있고
밖에 나갔다 온 다음에
몇 줄 끄적거리는 내가 있다

시는 힘을 주는 게 아니라
힘을 빼는 것!
문학사만 사라진 것이 아니라 역사도 사라졌다는 것
더 이상 문학사도 역사도 없다는 것
철학도 사라졌다는 것
각자 하루하루 견디면 철학이 되는 것

내가 시인이 아니라 나보다 당신이 시인이라는 것
역사도 내가 아니라 당신이 역사가 되는 것
바람도 불지 않는데
나는 울고 싶은데 웃고 있는 당신에게
나보다 먼저 울고 있는 당신에게

시의 일

이제 시가 할 수 있는 게 없다
풀이나 돌이 될 수 없고
시의 침을 뱉을 수도 삼킬 수도 없다
하루 벌어 하루 살 듯
하루 시 써야 하루를 살아낸다

오늘은 하루 건너뛰려다 박목월 시집에 딱 걸렸다
젊은 날 한 번 지나친 시집이다
그냥 지나칠 수 없는 것도 있다
돌이킬 수 없는 과거도 있다

아내는 장마 오기 전에 열무김치 담가야 한다고
두어 시간째 매달려 있는데
시 한 줄 쓰려다 한 줄이라도 줄이는 게
시의 일인 것 같다고 생각한다
시에 속은 게 아니라
시를 속인 것 같다
내가 나한테 또 속은 것 같다

하루종일 내리는 비

다 지우지 못한 전화번호가 남아 있는데
전화를 걸지도 못하고 받지도 못한다
오늘처럼 내 생각이 미치지 못하는 비가 하루종일 내리면
그냥 미친 척하고 정신 나간 취객처럼
아무 번호나 꾹꾹 누르고 싶다
내 마음 어느 구석을 꾹꾹 누르고 싶다
받으면 또 끊겠지만
끊으면 또 누르고 싶겠지만
그냥 혼자서 끊었다 걸었다 하는 번호가 있다
어제는 오래된 시집을 읽다가 던져 두었고
오늘은 혼자서 빗소리를 듣고 있다
빗소리가 마음 한 구석을 꾹 누르는 것 같다
이 빗소리 때문에
시 없어도 하루를 견딜 수가 있었다
이 비가 한 사나흘 쭈욱 내리 오면
사나흘 아무 걱정 없이 생각도 반쯤 내놓을 것 같다
생각이 병이라는데 더 놓을 수가 없다

산문시를 쓰고 싶을 때

노트북 앞에 오는 동안 생각했다
내가 시를 사는 게 아니라
시가 나를 사는 것 같다
나는 아직도 내가 되지 못했다

하루종일 책상 앞에만 앉아 있을 때가 많다
산문시를 쓰면 시의 행간이 보이지 않을 것 같다
시의 이면(裏面)도 안 보일 것 같다
왜 이런 쓸 데 없는 생각을 할까

마지막 행을 지운 시를 쓰고 싶을 때가 있다
남의 집 뒤란을 거닐 때도 있었다
시여 시인이여 짓궂은 농담이여 헛웃음이여
견자(見者)여! 불쌍한 견자여!
이 시를 산문시로 싹 다 바꾸면 어떻게 될까

산티아고 순례길

산티아고 순례길 같이 걷자는 사람이 있다
나이 더 먹기 전에
같이 한 번 걷자고 몇 해 째 권하는 사람이 있다
무수골 주말농장 갔다 되돌아오면서
산티아고 가자!
이번엔 내가 진심을 다해 말해야 하겠다
가자
이 도봉 옛길 둘레 길 걷는 것처럼
가자
당신 몰래 꾹꾹 삼킨 말이 너무 많은 것 같다
이제 꾹꾹 삼킨 말을 뱉어야 한다
제주 올레길도 건너뛰고 가자
친정 동네길
강릉 해파랑길도 건너뛰고
가자
루실라 씨!
가자

그림자 훔쳐보기

돌배나무의 그림자를 한참 훔쳐보았다
나무의 배후를 보았다
나무가 사라지거나
날이 어두워지면 그림자도 없어졌다

그날 시위대의 많은 구호도 그림자가 있었다
시위대의 배후도 있었다
시위대가 사라지거나
더 큰 그림자가 나타나면 그림자도 없어졌다

잘 보이지 않는 배후가 있었다
그림자가 없는 꽃나무도 있었다
그림자가 없는 배후도 있었다
그림자만 있고 꽃나무는 보이지 않았다
배후도 없는 그림자만 훔쳐보았다
나의 배후는 뭘까?

밤에 떠오르는 생각

동네 카페서 커피 마시는 중이었다
낯선 여자가 다가왔다 그리고 내 옆에 섰다
다짜고짜 욕설을 퍼부었다
처음엔 맞은편 일행한테 하는 줄 알았다
그 여자는 나를 노려보고 있었다
"이 씨발… 씨발…"
내가 뭘 잘못했다는 건지 얼른 돌아보았다
이 여자한테?
돈 떼먹은 일 없고…
그 여자의 욕설은 더 거칠고 더 빨라졌다
사람 잘못 보고 착각한 것인가
누굴 닮았다는 걸까?
카페 여기저기 쳐다보는 눈이 하나 둘 늘어났다
욕설 그칠 때까지 나는 듣고만 있었다
딱히 제지할 겨를도 없었다
육십은 넘은 것 같고 옷차림도 반듯했다
내가 누굴 닮았다는 걸까
그 여자는 누구한테 욕을 퍼부은 걸까?

나도 웃고 싶을 때가 있다

친구들은 그곳에 갔다
그곳에 가서 그들과 함께 노래를 불렀다
짧은 구호도 외쳤다
노래와 구호는 멀리 있는 곳에서도 들렸다
더 먼 곳까지
더 높은 곳까지
그곳에서 조그맣게 웃는 자가 있었다
웃는 자를 볼 수 있는 자는 언제나 웃는 자들뿐이다
우는 자는 웃는 자를 알 수 없다

내가 그렇게 생각하지 않았기 때문에
그곳에 가지 않았다
그곳은 먼 곳도 높은 곳도 아니었다
노래도 구호도 친구도 없었다
깃발도 없었다
나는 더 먼 곳에 혼자 있었다
나는 더 이상 나를 속이고 싶지 않았다
나도 웃고 싶을 때가 있다

나비의 꿈

1.

한쪽 날개가 유리창에 막 닿을 듯 나비가 날고 있다
146번 버스 타고 나갔다 오라는 것도 같고
춘천도 연천도 다녀오라는 것 같다
스페인이나 이탈리아까지는 못 가더라도
집콕 하지 말라는 것이다
또 잊을만 하면 꺼내는 그 사람의 말이다
손 없는 날 내려오라는 문자메시지는
강원도 백두대간에 터 잡고 사는 친구의 안부 문자다

2.

퇴직 이후 바깥출입이 줄어든 것은 사실이다
방에 틀어박혀 시만 쓰고 사는 것도 사실이다
말수가 크게 줄어든 것도 사실이다
밖에서 만나는 사람도 크게 줄어든 것도 사실이다
누굴 만나기 위해 집을 나선 적도 없다
이 사실은 사실이 아닐 수도 있지만
더 나가면 매우 사적인 일이 된다
그럼에도 불구하고 독고다이가 되어 가고 있다
그냥 특정 계파 없는 독자노선이다

3.
나는 등단 직후 작가회의부터 가입했다
그후 작가회의 모든 행사에 참석한 것도 사실이다
뚝섬 어디 조기 축구 하러 간 적도 있고
시 분과 시인의 여의도 집들이도 갔었다
그 당시 미군 사격장 있던 매향리도 갔었고
'구속문인 석방하라!'
작가회의 철야농성도 빠짐없이 참석했었다
아현동 작가회의에서 오라면 갔고
술자리도 중간에 한 번 빠져나온 적 없었다
조금 더 단순하게 살던 때였다

4.
나는 혼자 있을 땐 종종 비관주의자였지만
역사나 운동에 관해선 낙관할 때가 많았다
혹시 내가 나비의 꿈을 꾼 것 아닐까
나비가 나의 꿈을 꾼 것 아닐까
이것도 중생의 분별심이었을까
그때 나는 시보다 나비가 꿈이었고 꿈이 나비였다
이젠 나비도 아니고 꿈도 아닌 시를 쓴다

5.

시가 되지 않는 날이면 1호선 끝까지 가서

시 없이 하루쯤 연천역 들녘을 헤매다 돌아온다

운이 좋으면 돌아오던 길에

귀도 크고

턱 선이나 인중도 쏙 빼닮은

적당한 피곤함과 따분함과 무관심이 얼굴에 밴

허리가 좀 굽은 것만 빼면

김종삼보다 더 김종삼 같은

노인 옆에 앉을 수도 있다

소주 한 병 든 것 같은 검은 비닐봉지를 뒤로 밀어놓고…

끝에서 끝을 다녀오는 바람처럼 구름처럼

그도 꿈속의 나비가 되었나

나목

이제 직업란에 딱히 쓸 것도 없어졌고
무직은 좀 그렇고
결국 기타 항목에 클릭하고 나니까
상세 기록 창이 떴다
입안에서는 시인! 시인! 마구 쏟아졌지만
작가라 하고 묻어가기로 했다
시인도 넓은 의미에서는…
누군가 옆에서 눈을 흘기는 것만 같다
왜 뭐가 찔려서 작가라고 했을까?
시인이라고 쓰면
누군가 뒤에서 또 눈을 흘길 것 같다
돌아보면
정말 어떤 사내가 못마땅한 듯 눈을 흘기고 있었다
(앗! 알몸을 들킨 것 같다)

"네가 뭔 작가냐?"
"네가 시인이냐?"
"네가 시인이야?"

저 간절한 것들

4주 연속 꼼짝 않고 시만 쓴 것 때문인가
머리 식히려고 나선 길
지하철역 나오니 눈앞의 자작나무에 눈이 부시다
눈부신 적 언제였던가?
저 허허벌판 자작나무 때문인가
무겁던 마음도 조금씩 풀어진다
한창 때 시를 쓰면 까닭 없이 힘이 생기곤 했지만
이제 그런 힘 따윈 없다
그동안 너무 힘주고 살았던 것도 같다
어떨 땐 두 주먹 꼭 쥐고 살았다
주먹을 풀면 힘이 빠지는 줄 알았고
맥이 빠지는 줄 알았다
아무 힘 따윈 없다 해도 저 간절한 것들이여
또 빛처럼 쏟아질 때가 있다
나무들처럼 팔을 쭉 뻗을 때도 있다
자작나무 사이에도 서로 간절한 것들만 남았다
"어때 소맥 한잔할 텨?"

이런 여유

이런 여유는 어젯밤을 생각하게 하고
어젯밤 끝내 잡지 못한 모기를 생각하게 하고
어제는 오늘이 아니다 생각하게 하고
길에서 들었던 베트남어를 생각하게 하고
집에서 글 쓰는 나를 생각하게 하고
나보다 더 늦은 시각에 산책 나온 여자와
횡단보도 건너던 여학생의 발걸음을 생각하게 하고
나를 바라보던 여학생을 생각하게 되고
북쪽보다 더 북쪽을 생각하게 하고
김수영 시인 기일이 막 지나갔는가 생각하게 되고
이런 여유를 다시 한 번 생각하게 하고

이런 여유는 나를 웃게 하고 또 울게 한다
어젯밤처럼 아무것도 하지 않았는데 나를 결코 무료하게 하지도 않는
이 여유를 다시 생각하게 한다

라면 한 끼

배고플 때, 라면 한 끼가 그리운 법이다
친구와 함께 자취할 때
주방 벽에 커다랗게 써 붙인 한 줄
아침은 처음부터 없었고
'점심은 굶을 수도 있음'

간혹 내 사정을 알고 있었을까?
라면 한 끼 값 내주던 학형들이 있었으니
그들이 나를 하나도 외롭지 않게 하였다

하루 세 끼 다 먹고
간식 먹고 때론 야식도 챙겨먹는다
라면 한 끼 그리울 때가 없다
그러나 또 라면 한 끼 그리울 때가 있다
끼니 굶지 않고 살만 해도
나는 내가 아닌 딴 사람이 된 것 같다
하루 한 끼 건너뛸 때 되었다
"너도 나도 고픈 게 뭘까?"

유월의 끝

시는 뜬구름 잡는 것!
문청들 앞에 두고 대학 때 고전시가 교수님의 일갈(一喝)
올해 유월은 뜨거웠다
나는 하루도 쉬지 않고 뜬구름 잡았고
다 잡은 뜬구름을 또 놓아줄 수밖에 없었다
유월은 반성할 것도 없었다
어제처럼 또 어제처럼
뜬구름과 함께 고개를 떨어뜨리고 있었다
고개를 빼들고
서로 한참 처다보다 씨익 웃을 때도 있었다
그렇게 하루 또 하루
뜬구름과 함께 유월의 끝이 되었다
이번 유월은 어느 해보다 뜨거웠다
"잠깐, 끝이 있던가?"
뜬구름이 고개를 들고 했던 말 같다
벼랑 끝에서 돌아서 본 적 있는가

백지 한 장

아무도 싸우지 않고 이길 수는 없다
네가 아니라 내가 싸워야 한다
사랑이든 전쟁이든 우정이든 절망이든 희망이든
네가 아니라 내가 해야만 한다
밥을 먹든 커피를 마시든 설거지 하든
살아있는 권력이든 죽은 권력이든
펜을 들든 총을 들든 A4 백지 한 장이든
네가 아니라 내가 부딪치고 싸워야 한다
한 번 더 싸우고 나서 또 싸워야 한다
너하고 부딪치기 전에
너한테 패배하기 전에
너보다 먼저 내가 나하고 싸워야 한다
또 패배하더라도!

네가 이기기 전에 내가 먼저 패배해야 한다
아무도 싸우지 않고 아무도 패배하지 않는다 해도
아무도 절망하지 않는다 해도
아무도 희망하지 않는다 해도
저 빗소리 듣기 전에 내가 먼저 패배해야 한다

허난설헌 생가를 생각하다

그대의 집을 몇 발짝 앞두고 돌아섰네
칠월 능소화도 가슴 활짝 열고
용서할 것만 같은데
나는 용서할 수 없는 인간이 하나 더 생겼네
몇 밤 자고 일어나도
능소화가 내 허리 한 번 더 두른다 해도
용서할 수 없는 것은 용서할 수 없는 것인가
속 좁은 인간이 되어도 할 수 없네
세상엔 그냥 지나가는 게 없는가 보네
나도 그냥 지나가지 못했네
식탁을 다 엎었다 해도 후회 같은 건 없었네
제 팔뚝에 담뱃불 갖다 대던
젊은 날 내 친구가 생각났네
반역을 꿈꿀 수 없었던 저 아득한 시대에
술상 엎어놓듯 반역을 꿈꾸었던
어느 사내가 또 생각났네
능소화가 손을 쭉 뻗을 것 같아 돌아서야 했네
그대 집 몇 발짝 두고 돌아섰네

칠월의 이방인

길을 모르는 낯선 사람처럼 걸었다
길에서 길을 묻는 사람은 없었다
아는 얼굴도 없었다
밤 낚시꾼 옆에 있던 노인한테 대본에 없던 말을 건넸다
저게 뭐예요?
장어야

구순 노모도 계시고 아버님 산소도 있는 곳이지만
오늘밤 내 고향은 낯선 곳 같다
신리천변 걷고 또 걷고 장덕리 입구까지 걸었지만
내가 더 갈 곳은 아니었다
오래 전에 읽었던 다리 밑의 낙서는 그대로 있었다
지울 수 없는 낙서도 있는가 보다
다리 밑에서 한쪽 다리가 불편한 사내가
내게 의자를 권했다
의자에 앉았지만 딱히 할 말은 없었다
사내보다 내가 먼저 일어났다
사내는 왼쪽 팔도 불편하게 보였다

어젯밤에도 오랫동안 몸이 아팠던 사람을 만났다
문장 속에 빠져 사는 사람 눈엔

몸 아픈 사람들이 눈에 더 띄는 법인가
나의 문학은 픽션이 아니라 논픽션의 세계다
그러나 픽션 없는 논픽션도 없을 것이다
삶을 살아내는 자는 삶도 허구임을 알게 될 것이다
사랑도 그렇지 않던가
꿈도 그렇지 않던가

바람처럼… 떠도는 자에게

바람처럼 정처 없이 떠도는 자가 있었다
반찬거리도 팔고 옷가지도 팔러 다녔다
어느 고객과 장사꾼의 관계가
눈 깜빡할 사이에 내외 관계가 되어 버렸다
이웃집의 뒷담을 들었는지
도둑이 제 발 저렸다는 건지
끝내 꽤 먼 곳으로 야반도주하고 말았다
프랑스 어느 시인처럼
바람난 이들을 뒤쫓아 갈 사람도 없는데
바람을 뒤쫓아 갈 수 있는 바람은 없을 것

세상은
또 곧이곧대로 돌아가는 것도 아니다
정처 없이 떠도는 자는
세상에 제 자리 하나 갖지 못하고 떠도는 것
떠도는 자는 떠도는 것을 알 수 없고
고뇌하는 자는 고뇌를 알 수가 없다
그게 맞다

어두운 인사

동해 친구 빙부상 문상 갔는데 처가 식구들 앞에서
"여기! 내 친구 시인이야!"
목례는 했지만 낯을 가릴 수도
몸을 휙 돌릴 수도 없었다
(침묵 같은 고요!)

이런 날은 시를 쓰는 일도 깜빡 잊고
가난한 자영업자처럼
가게 문을 일찍 닫고 싶다
아님 이 밤 다 새워서라도 시 한 편 건져야 할 것 같다

과거 직장 다닐 땐 낮에는 시인이 아닐까 봐
나는 시인이다! 입에 달고 다녔었다
그러나 알고 보면 많은 시인들이 낮에는 직장을 다녔다
서점지기 투잡 선배도 있었고
양계(養鷄)에 번역도 한 쓰리잡 선배도 있었다
시가 직업이 되긴 어려운 업종이다

가정법에 의한 시

대학 1학년 때 중학교 동창이 권하는 대로
중앙 조직에 들어갔으면
외롭게 시만 붙잡고 살진 않았을 것도 같다
문학보다 사회과학을 더 읽었으면 어땠을까
남보다 좀 굵직한 경력 하나 갖고 살았을까
훨씬 더 큰 조직에 들어가
이기지도 못할 싸움에 휘말리진 않았을까
적과 싸우다 내가 먼저 적이 되지 않았을까
더 슬픈 노래 부르며 살았을까
동지들과 함께 불렀던 노래를 부르고 있을까
아님 좀 더 먼 제3국쯤 쫓겨가서 살았을까
포르투갈이나 아르헨티나 농장에서
인도네시아나 네팔 뒷골목 헤매고 있지 않을까
정말 길을 잃지 않고 살 수 있었을까
무섭다
크게 저항하지도 못하고 운동하지 못했어도
이렇게 마음 놓지 않고 외롭게 살 수 있었을까
가슴 언저리께 외로움을 어떻게 견뎠을까
나보다 더 약한 시는 또 어떻게 되었을까

사막 한가운데서 살아가는 법
—동해 감추사

길이 끝나는 곳에 절집이 있었다
그리곤 바다였다
길 끝에 바다가 있었고 그 끝에 또 길이 있었다
사막은 아니지만 길은 사막 한가운데 있다
낼 모레면 사우디아라비아로 떠난다는 친구가 있다
평생 사막을 떠돌던 친구
그는 그곳에서 돈을 벌었고 청춘을 묻었다

우리는 사막 한가운데서 헤매고 있다
먼바다도 사막 한가운데 있는 것 같다
절집도 사막 한가운데 있다
저 동떨어짐과 없음으로 살아도 불안하지 않게 사는 것
사막 한가운데서 살아가는 법

어떤 의자에 관한 신념

나는 허름한 의자에 앉아 살았다
동료들은 형편에 따라
체형에 따라 등받이 좋은 의자를 구입하기도 했다
나는 처음에 배당해 준 의자를 갖고 살았다
이렇게 버티는 것도 저항이라고 생각했었다
퇴직자 빼고
이렇게 오래된 의자에 앉은 이는 많지 않았다
한 십 년 이상 지나면서
이곳저곳 삐꺽대던 의자는 나의 신념이 되어 버렸다
철학이 되었다
내가 어딘가 기대고 있었다면
그것은 다름 아닌 이 허름한 의자였을 것이다
그곳을 떠날 때까지
그 의자는 나를 받아주었고 나를 잡아주었다
어떨 땐
화가 나서 의자 어깨를 콱 쥐어박을 때도 있었다
의자 모서리에 흐릿하게 써두었던
내 영문 이니셜 사인펜 글씨는 지워졌을 것이다
빠이!

어느 학부모님에게

고3 자녀 학부모 시험 감독 갔다가
기말고사 보는
고3 애들 보고
한 시간 내내 마음이 한없이 애처로웠다는
어머니가 있었다

그러나 어머니는 집에 돌아와
고3 자녀한테
또 잔소리부터 늘어놓고 결국 화를 냈다고 한다
어머니가 무너지는 순간

학부모 시험 감독했던 어머니여
기원 전 중국의 옛 성현은
천지도 불인(不仁)이라 하였거늘
벽 속에 뭐가 들었는지
벽 앞에서 돌아설 때도 있으리

사랑도 그럴 때가 있다

점심 먹다 혀끝을 콱 깨물었다
앞사람 눈치 못 채게 꾹 참았다
혀끝에 피가 맺혔다
또 성급한 성질 탓인가
밥 먹으면서 또 딴 생각한 탓인가

살면서 말할 수 없는 것도 많다
말하지 못한 것도 있다
살면서 말하지 않고 삼킨 것은 더 많다
말하지 못하고 삼킨 것도 있다
말하지 않은 것도 많다

말 많은 사람이 새겨들어야 한다
제 화를 다 쏟아낸 사람은 들어야만 한다
제 말 다 하고 산 사람은 꼭 들어야 한다
남의 말 안 듣는 사람도 꼭 들어야 한다
남의 말 자르는 사람도 들어야 한다
사랑도 그럴 때가 있다

시작 메모
—2023년 7월 7일 소서(小暑)

오전에 아이스커피 한 잔 마셨고
점심 먹고 밥공기랑 큰 접시 하나 설거지했다
베토벤 피아노 소나타 23번 〈열정〉 1악장 듣고
북한 식량난 해결 방안을 생각했다
휴대폰으로 정현종 신작시 다섯 편 읽었고
이승훈 유고(遺稿)도 생각했고
정지돈 인터뷰 두 꼭지 읽었다
문학 개인주의와 문학 사회주의에 관하여
아니다 그게 그런 게 아니라
저녁 먹기 전인데
하루에 시 다섯 편 썼다면
나는 아주 성실한 타이피스트 아닌가
남의 삶까지 끌어다 쓴 적도 있다

옛 시인을 회상하는 방식

신문지에 술병을 감춰서 들고 다녔고
당대 시인 중엔 고전음악에 조예가 깊었다
음악과 관련된 직장도 다녔다
딱히 교유하던 문인도 없었고
그의 장례식은 문인장도 아니었다
이제부터 픽션이다
막판엔 밥보다 술을 찾았고
돈을 구하러 다녔고 가족을 돌보지 않았다
음악도 집어 치웠고
시집이나 돈이 되는 책들도 팔아치웠다
바깥출입은 식구들이 감시했다
여기서부턴 논픽션이다
김수영보다 십 오륙 년 더 살았고
김관식 떠난 뒤에도 십여 년 더 살다 떠났다

몇 해 전 장흥 묘소에 다녀온 적은 있다
꽤 큰 천주교 공원이었다
그곳에서 그는 시를 그리워할까 술을 더 그리워할까
(아마도 술일 거여!)

오해와 이해 사이

상계교에서 창동교 구간 중랑천 산책로
바로 앞의 갓 중년 부부
"아이 징그러워 죽겠어!"
"지렁이!"
"지렁이 아냐! 나뭇가지야!"

그게 지렁이든 나뭇가지든 뭔 상관인가?
징그러워 죽겠다는데…

녹천교 아래까지 갔다 되돌아오는 길
창동교에서 상계교 구간
유심히 살펴보았다
십오 센티에서 이십 센티 가량 지렁이가 99 퍼센트였고
나뭇가지는 1 퍼센트 정도였다

그 구간 내내 나도 징그러워 죽을 뻔 했다
중년 부부여! 한 발짝만 물러나서 보라

그대와 함께 춤을

여기 무수천과 중랑천 만나는 길목
농구대 옆 주민 스포츠 댄스장
짙은 핑크색 조끼 갖춰 입은 백여 명 남짓
격렬한 음악도 춤도 낯설지만
모든 걸 다 뿌리칠 수 있다는 몸짓 같다
다 물리칠 수 있을 것도 같다
각자 사는 사연은 제각각 다르겠지만
이렇게 한방에 날려 보내고 싶은 것
이보다 좋을 순 없다
스포츠 댄스 경연대회도 준비해야겠지만
그것 때문은 아니다
몸이 편해야 마음도 편하다
제 멋에 살 때가 있다
잠깐, 무대 위 댄스 지도 쌤이 제일 열심이다
보라!
리더는 어떻게 살아야 하는지 가서 보라
오늘 저녁 그대와 함께 춤을!

어떤 정경이 심경이 되기까지

상계동 삼락교회 앞 횡단보도
등허리 80도 굽은 노인
한 손엔 지팡이 또 한 손엔 양복 재킷
한쪽 팔 뻗어 재킷 입으려는 듯

한 두어 해 전만 해도 얼른 다가가
재킷 입는 거 도와드렸을 거다
몇 발짝 걷다 생각해보니
30도 오르내리는 이 더위에
노인은 재킷을 한 손에 그냥 들고 있을 것 같다

나도 왼쪽 쇄골 다쳤을 때
남의 도움 받기 싫어
혼자 재킷 입고 물리치료 받으러 다녔다
견딜 만할 땐 견뎌지는 것!

저 정신 나간 인간을 어떻게 해야 하나

어떤 모임에서 정신 나간 그 인간을 또 만났다
그/녀는 다짜고짜 내 말을 끊고 막았다
같은 테이블도 아니었다
저렇게 정신 나간 인간은 피하는 게 상책인가
그를 또 같은 모임의 정면에서 맞닥뜨렸다
이번엔 내가 앉은 자리를 갖고 시비가 붙었다
그 인간이 앉겠다는 것도 아니었다
저 정신 나간 인간과 어떻게 싸워야 하나

오래 전 약 먹은 듯한 인간한테 거친 반말을 들었다
나는 큰 컵만 들었다 거꾸로 내려놓았다
주먹 쥔 채 사나흘 밤을 보냈다
단순하게 사는 사내가 되고 싶은 날도 있었다
내 친구의 친구인
어느 지역 조폭이 생각날 때도 있었다
말보다 주먹이 앞서는 남자가 되고 싶을 때도 있다
한 닷새 됐는데 분이 다 식지 않았다

부처는 어떻게 악귀의 말을 듣고 흘려보냈을까?
여기서 꽉 잡고 있으면 내 것이고
여기서 놓으면 도로 네 것이 된다는 것인가?

꽉 쥐고 있던 이 주먹은 누구의 것인가?
차마 용서할 수 없는 인간이 하나 생겼었는데
또 용서할 수 없는 인간이 하나 더 생겼다
용서가 되든 안 되든
나도 떡갈나무처럼 다 털고 싶을 때가 있다

제3부 **다이소를 나오며**

뭇 시인들의 근황

시인 A는 시인 B를 만나야 문학 얘기를 꺼낸다
백석도 꺼내고 미당도 꺼낸다
이승훈 후기시도 꺼내고 황동규 신작시도 꺼낸다
시인 B도 시인 A를 만나야 문학 얘기를 꺼낸다
한몫 챙긴 팔십 년대 시인들 다 떠났고
남은 시인들은 난전에서 푼돈이나 만지고 있다고

시인 A도 징징대고
시인 B도 징징댄다

시인 A는 막걸리 한 잔을 더 마시고 징징대고
시인 B도 막걸리 한 잔을 다 마시고 징징댄다

시인 A는 노래방에 가서 징징대면서 노래를 부르고
시인 B도 노래방에 가서 징징대면서 노래를 부른다

듣는 사람도 없고
보는 사람도 없다

나무와 기억과 사라진 것들

저 은행나무를 툭 털고 싶을 때가 있다
저 나무를 무너뜨리고 싶을 때도 있다
지름 일 미터 넘는 멀쩡한 은행나무가
밑동만 겨우 남기고 사라졌다
그 앞에 또 일 미터 오십이 넘는 나무도 사라졌다
하룻밤 사이에 사라지면 아무것도 없다
누군가 삐뚤삐뚤한 손 글씨로
이 나무를 베기 전에 이 동네 주민들의 의사를 꼭 받으라고 했건만
결국 사라졌다
사라지면 멀어지고 아무것도 기억하지 않는다
아무것도 기억나지 않는다
사라지면 기억도 무서운 게 아니다
저 은행나무만 사라진 것도 아니다
저 은행나무와 기억 사이에서
머물다 흘러간 것을 잠시 기억할 때가 있다
세상의 모든 나무도 가볍게 생각할 때가 있다
모든 것이 사라졌다고 생각할 때가 있다
노을, 새, 구름, 바람, 꿈, 연민, 평화, 정의
연대, 광장, 구호, 분노…

빗소리 혼자 듣기

비가 오면 좀 누워 있어도 괜찮다
비가 오는데 딱히 할 일이 없기 때문이다
벽을 바라보는 것도 괜찮고
벽에 기대고 앉아도 좋다
그림자처럼 좀 늘어져 있어도 좋다
빗소리 혼자 들어도 좋고
빗소리가 싫증나면 베토벤을 들어도 좋다
하루종일 벽을 쳐다보면
벽을 쌓는 것도
벽을 무너뜨리는 것도 즐겁다
어젯밤 툭 끊긴 꿈도 즐겁다
아무렇게 있어도 혼자 있기 좋은 날이다
비가 더 올 것만 같다
빗소리도 한갓 상념이나 잡념이 될 것 같다
어두워지는 벽을 바라보면
뾰족한 것들이 상처 받은 자처럼
풀 죽어 있다

사노라면

옛 제자한테 산문집 1, 2권을 우송했다
한 주, 두 주 지난 것 같은데 도착하지 않았다
그 사이 큰비가 한 차례 쏟아졌고
어떤 궁금증은 체념이 되었다
혹시 누가 갖다 버렸을까
택배로 보내지 않은 것을 탓해야 하나
날씨를 탓해야 하나
하루는 거실을 왔다 갔다 하던 중 생각했고
하루는 자다가 벌떡 일어나 생각했다
―책은 어떻게 된 거예요?
=담 주에 다시 보낼게!
―에휴… 아까워
보름 만에 주고받은 문자메시지다
―지금 책 받았어요~~^^
나는 이제 얼마든지 기다릴 줄도 알고
또 많은 것을 포기할 줄도 안다
낙관보다 비관할 줄 알고
뭔가 납득할 수 없는 것도 가볍게 견딜 줄 안다

맨발 걷기

왜 이 맨발의 쾌감을 몰랐을까
맨발의 기쁨을 왜 잊었을까
왜 두꺼운 운동화를 신고 다녔을까
왜 이 황톳길을 몰랐을까
우연히 맨발로 걸으면서
잃어버린 이 맨발의 쾌감을 찾았다
온몸이 다 열리는 것 같다
맨발로 뛰놀았던 기억도 되살아났다
몸의 기억은 사라지지 않는다
나를 억압한 게 무엇인지
양손에 운동화 들고 이 길 걸으며 생각한다
오늘의 이 고정관념으로
내일의 고정관념을 쫓아내면 되고
내일의 고정관념으로
오늘의 이 고정관념을 쫓아낼 수도 있다
이 운동화는 어떤 고정관념일까
닻일까 덫일까

날파리 같던 꿈

꿈을 꾸었다
그의 가방을 열어 보았다
서늘하였다
시집도 한 권 들어 있었다
펼쳐보니 시집에 있던 글자들이 와르르 쏟아졌다
들고 있던 시집은 금세 텅 비었고
바닥에 쏟아진 글자들은 시가 아니었다
속상했지만
다시 주워 담을 수도 없었다
꿈속에선 시를 만나지 말아야 할 것 같다
시를 만나면 그냥 목례만 하고 가자
행인 지나치듯 쓰윽 지나쳐도 된다
시가 돌아보아도 돌아보지 말자
헤어진 인연을 또 만나긴 어려운 법이다
깨지 않은 꿈도 꿈일까
모래탑처럼 쌓아둔 저 글자들은 시일까
이것도 꿈이라고 해야 할까

물밀듯이

어젯밤 중랑천 세월교 턱밑까지 겨누었던
물길은 도도하고 고요하였다
'물밀 듯이'라는 말은 저런 것이었다
쓸쓸한 것도 두려운 것도 없다
'물밀 듯이'는 그런 것이었다
그때 검은 수면 위에 허연 부유물이 떠내려갔다
잔뜩 웅크린 청둥오리 같았고
누군가 휙 벗어던진 흰 모자 같았다
더 바라볼 수도 없었지만
없음이 아니라 있음으로 불편했다
불안했다
그 형체를 무슨 말로 더 표현할 수가 없었다
눈앞에서 곧장 사라졌기 때문이다
그 형체를 생각하는 게 더 무서웠다
거기 있음이 아니라 없음으로

울음과 웃음의 상관관계

이쪽 사람들은 웃지 않는다
비를 뒤집어써도 우산이 뒤로 뒤집혀도 웃지 않는다
벽이 무너져도 벽을 무너뜨려도 웃지 않는다
그게 맞다
정권이 바뀌고 사람이 바뀌어도 웃지 않는다
저들은 웃어도 이쪽은 웃지 않는다
이쪽 사람들은 웃는 법을 모른다
긴 장마 끝에
이 맑고 환한 세상이 되어도 웃지 않는다
그들은 울지도 않는다
벽이 무너져도 벽을 무너뜨려도 울지 않는다
그들은 웃지 않는 동안 울지도 않는다
이제 이쪽 사람들은 우는 법을 잊어 먹었다
이들이 웃지 않는 동안 저들이 웃고 있었고
이들이 울지 않은 동안 저들이 울고 있었다
웃음도 울음도 저들이 가져갔다
이제 더 이상 웃음도 없고 울음도 없다
이쪽 사람들은
울지도 않고 웃지도 않는 자만 남아 있다

다이소를 생각하며

다이소를 나오면서 다이소의 비즈니스를 생각한다
많은 코너와 물건들 사이에
시집 전용 코너 하나 생겼으면 좋겠다
시집 수록 작품
한 열댓 편
쪽수는 삼십여 페이지
가격 3천 원
목차, 해설, 발문, 시인의 말, 출판사 서평, 보도 자료… 등
일체 없음
각종 출판 지원금과 1도 관련 없음

〈다이소 기획시선〉 뜬구름 잡는 것 같지만 생각만 해도 기분이 좋다
시선 기획 총괄 및 책임 편집
강세환 (시인)
다이소를 나오면서 다이소 시선을 생각한다
나는 가벼움을 얻었고 노래를 얻었고 시의 활로를 찾았다
이 가볍고 기쁜 생각 때문에
하하하

꿈 없는 꿈

1.

이 세상엔 꿈 하나 없는 꿈도 있겠지만
잠 없는 잠도 있다
가끔 침묵하지 않는 침묵도 있다
배회 아닌 배회도 한다
이젠 없음과 있음에 딱히 의미를 두지 않고 살아본다
없으면 없고 또 있으면 있는 것일 뿐!
대상을 놓칠 때도 있다
새벽 네 시 반, 잠을 청하고 청해도 잠이 오지 않는다
과거는 또 과거가 되는 것
덧없음이 되는 것
늦은 커피 한 컵이 이렇게 힘들 줄 몰랐다

꿈을 생각하는 것도
잠을 생각하는 것도
내가 아직도 한국 사회의 진보 진영에 서서 생각하는 것도
텅 빈 무대 같은 역사를 믿는 것도
아직도 뭔가 믿고 싶은 게 있기 때문이리라
내가 뭔가 믿고 있다면
아아 내가 패배를 알고 있다는 것!

2.
오늘처럼 서울 동북부에 억수로 비오는 날이면
김영태 집에 돈을 빌리러 갔던
김종삼 시인의 유난히 큰 손이 생각난다
그는 어떻게 그 무거운 사립문을 흔들었을까
김종삼은 또 어떻게 돌아섰을까
김영태는 어떻게 또 돌아섰을까
그러나 김종삼의 입원 수속을 뒤에서 다 알아봐주던 이가
혈육 같던 김영태 시인이었다는 것은
지금 생각해도
또 얼마나 다행스럽고 안심이 되었던 일인가

마늘 찧는 동안

마늘 하나 찧는데도 많은 공이 든다
층간 소음도 신경 써야 하고
마늘이 이 작은 절구통 밖으로 튀지 않아야 한다
적절한 힘과 일정한 속도도 유지하고
자근자근 잘 빻아야만 한다

눈이 매워도 또 텔레비전 영화*에 빠져서
대충 찧을 수도 없다
소작농 아들과 대지주 외동딸은 아일랜드를 떠나 보스턴행 이민 길
에 오른다
(말 달리자!)

할머니가 절구 공이를 쥐었던 힘을 생각하고
어머니가 공이를 쥐었던 힘을 생각하고
아내가 또 쥐었던 힘을 생각하면
마늘 한 조각에 쏟는 힘이라도 얼마나 큰 힘을 써야 하는지
또 얼마나 많은 힘을 빼야 하는지

한 소쿠리의 마늘을 찧는 동안
남자와 여자는 대륙을 횡단하여 마침내 오클라호마 땅에 깃발을 꽂
았다

(말 달리자!)

영화도 마늘도 힘도 사랑도 눈을 뗄 순 없다
그들은 깃발에서 손을 떼지 않았다
영화 클로징 크레딧이 다 올라갈 때까지
마주보며 눈을 떼지 않았다
이 시 탈고할 때까지!

*파 앤드 어웨이(1992)

그 사무실에 관한 단상

이긴 자는 돌아보지만 패배한 자는 돌아보지 않는다
그러나 돌아보지 않으면 이긴 자이고 돌아보면 패배한 자다
이긴 자는 늘 이기는 자였고
패한 자는 늘 패배하기만 하였다
이긴 자는 먼저 떠났고 패한 자도 결국 떠났다

그 사무실 아래층에는 언제나 이긴 자들이 모여 살았고
위층에는 패한 자들이 모여 있었다
이기는 자들은 어디서든 이기는 생각들만 가득하였고
패한 자들은 패배한 생각뿐이었다

이기는 자들은 얼굴이 두꺼웠다
얼굴이 두꺼운 자들은 패한 다음에도 패한 줄을 몰랐다
그들은 패배를 모르는 인간이었다
그들은 오직 이기는 방법만 생각하였다
그들은 어떤 계절도 어떤 적도 두렵거나 무섭지 않았다
그들은 '나' 이외 적이 없었다

그들은 폭우나 폭설도 두렵지 않았다
그들은 세상을 뒤덮은 폭염이나 폭풍도 두려워하지 않는다
그들은 '나'도 두렵지 않았다

나는 계절이 바뀌는 것도 두려워했고
나는 이기는 것도 두려워했다
그 사무실을 나오며
패배도 계절도 '나의 적'도 다 두고 몸만 빠져나왔다

이제 더 이상 가져갈 것도 두고 갈 것도 없다
아침에 설거지하면서 또 그 사무실이 떠올랐다
나는 실망스럽지만 또 패배하고 있는 것이다
나의 패배는 또 이렇게 수치스러울 뿐이다
어떤 패배도 역사가 될 수 없다

헌정

—y에게

남자와 여자는 먼바다 위에 있었다
여자는 제3국을 택했지만
남자는 돌아가고 싶었다
남자는 또 방금 떠난 곳을 돌아보았다
그러나 그곳엔 돌아갈 수 없었다
남자는 바다 너머를 알고 있었다
한 번 떠난 자는 돌아갈 곳이 없다
떠도는 것은 그런 것이다
남자는 무거운 것을 알고 있었고
여자는 가벼운 것을 알고 있었다
여자와 남자는 먼바다 위에 있었다
한 발짝만 더 내디디면 어디로 가는지 알고 있었다
바다는 사람의 이름을 남기지 않는다
여자는 천천히 노래를 불렀고
남자는 마지막 편지를 썼다
무거운 것도 가벼운 것도
그것은 사랑도 아니고 죽음도 노래도 아니다
남자와 여자가 견딜 수 없는 것도
남자와 여자가 견뎌야 하는 것도

텅 빈 골목

일자(一字)로 쭉 뻗은 골목
서양의 어느 화가 그림처럼
골목은 조용하였다
골목도 마치 심심하다는 걸 알고 있는 듯하다
골목은 평온하였다
골목도 입 다물고 살면
세상 평온하다는 걸 알고 있다
가로등도 골목도 숨을 다 죽이고 있었다
숨만 죽이면
모든 것이 사라지고 모든 것이 되살아났다
너를 향한 사랑도 증오도 불편함도
저 골목에서 배웠다
아무것도 아닌
일자로 쭉 뻗은 골목은 어떤 움직임도 없었다
골목은 몸을 비튼 적도 없고
어느 뒷골목처럼 사람을 불러 모은 적도 없다
이 골목이 유독 외로운 것도 아니다
이 골목도 뭔가 잘 견디고 있었다

마치 덜 꾼 꿈같은

어려운 말이지만 한 번도 읽히지 않은 시가 있을까
한 번도 읽지 않았으면 하는 시가 있을까
그런 시가 과연 있을까
나는 또 무엇을 따를 것인가
시가 읽혀야 하는가
시가 읽히지 않는 시대에 던지는 폭탄이다
시를 읽지 않는 시대에 시가 읽힐까

시가 하나도 읽히지 않는 시대는 그런 것 아닌가
아직도 뜯지 않은 문학잡지와 같고
오지 않은 사람과 같고
읽지 않은 시집과 같다
대답하지 않은 말이 남아 있다는 것 아닌가

일주일 전에 받은 계간지 두 권을 책상에 올려놓고
버리지도 못하고
읽지도 않고
덜 꾼 꿈같은
다시는 속지 않으려 했지만 또 속고 사는
그런 일주일이 또 흐른다 해도
아무렇지도 않은 게 이상하고 또 이상할 뿐이다

오늘은 창틀 모서리 끝에 손끝을 베었고
지난주엔 우산살에 손등을 베었고
지지난 주엔 당신의 말끝에 가슴 한쪽을 스윽 베었다
아픈 일을 또 겪어도 덜 아픈 것 같다
덜 아픈데 어딘가 더 아픈 것만 같다

너도 모르게 나도 모르게

다시 나의 분노는 너를 생각하게 하고
동시에 또 나를 생각하게 한다
분노는 동시에 나의 슬픔을 생각하게 한다
나는 또 슬픔을 생각한다
다시 분노하지 않는 자는 분노를 모르고
슬픔을 모르는 자도 분노를 모른다

그러나 분노도 모르고 슬픔도 모르는 자는
나를 모르고 나는 또 그들을 모른다
너는 나를 모르지만 나는 그들을 알고 있다
그는 분노를 모르지만 나는 분노를 알고
그는 슬픔을 모르지만 나는 슬픔을 안다
내가 견뎠던 과거가 이런 것이었을까

어제는 퇴직한 동료와 같이 소맥을 마셨지만
그는 나보다 먼저 취했다
그는 나보다 노래를 더 많이 불러 젖혔고
나는 노래를 부르지 않았다
이제 그는 분노도 없고 나도 분노가 없다
그는 슬픔도 없고 나도 슬픔이 없다

나는 어제보다 더 과거가 없는 인간이 되었다
분노도 슬픔도
저 대추나무의 그림자보다 자꾸 더 작아지는 것 같다
나는 어제보다 부끄러움도 없이 살아간다
나는 분노도 없이 슬픔도 없이 노래도 없이
너보다 나는 술도 더 많이 마시지 않고
너도 모르게 나도 모르게
너는 너의 과거를 말했고 나도 나의 과거를 말했다
다시는 이런 어긋남에 대해 말하지 말자
내가 아직도 과거를 살고 있다는 것 아닐까

혼자 중얼거림 1

혼자 조용히 중얼거릴 때가 있다
그것이 김종삼의 시 한 구절일 때도 있고
칠십 년대 유행가 한 소절일 때도 있다
칠십 년대 노래와 시가 겹칠 때가 있다
그럴 땐 중얼거리는 편이다
중얼거릴 때가 좋다

칠십 년대는 칠십 년대의 노래를 불렀을 것이다
노래도 있었고 무엇보다 가수가 많았다
그 노래도 소위 자기 시대가 있었다는 것!
한국 시는 팔십 년대에 쏟아졌을 것이다
많은 시가 있었고 많은 시인들이 있었다
시의 시대도 시인들의 시대도
이제 그 시대와 함께 또 몽땅 다 사라졌다는 것!

그냥 혼자서 중얼거려 본 것뿐이다
듣는 이도 없고 보는 이가 없어도
아무나 붙잡고 말을 나누어도 간혹 노래를 불러도
차 한 잔 마셔도 죽이 잘 맞을 때였다
가벼운 것은 무겁고
무거운 것은 가볍게 털어버릴 줄도 알았다

가만, 사랑하는 사람과 헤어지는 것도
사랑하는 사람을 만나는 것도
무거웠지만 그만큼 또 나비처럼 가벼웠던 삶!
한 번도 제대로 살지 못했던 삶!
시와 생활을 떼어놓지 못하고 살았던 것!

꿈 밖에서

꿈에 산 사람이 나타날 때도 있고
죽은 이가 나타날 때도 있다
몇 해 전 작고한 잠실 큰이모부를 뵐 때도 있고
둘째 큰어머니를 뵐 때도 있다
어느 나무처럼
뒷짐 진 채 서 있는 선친을 뵐 때도 있다

퇴직하기 전
차도 같이 마시던 직장 동료는 두어 번 나타났다
어느 날엔 전직 대통령이 꿈에 나타났고
글 쓰는 친구들을 만날 때도 있다
어둑할 때까지 강가를 헤매고 다닐 때도 있고
깊은 강을 건널 때도 있다
교실로 들어가는 나의 뒷모습도 있다

꿈에서 막 깨어나도 꿈이 꽤 선명할 때가 많다
꿈이 생시 같을 땐
꿈 밖에서 간혹 나무처럼 서 있을 때도 있다
또 하나의 꿈같은 생의 한가운데에서

칠월 하순

춘천 죽림성당 성직자 묘역 앞에
긴 빛줄기가 하나 그어졌다
나는 그 선을 밟지 않았다
루실라 씨는 그곳의 성직자 여럿을 알고 있었고
한참동안 고개를 숙였다

작년 이맘때쯤 선종한
강원도 주문진 출신
김현준(1951~2022. 7. 24) 율리오 신부님
그의 묘비 앞에서 나는 묵념했다
초등학교 1학년 때 내 친구의 형!

김종삼 시에나 나올 법한
저녁 미사 준비하는 복사 여자 아이 둘이서
뛰어가다가
내 앞에서 짧게 목례하고 또 씩씩하게 뛰어 간다
키가 크고 얼굴도 밝은 아이들이다

혼자 하는 일이란 이런 것이다
—2023년 7월 26일 밤 11시에서 11시 30분 사이

세월교 지나 창동교 가까운 구간 산책로
머리도 단정하게 뒤로 묶은
갓 스물 여자
미동도 않고 길 위에 쪼그리고 앉아 있다
뭘 하는 걸까
돌아오는 길 한참 가다 다시 되돌아가서
"무얼 하는 거예요?"
"지렁이 옮겨다 주는 거예요!"

보라
아무도 본 사람이 없고 묻는 사람도 없다
저 혼자 지렁이를 두 주먹만한 플라스틱 통에 담아
저쪽 풀숲에 옮겨다 주고 또 옮겨다 주는
혼자 하는 일은 바로 저런 것이다
한 손에 쥔 플라스틱 통 앞에서
지렁이가 통 속으로 들어오기를 기다리는
거창한 일이란 저런 것이다
지렁이가 천천히 기어가다 쉬었다 지나가듯
늦은 밤 아무도 없는 곳에서…

오늘처럼

노원구 온수골 사거리 신호 기다리는
빨간 헬멧 배달 오토바이
배달 청년은
뒤의 여자 친구를 몇 번이나 돌아보았다
여친도 눈 맞추며 환하게 웃는다
오늘 번 돈을 다 갖다 바쳐도 아깝지 않겠다
이 까짓 35도짜리 폭염도 물리칠 수 있다

세상 그 어떤 사랑도 따르지 말고
그대의 사랑은 오직 그대의 사랑일 뿐이다
그대가 사는 게 법이고
그대 하는 게 사랑이다
오늘처럼 뒤의 여친 또 돌아보듯 살아보라
여친한테는 이기지 않아도 되고
져도 괜찮다
내일도 부디 그렇게 살아보라
앞의 신호등 잘 보고 천천히 다녀라

비관에 대하여

폭염은 폭염에 속을 수밖에 없고
노숙자는 노숙자한테 속을 수밖에 없다
장마도 장마에 속을 수밖에 없고
내가 마신 술도 내가 마신 술에 속지 않을 수 없었다
시간도 시간에 속을 수밖에 없고
중랑천도 중랑천에 속을 수밖에 없다
나는 어제 너를 만나 속았고
너도 어제 나를 만나 속을 수밖에 없었으리라
한국 정치도 한국 정치에 속았고
한국 교육도 한국 교육에 속았고
역사도 역사에 속을 수밖에 없다
어떤 죽음은 어떤 죽음에 속을 수밖에 없고
어떤 운명은 어떤 운명에 속을 수밖에 없다

그러나 또 속지 않아도 될 것은 있다
절망이나 회한이나 불안이나 사랑이나 폭력이나
낙관보다 비관이나
비관보다 풍경이나
속지 않으려는 자보다 너보다 먼저 속는 자이거나
이제 더 이상 너한테 속지 않으려고
나는 또 너보다 먼저 속을 수밖에 없다

내가 너보다 먼저 속는 것을 알 수 없듯이
누가 속는지 누가 속지 않는지
알 수 없듯이
속지 않는 자와 속을 수밖에 없는 자를
알 수 없듯이
잘 모르듯이
스파게티가 장미꽃에 속을 일이 없듯이
장미꽃이 태양에 속을 일이 없듯이

메추리알 까는 시간

삶은 계란을 까는 것 하고 비교조차 할 수 없다
끝까지 한눈 팔 수 없고 손끝의 힘을 빼야 한다
다 빼면 안 된다
끝에서 조금만 방심하면 어김없이 실패다
곧장 메추리알이 뜯겨나간다
삶은 계란을 까듯이 여유 부릴 수도 없고
끝까지 한눈 팔 수도 없다
작은 것 다룰 때가 더 힘들다
이렇게 많은 생각에 잠긴 적도 드물 것이다
메추리알 하나에 집중하고 또 집중한다

손끝도 마음도 힘의 강도도 심지어 정신마저도 신중해야 한다
무엇보다 좀 더 섬세하게 신경 써야 한다
온전하게 까면 그렇게 기쁠 수가 없다
안심이다 안심이 아니라 끝까지 집중했다는 안도감의 순간이다
그만큼 또 외롭게 된다
그대는 큰 나라 다스리는 게 생선 굽는 일 같다고 했던가?*

*노자 도덕경 "治大國, 若烹小鮮"

역사와 슬픔은 왜 반복되는 걸까

왜 집을 나서 본 적이 없을까 죽이 되든 밥이 되든 왜 한 번 덤비지 못했을까 왜 내가 다녔던 길만 쭉 다녔을까 왜 하늘을 날지 못했고 먼 바다로 나가지 못했을까 폐지 노인 리어카 왜 한 번 밀어주지 못했을까 왜 넘지 말아야 할 그 선을 넘었을까 어렵고 힘든 책을 왜 집어 들었을까 왜 바람 따라 살지 못했을까 그때 너의 집 앞에서 왜 돌아섰을까 문학이 뭐 길래 생을 걸었을까 젊은 날 노교수는 왜 세상은 악마가 다스린다고 했을까 역사는 사라졌다는데 역사는 왜 반복되는 걸까

무료함을 견디는 것도 부질없음을 견디는 것도 주먹을 한 번 쥐었다 펴는 것도 해 질 녘엔 혼자 있는 것도 내가 한 번 웃었다가 웃음을 참는 것도 국가는 무엇인가? 하고 주기적으로 되묻게 되는 것도 낮에는 시를 쓰고 늦은 밤에 방황하듯 산책하는 것도 창밖을 내다보는 것도 1980년대 시인들을 생각하는 것도… 슬픔은 사라지지 않고 슬픔은 왜 또 반복되는 걸까

걷기

생각 없이 무슨 생각에 빠진 게 아니다
월정사에서 상원사까지
긴 시 한 편 쓰듯이 걸었고
독자 없는 시인처럼 뒷골목이나 걷듯 걸었다
겨울 산 텅 빈 울음 머금은 새소리는
그대에게 보내고
겨울바람은 내가 들었다
산자락 끌어당겼다 물소리에 적셔보았고
가슴이 휑한 1일 출가자처럼 걷고 또 걸었다
뒤돌아보지 않으려고 광폭으로 걸었다

상원사 경내 찻집에서 마신 대추차는
속세를 잊기에도
산속을 잊기에도
이 추위를 잊기에도 딱 알맞은 것만 같았다
여기쯤에서
북대(北臺)가 어딘지 궁금할 것 같았지만
더 갈 곳 없는 것 같았다
아무나 이것저것 다 등지고 사는 게 아니다
오래도록 홀로 걷는 자는 그런 것이다
헤매는 자도 그런 것이다

여기서 먼바다까지

12시 40분
시요일* 앱에서 꼬박꼬박 시 한 편 보내준다
많은 시를 읽고 또 많은 시를 흘러보낸다
더 흘러가지 못하고
저 골목 끝에 서성이는 바람처럼 맴도는 구절도 있다
그냥 제 풀로 흘러가게 두자
제 풀로 흘러가지 않고 손이라도 들고 있다면
손이라도 잡아줘야 하는 거 아닌가

이 시 한 구절 갖다 한 번 더 쓸 수 없을라나?
태풍을 피해 낯선 포구에 잠시 찔러놓은 고깃배처럼…
시는 어디서든 외롭게 살아야만 할까
또 허공처럼 표표히 흘러가야 할까
뱃머리나 툭툭 치는 파도가 되어야 할까
어제의 파도를 잊고 더 먼바다로 가야 할까
시도 먼바다까지 가야 할까
시는 시인보다 먼 곳에 있는 게 아니라
자고 일어난 여기서 먹고 자고 일어나 또 쓰는 것!

*〈창비〉에서 운영하는 어플

얼굴

이 길에서 내 얼굴 봤다고 하지 마라
나도 네 얼굴 봤다고 하지 않겠다
얼굴만 보고 너를 봤다는 말하지 마라
나를 봤다는 말하지 마라
너를 이해해! 이런 말도 하지 마라
너를 이해한다는 것은
이해할 수 없는 너의 것들을 다 버리고
내가 이해할 수 있는 것만
이해하겠다는 것 아닌가 (아닌가)

네 얼굴 봤다는 것은 간혹 너를 이해한다는 것은
내가 너를 이해한다는 게 아니라
내가 너를 오해한다는 것!
네 얼굴이 아니라 내 얼굴을 들여다보았다는 것
결국 나를 이해했다는 것
너를 이해했다는 것은 내가 네 얼굴 봤다는 것은
내가 네 얼굴 봤다는 게 아니라
내가 네 얼굴을 일그러뜨렸다는 것
너를 이해할 수 있는 것만
내가 이해했다는 것 아닌가 (아닌가)

카페든 호프집에서든 내 얼굴 봤다고 말하지 마라
나도 네 얼굴 봤다고 말하지 않겠다
특히 친구나 연인 앞에서
그곳에선 그냥 커피를 열심히 마시고
자! 각자 자기 얼굴 높이에서 빈 잔이나 부딪쳐 보자!
나는 너의 텅 빈 잔을 들고!
너는 나의 텅 빈 잔을 들고!

밤 산책하듯

분명히 길을 잃었을 것 같은데 당당하다
중랑천 밤 산책길에 만난
강아지만한 새끼 수달? 담비? 멧돼지? 너구리일까?
집에서 쫓겨난 게 아니라
제 힘으로 집을 박차고 나온 녀석과 같다
마루야마 겐지* 말처럼
저 녀석은 밤 산책하듯 가출한 것만 같다
에미가 새끼를 떼어놓은 게 아니라
지가 에미를 뿌리치고 나온 것 같다

집을 급히 빠져나와 밤 산책하듯
세상을 떠도는 이도 세상엔 많을 것이다
세상은 길 잃고 두려움에 떠는 자보다
세상은 길을 찾아 떠도는 자의 것!
주민들의 휴대폰 카메라 따위 무시하고
남의 시선 따위 애써 다 물리치고
세상은 무작정 홀로 떠도는 자의 것!
세상은 넓다
보라! 길은 네 생각보다 훨씬 많다는 것

*일본 소설가

한 줄 메모

단지 급하게 메모할 일 있으면
담뱃갑 은박지 뒷면에 그적거린 적도 있었다
나음날 아무리 읽으려 해도
읽을 수 없었던 한 줄 메모도 많았다
시의 첫 줄이거나
반쯤 쓰다 만 신작시 초고였을 것이다
흐릿한 단어 하나 때문에
머리끝까지 신경을 곤두세웠던 적도 많았다
도저히 읽어낼 수 없으면
아무나 붙들고 읽어보라고 한 적도 있다

과거엔 또 집사람이 한 번 읽고 버리라고 하면
뒤돌아보지 않고 갖다버린 시도 있다
어떤 시는 나도 몰래 제목만 고쳐서
신작 시집 속에 끼워 넣은 적도 있었다
나는 늦깎이였지만
그녀는
초등학교 6학년 때 일석(一石) 백일장 금상 수상자였다

카페 이름 생각나지 않을 때

1.
그대 이름이 생각나지 않아
내 허벅지에 볼펜을 꾹꾹 눌러보았다 한 번 더!
이름은 생각나지 않지만
그와 드나들던 광화문 카페는 생각났다
광화문 카페 삐걱대던 목제 계단도 생각났지만
카페 이름은 생각나지 않는다

이름이 이름을 후회하게 하고
카페가 카페를 후회하게 한다
더위가 더위를 후회하게 하고
노래가 노래를 후회하게 한다
어제 고모리 제빵소에서 먹다 남은 빵 봉지를 두고 온 것이
오늘 오후까지 후회하게 되고
그 카페를 또 그 카페가 후회하게 한다

2.
광화문 카페도 호프집도 후회하게 하고
나는 또 후회할 것을 후회하게 하고
후회할 것이 없어도
어제 두고 온 빵을 또 생각하며 후회하게 하고

오후 세 시쯤 한 번 더 후회하게 한다
더 이상 후회하지 않을 때까지
후회가 후회하지 않을 때까지
이 시를 다 쓰고 나서 또 다음 시를 쓸 때까지…
문득문득 내가 시를 쓰는 게 전력투구보다
고군분투에 가깝다고 생각하게 된다

시 한 줄 없이

1.

김종삼 시비 가까운 곳에 수캐를 세워놓고
젊은 여자는 사진을 찍고 있었다
제 혀 다 늘어뜨린 수캐도 고개를 떨구었다
바람 한 줄기 아쉬운 날이다
35도 폭염은 또 35도 폭염을 부를 것 같다

김종삼 시를 읽던 어떤 여자를 위하여
휴대폰 손전등을 켜고 걷는다
빛 한 줄기 아쉬운 밤이다
앞은 심하게 어두운데 돌아보면 넓고 맑고 투명한 어둠뿐이다
그렇다면 자! 씩씩하게 어둠 속을 걷자
어둠이여 깊은 밤이여 여름밤이여
오랜만에 불러보는 낯선 이름이여
앞이 잘 보이지 않을 때 불러보던 이름이여

2.

그해 겨울 천정 높은 저 생선구이 집에서
시 한 줄 얻었지
가게 구석엔 어느 세월을 옮겨다놓은 듯 풍금 자리도 있었지
추억보다 더 먼 곳에 있는 깨끗한 기억이여 과거여

풀어도 잘 풀리지 않던 오늘 하루를 풀어놓고
시 한 줄 없어도 시를 풀어놓고
안 풀리는 외로움은 A4 한 번 접고 또 한 번 접듯 접어두고
더 풀어 놓거나 견뎌야 할 것은
견뎌야 하고
아파트 밖에서 내 사는 곳을 쳐다보듯이
시 밖에서 시를 쳐다볼 때가 있다

풍경과 심경

고모리 김종삼 시비 옆 제빵소 카페
창가에 앉아보면
어디까지가 김종삼 시비 풍경인지 금을 그어 본다
저기까지인가
시비 뒤쪽 조용한 저수지까지는 아닌 것 같고
여기까지인가
시인들의 시비도 고작 여기까지인 것 같다
김종삼…
돌에 새겨놓은 시의 풍경도 여기까지!
풍경이 풍경보다 심경이 될 때
심경이 심경보다 풍경이 될 때

그럼 이담부터 시는 어디다 꼬박꼬박 새겨야 하나
페이스북
e-북
러시아의 어느 시인처럼 방금 쓴 시를 손에 꼭 움켜쥐고 퍼놓지 않
기를!
심경이 풍경이 될 때까지
풍경이 심경이 될 때까지
방금 쓴 시가 뜬구름 잡았다 막 놓친 뜬구름 같을 때까지

끝까지 갔다는 것

폭염을 뚫고 한낮의 남산에 올랐다
한낮도 폭염도 남산도 중요한 것은 아니었다
그가 오렌지색 셔츠를 입었거나
내가 또 모자를 썼다는 것은 중요하지 않다
식물원에 들렀는지
일행이 더 있었는지 중요하지 않다
디카페인 커피를 마셨는지
캔맥을 했는지 하나도 중요하지 않다
중요한 것은
쓸쓸함이 폭염보다 더 힘들었다는 것
한 개인의 외로움이 시대보다 더 외로웠다는 것

시인이 죽은 사회가 되었다는 것
폭염 속에서도
뜨거운 것은 또 뜨거울 수밖에 없다는 것
그것이 사랑이거나 우정이거나
중요한 것은
그도 나도 끝까지! 끝까지! 갔다는 것

태풍 때문에

신의주를 향해
제16호 태풍 카눈은 서울과 평양을 종단하고 있다
태풍 때문에 언쟁이 있었다
쟁점은 방향이 아니라
태풍의 중심 기압이나 최대 풍속이 아니라
강원도의 강수량 때문이었다
정확히 말하면 강원도가 아니라
영동지방이었다
더 정확히 말하면 강릉이었다
더 정확히 말하면 남대천의 수위 때문이었다
태풍 때문이 아니라
내가 어떻게든 언쟁을 피했다는 사실이다
집사람과의 언쟁은
일단 피하는 게 상책이라는 것을 알았다
태풍이 오기 전에
언쟁이 막 시작되기 전에
내가 무슨 말을 막 뱉어내기 바로 직전에!

태풍은
아주 먼 곳으로부터 다가오고 있다는데

남해 생각

가을엔 남해 여수쯤 가자
사나흘 무위도식하자
가볍게 흔들리는 뱃머리도 구경하고 그 가벼움을 바라보며
한국 문단도 잠시 일탈하자
한국 정치도 끊고 정계 은퇴자처럼 살자

또 퇴직했으면 퇴직한 지 두어 해 지나면
옛 직장 앞 지나는 길보다 굳이 더 먼 길을 돌아다녔다
오늘은 말복이지만 가을이 오기 전에
한국 문단도 잊고 한국 정치도 잊고
옛 직장 가는 길도 잊자

어젯밤에 썼던 이 신작시부터 탈고해야 하겠다
점심 먹기 전에 이 무거움부터 털고 싶다
뭘 안다는 것도 또 단호한 것도 선명한 것도 옳은 소리도
비로소 다 무겁다는 것을 알 수 있다
좀 멀리서 하릴 없이 헛된 구멍이라도 뚫다 보면
내가 또 무엇을 반복하고 있는지 그것도 생각났다
내가 왜 또 고독해야 하는지 생각났다

단양에서 1박

넓은 뒤뜰이 딸린 집에서 와인을 마시고
수제 맥주로 입가심 하고
늦은 밤 많은 빗소리를 들었을 것이다
호주 아들 집에 일 년 머물다 이민 갈 것 같다는
사촌 동생은 집을 비워둬야 할 것 같다고

"오빠! 창문 좀 열어주고 1박 하다 가셔요"
"저기 와인 다 마셔도 돼요!"
"한 일 년 집필실 쓰면 전 영광이에요! 호호!"

단양에서 1박은 오래 전 꿈의 한 컷 같았다
남한강도 먼 산도 창가에 맞닿을 듯 하고
빗소리도 밤새 끌어다 놓을 수 있었고
근사한 집필실도 와인도 통째로 갖게 되었다

단양에서 1박 할 때마다 무엇을 써야 한다는
압박이 또 강박이 되었는지
십여 년 동안 한 번 다녀가라 해도 차일피일 미루다
뒤늦은 방문 때문이었는지
시는 그냥 제 집에서 써야 할 것 같다고
문자 한 줄 남겨야 할 것 같다

빗소리 듣기

목련나무 잎사귀에 투둑 투둑 떨어지는 이 날것!
그대로 빗소리 듣는다
잠들 수 없는 이 밤에 듣는 빗소리가 고맙다
이 빗소리는
내 몸 구석구석 돌아다니며 나를 일깨워준다
마치 살아있냐고 되묻는 것 같다
투둑! 투둑!
이 빗소리 하나가 어떤 사물 하나가 된 것 같다
잠 놓쳤지만 어떤 사물 하나와 마주친 것 같다
인공지능도 이런 걸 알고 있을까?

나의 시를 하나의 사물처럼 마주칠 때가 있다
조금 어색하지만 내 시의 구멍을 볼 때도 있다
내 시에 구멍을 뚫어볼 때도 있다
밤잠을 청해야 하는데 빗소리가 쉬지 않고 있다
빗소리 그친다 해도
이번엔 빗소리보다 내가 쉬지 않을 것 같다

길을 걷다 1

주문진 풍물시장 지나
너울성 파도주의보 내린 출입금지 바다 지나
불 다 끄고
한 두어 집이나 불 켜놓은 횟집 골목 지나
방파제 끝 등대까지 걸었다

큰 손바닥으로 내 등짝을 찰싹찰싹 때리는 파도 소리가
너울성 파도처럼 올랐다 내렸다
허황한 꿈도 올랐다 내렸다
새들도 수평선도 등대도 어둠처럼 내렸다
어둠이 내렸다
산소가 부족한 물고기처럼 다시 뛰어오르지 못한
새들은 사라지고 길도 사라졌다
사라지지 않은 길들이 다시 나타난다 해도
그 길은 길이 아니다 그게 아니라
길이 없다 있다 그게 아니라
이제 이 지상에 길이 없어졌다는 것!

길을 걷다 2

홍천휴게소에서 친구를 만났다
친구는 커피를 들고 있었고 나는 걷고 있었다
친구는 어깨 통증을 가리켰고
오른팔을 들어올리긴 해도
등 뒤쪽으로 팔을 다 뻗지 못했다
어두워지는 나무 그늘 아래
어떤 사내가 등불 하나 들고 있다
무슨 무슨 주사 얘기도 나눴지만
두어 달 더 지켜본다고 했다
다음 달 친구들 낮술 할 때 한잔 약속하고
어두워지는 나무는 세워두고 헤어졌다
차마 헤어지기 어려운 말도
더 하기 어려운 말도 복잡한 말도
무서운 말도
때론 뱉어놓고 주워 담지 못할 말도
길에서 만나 털어놓고 나면
모든 말들은 어김없이 단순한 말이 된다
아픈 말도 단순한 말이 된다
우린 생각보다 훨씬 더 복잡하게 산다

제4부 **한낮의 지하철에 대하여**

시인의 집

그대 집 뒤에는 작은 학교가 있고
그대 집은 불을 꺼놓았다
마당 끝의 감나무가 사막의 낯선 나무처럼 있었고
대문은 굳게 닫혔다
어제는 그대의 시집을 읽었다
어떤 기교 하나 없는
시인 랭보가 생각나던
사막이라는 시가 눈에 띄었다
외롭게 외롭게 살려는 화자의 의지가 돋보였다

학교 오르는 가파른 언덕배기에 눈발 날리면
창문 열어놓고 밖을 보라
홀로 뚝 떨어진 채 날리는 이상한 눈송이
제 자리만 계속 맴도는 놈도 있으리
별똥별처럼 달아나는 놈도 있으리

이 소동과 소음에 대하여

커피 때문에! 두 시 넘어 잠자리에 들었다
한 시간여 내일 할 일을 머릿속으로 생각하다
모기 소리 때문에 다시 불을 켰다
모기와 내일 할 일에 대해 생각하다
모기 소리 때문에 다시 일어났다
모기는 금방 눈에 띄었고 쉽게 해결했다
네 시

이번엔 얼굴 가까이 다가온 모기 소리 때문에
일어났다
모기 잡겠다는 일념으로 방안을 검색했지만
포기하려는 순간
문미(門楣) 위 눈썹만한 모기 꼬리가 보였다
어려운 각이었지만 그 각에 맞춰 단호하게 내려쳤다
다섯 시

모기 소리 땜에 거실로 피했다
모기 한 마리 때문에 단지 모기 소리 때문에
이런 소동 피우는 게 아니다
늦은 밤 시집 탈고하던 눈보다 더 집중하던
나의 눈을 누가 보았을까

이 소동과 소음에 대해 비웃지 마라
내일 할 일보다 이 소동과 소음에 관한 시상을 생각하다
간신히 잠 들었다는 걸 비웃지 마라
거실까지 따라온 또 모기 때문에
머리끝까지 이불을 끌어당긴 나를 비웃지 마라
여섯 시

빈말

오늘의 말을 하기 위해 어제의 말을 슬멋 돌아보았다
어제의 말을 생각하기 위해
오늘의 말을 하기 전에 다시 어제의 말을 꺼내보았다
어제 했던 내 말은 어디로 갔는가
귤이 회수를 건너면 탱자가 된다

둘이 앉아 있어도 사람들은 자기 말을 하고 싶어한다
남의 말을 들어야 하는 자리에서도
남의 말을 듣는 게 아니라 자기 할 말만 생각한다
남의 말을 듣는 사람은 없다
고작 차 한 잔 마시는 그 시간에도 말이다

어제는 어느 시인의 시집 출간에 관한 얘기를 나누었다
그는 내 말을 듣겠다고 했지만 내 말을 듣지 않았다
내 말은 어디 가고 그의 말만 남았다
그가 왜 시집 출간에 대해 내 말을 들으려 했는지 궁금하다
궁금한 것이 아니라 뭔가 수상하다
그가 나를 속이는 것 같다
아무나 사막을 건너가고 혁명을 꿈꾸는 게 아니다

나는 이제 누굴 더 이상 가르치지 않아도 된다

나도 내가 뱉은 말을 종종 피해 다닐 때가 있다
가끔 내가 왜 빈말을 해야 하는지 모를 거다
그러나 빈말조차 하지 않을 것이다
나를 위한 말수도 너를 위한 말수도 줄여야 하겠다
묻지 않는 한, 말하지 않겠다

이젠 사람도 피해다녀야 할 나이가 되었나
시집을 업고 가든 시집을 메고 가든 당신 소관이다
그러나 이 말을 끝내 뱉어내지 못했다
당신이, 당신이 무슨 문제가 있는 게 아니라
내가, 내가 나의 갈증 탓이었을 것이다

두물경
—2023년 8월 16일 오후 7시

1.

오후 세 시 양수리 물래 길을 걸었다
저 앞의 섬처럼 납작 엎드린 고양이 곁에서
물만 바라보았다
물가에 더 다가선 고양이는
지나는 사람들이 사진 찍자는 말에 미동도 않는다
그의 집중력이 놀랍다

두물머리 물가를 천천히 거닐었다
이 시각이 고맙다
이 두물머리는 한겨울에 차를 몰고 달려갔었던
다산유적지 앞과 또 달랐다
그대는 어디서 어디로 가는가?

2.

입 꼭 다문 연꽃 봉오리 몇 편 봤고
간만에 석양도 한참 보고
족자도*도 큰 섬도 물오리도 물끄러미 바라보았다
혼자 걷는 사람의 뒷모습도 봤고
그래 그렇다면 무(無)목적의 길을 걷자

두물경 표지 석 뒷면
황명걸의 시는 미동도 않고 한자리에서 쭈욱 읽었다
시는 누가 읽어야 하는가?

지난 번 친지 장례식장에서 만났던 신부님은
신부는 신을 믿고
시인은 시를 믿는가 하고 물었다
나는 시를 믿는가?
이번엔 내가 묻고 있었다
중국의 어느 황제처럼 선문답하듯 수시로 호문(好問)하라

누가 '나'라는 것인가?
무엇이 '시'라는 것인가?
'세상'은 또 무엇인가?

*두물경 앞의 섬

사랑의 뿌리 3

보라! 사랑하라 사랑하라 아무리 외쳐도 소용없다

자정 가까운 시각 중랑천 둑길
휠체어에 앉아 있는 노인
여름 잠옷 바지 입은 두 딸
"엄마! 우리 물가에 앉았다 올 때까지 여기 계세요!"
세상의 아들들은 다 어디 가고
여기 딸들만 남았는가?

보라! 사랑하라 사랑하라 아무리 외쳐도 소용없다

세상을 떠도는 아들들의 가슴속엔 반성한다 해도
반성이 되지 않는 것이 남아 있다
사랑의 뿌리보다
때때로 또 사랑하고 싶어도 도저히 안되는 게 있다
불효도 아들의 몫인가?

사랑의 뿌리 4

초등학교 4학년쯤 여자아이가 아파트로 들어온다
안녕!
아이의 시선은 뒤쪽을 향하고 있었다
뒤쪽엔 어떤 사내아이가 서 있었다
아이는 돌아섰지만 사내아이는 돌아서지 않는다

사내아이의 시선은
여자아이의 뒤쪽을 한없이 향하고 있다
사내아이의 눈이 일순 반짝였다
빛이나 별이 아니라 눈물이었다

사내아이는 돌아섰어도 돌아서지 못할 것이고
돌아설 수 없어 또 돌아설 것이다
그러나 뼈아픈 후회라 해도 후회는 어제도 없고 오늘도 없다
사내아이는 한 번 더 돌아설 것이다
한 번 더 돌아볼 것이다

안과 밖

도봉역 횡단보도 천천히 횡단하고 있었다
레디! 액션!
나는 빵 한 봉지 들고 이쪽에서 걷고
그녀는 저쪽에서 오다 멈췄다
뭐지?
카메라는 그녀 앞에 섰고 나는 횡단보도를 건넜다
나는 돌아보았다

많은 스태프들이 모여 있었다
조명도 있고 맨바닥에 앉아 모니터도 들여다보고
행인 관리 하는 요원도 있었다
다 자식뻘이었다
그냥 지나가세요!
네!

어느 날 직장을 떠나면서 나는 카메라 밖으로 나왔다
없음과 있음은 이런 것!
과거를 잊어야 할 것도 있지만
잊히는 것도 있으리
그냥 지나가면 되는 것!

말 없는 꿈

가르치려고 하지 마라
배우려고 하지 마라
무엇을 가르치지 않는 자들은 말이 없다
눈이 내려도 눈은 말이 없다
천하를 덮어도 말이 없다
천하를 얻은 자도 말이 없다
시를 쌓아놓고 사는 자도 말이 없다

벽에 기대선 자도 말이 없다
꽃이 떨어질 때도 말이 없다
말 없는 자가 천하를 얻는다
불을 끄고 문을 닫고
벽에 등을 붙이고 눈을 보라
네 앞에 떨어진 꽃을 보라

폭우 속의 낮술

갑자기 쏟아진 폭우를 뚫고 낮술을 마셨다
주인이 낮잠 자던 자리에 앉아
칠십 년대 노래를 들으며 낮술을 마신다
김정호 어니언스 둘다섯 송창식 이장희 김민기 양희은…
나도 그들의 노래를 부르며 살았다
안주는 언제나 두부 김치와 문학이었다
김수영 김종삼 김관식 신경림 황동규 김지하 이승훈…
나는 그들의 시를 읽으며 살았다
이 낮술처럼
취해도 한때 노래와 시가 생의 전부였다
가진 것 하나 없어도 모든 것을 가진 것 같았다

어제도 오늘도 시 하나만 바라보고 산다
시가 되기 위해 시가 아닌 것을 버려야 한다
시가 아닌 것이 또 시가 되기 위해
세상의 모든 시가 한 잔씩 마셔야 할 것 같다
이 낮술부터 또 마셔야 한다
이 낮술부터 시가 되기 위해
저 폭우부터 시가 되기 위해
이 노래부터 시가 되기 위해

여름비

어제의 시는 오늘의 시가 될 수 없고
오늘의 시는 어제의 시가 될 수 없다
(어제 마신 술 얘기 오늘 술자리서 꺼내지 마라)
큰 길 하나 새로 생겼고
다리는 다시 놓여졌다
어제는 플레인 요거트가 생각나지 않아
요거트 용기를 들고 두 번이나 흔들었다
생각하던 것만 생각나는 것인지
이를 또 악물었다
어제의 일을 생각하면
오늘이라도 이를 악물어야 할 일이 또 있을 것이다
낮에는 더워서 웃통을 벗었다
무더위 끝물인가
오늘 아침엔 여름비가 한차례 쏟아졌다
살 것 같다
그러나 시는 계절이 없다
삶도 철학도 계절이 없다

나의 웃음에 관해 생각함

두 사람만 앉아 보아도 웃지 않는 자가 복잡하다
웃는 자는 단순하다
복잡한 자는 끝내 웃지 않는다
나는 웃지 않고 너는 웃는다
불가능한 웃음을 가능한 웃음으로 만들기 위해
너는 웃고 나는 웃지 않는다

아침엔 목덜미에 머리카락이 한 올 붙은 것 같아
몇 번이나 목덜미를 움켜쥐었다
몇 번이나 손바닥을 펴보았지만 아무것도 없다
단순한 것도 복잡할 때가 있다
너는 웃지도 않겠지만 이럴 때 나는 웃고 만다

어떻게든 웃고 사는 자는 웃고 나면 되게 단순하다
복잡해도 웃는 자는 단순하다
아무래도 웃지 않고 사는 자가 더 복잡하다
이쪽 사람들은 웃지 않고
저쪽 사람들은 웃고 산다
성급한 일반화의 오류겠지만 나는 이쪽에서 이쪽 사람들과 상대해
봤고 또 이쪽에서 저쪽 사람들과 상대해 본 결과다

카페에 앉아 창밖의 장대비를 같이 보자
빗속엔 너도 없고 나도 없지만
나는 웃고 있다
웃지 않고 살려고 했지만 나도 너의 웃음을 따르고 말았다
웃음 앞에서 나처럼 이렇게 복잡한 자도 없는 것 같다
웃어도 꿈이고 울어도 꿈인데
나는 꿈속에서도 외롭기만 한 것 같다

반성의 한계

1.

감자 하나에 집중하지 못했다
감자가 아니라 손끝에 집중을 하지 못했기 때문에
요만한 일도 집중하지 못 하는가
강판에 감자를 갈다가 손끝을 콕 찔렸다
감자를 갈아도 피를 봐야 하나
감자가 다 웃는다 쯧쯧

후회의 반성이여 또 반성의 한계여
엎질러진 물의 번짐이여 얼룩이여 이 밥통이여
먹통이여 계절이여 반성이여 감자여
손끝의 피 한 방울이여 눈물이여 패자(敗者)여

2.

과거여 방황하는 자여 진지함이여 4월 총선이여
지연이여 학연이여 21세기여 오래된 기득권이여
앞뒤 꽉 막힌 꼴통이여
하! 수치를 모르는 소가죽 같은 낯짝이여 철면피여
두려움도 없는 두려움이여
이 진보도 보수도 중도도 이념도 신념도 욕망도
오늘의 소사(小史)도 오늘의 역사도

당신의 어긋남도 어리석음도 치사함도 뻔뻔함도
부질없음도 편협함도 진부함도 그 권력욕도
다 벗어두고 차라리 알몸으로 오라
큰 거울 앞에서 아주 낯선 사내 아님, 아주 가난하지만 창백한 청년
을 만나거든 그의 눈을 보라 그의 손을 잡아보라
그대 앞의 저 거울 속에는 누가 살고 있는가?

시인 동지들이여 태양이여 먼 산이여 무력함이여
덧없음이여 슬픈 역사여 우리들의 타협이여
구차하고 하찮은 변명이여 웃음이여 냉소여
독자여! 오직 오늘의 시 하나만 갖고 말해보라
오늘의 시가 어디 있다는 말인가?
걍!
하루하루 살아가듯 하루하루 시가 있을 뿐이다!
헐!
성공한 삶이 없듯이 성공한 시도 없을 뿐이다!

3.
이기적인 너무나 이기적인 나의 이기심이여
이 우울한 진보여 또 케케묵은 나의 진보여
작은 무지여 나의 궁핍한 무지함이여

이 무미건조한 안락이여 나의 안락한 안일함이여
허망한 평화여 또 나의 졸렬한 평화여
지루한 권태여 또 나의 나약한 권태여
친구여 무기력하고 또 늙어가는 삶을 받아들여라
두려워하지 마라 오오 두려워하지 말자
이 지리멸렬한 불안과 절망과 고독과 슬픔을
어쩔 수 없다고 말해야 하나
나도 '노인과 바다'처럼 산다고 해야 하나

이것은 우울인가 사랑인가

공원 벤치에서 편의점 앞 간이의자로 자리를 옮겨
아무도 없는 곳에서
새벽 두 시 가까운 이 우울한 시각 앞에서
무인지경 같은 사막 한가운데에서
나의 심심함을 헤아리지 않는
저이는 결코 나의 친구가 될 수 없다
저이는 결코 너의 적이 될 수도 없다
싸움이 사랑이 이 우울함이 끝날 때까지!
나는 그의 적에 대한 얘기를 들었다
나는 피곤하여 일어서려고 했지만
나는 그의 적도 또 나의 적도 될 수 없다
나는 나의 적이 아닌 누구의 적도 아닌 적을 향해
나는 이제 소심해졌고
나는 고독해졌다고
내가 나의 적이 되었다고 말해야 할 것 같다

용문사 길 1

백 년은 알 수 있어도 천 년은 알 수 없다
천 년 앞에 서 있으면
인생은 무엇이고 천 년은 또 무엇인지 알 수 있다
천 년을 알 수 있다는 것은
천 년을 알 수 없다는 것

산을 오를 땐 백 년을 생각하고
산에서 내려올 땐 천 년을 생각한다
우리 먹고 사는 것도
둘이 같이 사는 것도
혼자 사는 것도 대단한 위업이다

오늘 오후 이 길만 해도 몇 번이나 돌아서고 돌아섰던가?
당신이 가자고 말하면 내가 돌아섰고
내가 가자고 말하면 당신이 돌아섰다
내가 반성하면 당신이 또 후회하고
당신이 후회하면 내가 또 반성했다

오늘 하루만 해도 천 년을 생각하면서 백 년을 생각한다
천 년이든 백 년이든 오늘 하루만이라도
당신은 나를 생각하고 또 나는 당신을 생각한다

그냥 가자! 이번엔 또 내가 말했다
그냥 가자! 이번엔 당신이 말했다
내가 어디로 가고 있는지 나도 모를 일이 되었나
그냥 앞만 보고 가듯이 열심히 걷고 있었다
마치 다른 별을 향해 가듯

돌아서기 전에 한 번만 더 돌아보자

두 손바닥만한 플라스틱 소쿠리에 담아놓고
가지, 상추, 깻잎, 고구마, 풋고추와
늙은 호박, 말린 고추 자루 등과
약 2미터 정도 떨어져
마들역 s 빌딩 앞 난전에 앉아 있는 사내
손바닥만한 도시락을 손바닥 위에 올려놓고 먹고 있다
점심시간 훌쩍 지난 이 시각에

행인이 지나갈 때마다
행인이 지나가지 않아도 사내는 고개를 두리번거렸다
행인의 뒤를 따르던 사내의 눈과
내 눈이 마주쳤다
내가 지금이라도 그 사내를 향해 돌아서지 않는 한
그 사내와 나 사이에는 거리가 있다

꿈은 꿈이고 삶은 어쩔 수 없이 삶이다
시가 설 자리가 없듯이
나도 설 자리가 없다
그럼에도 불구하고 한 번만 더 돌아보자
한 번만 더 돌아보자

고요한 것과 어두운 것

저 계곡의 풍경을 보면
네가 아니라 내가 아니라 그가 보였다
더 어두운 것은 그의 얼굴이었다
큰비 내릴 듯
어둡다
고요한 것과 어두운 것이 방금 부부 싸움한 사이 같다
버스 시간표 다시 확인하고
조용한 벤치로 간다
벤치 하나 건너
통기타 반주에 컨트리 송이 알맞게 들렸다

비를 피해
남의 집 처마 밑에서 낙숫물 줄기나 헤아린 것 같다
그리곤 인적 드문 길을 걸었다
길가에 차를 세워놓고 생닭을 파는
청년을 보았다
"길을 하나도 모르면서 어떻게 길을 묻지 않는가?"
저 언덕을 넘으면
8월의 끝이었다

지하철…에서

어떤 사내가 내 앞에서 중얼거렸다
무슨 표어를 읽어대는 것 같았다
그 사내는 돌아서서 창밖을 내다보며 또 중얼거렸다
이번에는 저 끝에 가서 중얼거렸다
혼자서 중얼거렸지만
그렇다고 혼잣말은 아닌 것 같다
사내는 누구 들으라고 하는 말일까
사내의 말이 좀 명확하게 들렸다
아! 예수…까지 들렸다

사내를 보는 사람도 그렇다고 듣는 사람도 없다
저 모기만한 소리 누가 듣겠는가
사내보다 더 큰 소리로 외친다 해도 듣는 사람 없다
사내보다 더 옳은 소릴 해도 듣는 사람 없다
보는 사람도 없다
아무도 보지 않고 아무도 듣지 않는다
아무도 읽지 않고 아무도 믿지 않는다
읽는 사람만 읽고
믿는 사람만 믿는 세상이 되었다
제 것만 읽고 제 것만 듣는 세상 되었다

남구로역

2023년 8월 31일 11시 45분
지하철역 건너편 벤치에 수녀 한 분 앉아 있었다
전동차는 쏜살 같이 멀어져 갔지만
글라라 수녀님이 분명했다
'지금 광주교구청에 계실 텐데…'

삼십여 년 전 여기 어디쯤 가리봉동 마리아의 전교자 프란치스코
수녀원
종신서원 했던 글라라 수녀
둘째 큰댁 사촌 누나
나의 누나

아주 오래 전 불쑥 나한테 했던 말 하나 ;
"저기 포장마차에 한 번 데려다 줄래?"
"네?"

풀벌레소리보다 먼저

1.

바람이 다르다
어제의 바람과 오늘의 바람이 다르다
바람이 차다 덥다 그런 게 아니라
오늘의 바람 속엔 마른 풀냄새가 났다
어제와 같은 구간인데
하루 만에 전혀 다른 바람이 불었다
무슨 짐승마냥 킁킁대며
바람의 냄새를 맡았다
풀벌레소리보다 바람의 냄새가 먼저 왔다

2.

너보다 먼저 점심값을 꺼낼 때처럼
너보다 먼저 커피값을 낼 때처럼
너보다 먼저 비관할 때처럼
너보다 먼저 어떤 사태의 배경을 알아차릴 때처럼
너보다 먼저 어떤 결론을 내릴 때처럼
너보다 먼저 패배를 시인할 때처럼
너보다 먼저 술에 취할 때처럼
너보다 내가 먼저 포기해야 할 때처럼
그러나 나는 너와 싸울 줄도 모르고

풀벌레소리보다
풀냄새보다
어제보다 더 소심한 나를 생각한나

9월의 노래
—2023년 9월 4일 저녁 8시 무수골 주말농장 앞

늙어서도 노래 부를 땐 제 나이 다 잊을 수 있겠는가
그 노래 처음 불렀을 때 나이로 돌아가는가
저 물소리보다 한 음 더 높은 노래가 나직하게 들렸다
—한 많은 대동강아 변함없이 잘 있느냐
모란봉아 을밀대야…
대동강에 두 발을 담가놓고 실향민처럼 노래를 부른다
그들은 나보다 열 두어 살 더 먹은 것 같은데
나보다 훨씬 더 밝고 가볍다
전국노래자랑 나가면 인기상은 받아놓을 것 같다
(앙코르!)

나도 옆에 앉아 젓가락 장단에 맞춰 같이 부르고 싶다
—세상을 원망하랴 내 아내를 원망하랴
못 살아도 나는 좋아 외로워도 나는 좋아…
아내도 세상도 모르고 고작 외로움만 알 것 같던
그 옛날에 아버지들의 노래를 훔쳐서
열아홉 살 적 친구들과 아버지처럼 불렀던 노래
이젠 세상도 알고 아내도 알 것 같은데
더 외로워지지 않는 이 외로움 겪어야 할 나이가 되었는지
나이 먹으면 외로움도 줄어드는 것 같다
가볍게 살자

시가 되지 못한, 불안한 하루의 기록

어제의 시를 잊고 시를 써야 한다 오늘의 시 앞에선 어제의 시 같은
것 없다 어제의 시는 없다 오늘의 시를 쓰고 나면 오늘의 시도 없다
오늘의 시는 없다 오늘의 시도 없고 어제의 시도 없다 오늘의 시를 쓰
지 못하면 오늘의 시도 없고 어제의 시도 없다 오늘의 시를 쓰지 못하
면, 어제의 시도 없고 오늘의 시도 없다 하품 하는 여자의 시는 한 줄
끄적이다 지웠고, 어느 젊은 교사의 죽음에 관한 시는 구상도 마쳤지
만 도저히 더 쓸 수 없었다

오전 아홉 시부터 자정이 가까운 이 시각까지 무엇을 했는지 되묻
지 않을 수 없다 세탁기 돌리고 빨래 널고 지난 밤 꿈자리에 등장한
인물들을 되짚어보고 하루종일 신작 시집 원고 교정 봤다는 것은 시
가 될 수 없다 탁상공론도 안 되고 무수골만 또 끌어다 쓸 수 없다 내
일은 가보지 않은 곳을 가리라 낯선 곳을 가리라 그리고 하루종일 묵
비권을 행사하리라 (추신: 내년 4월 총선까지 현 정국에 관한 대(對)사
회적인 공식 발언이나 입장 표명 등을 금할 것이다.)

생각의 생각

무단결근하듯 하루만 쉬자
밤 열한 시
마음먹고 일어났다가 도로 소파에 앉는다
무수골 지나 성신여대 난향원까지 갔던
어제의 일은 그냥 생각만 하자
새벽 네 시까지 매달렸던
어젯밤 교정보던 원고는 잊자
잠자리에 누워서도 몇 군데 교정 볼 생각에
밤잠 설쳤던 일도 잊자
천변을 끼고 천천히 되돌아오던 길이지만
이즈음 무수천 물소리도 좋고
밤공기도 좋은데
여기서 네 이름을 부르듯 생각만 하자
물소리여 난향원 길이여 개 짓는 소리여
눈에 선한 소금강 당숙댁 동네 같던 마을이여
자현암 범종소리 만나게 되면
생각의 생각이
또 풍경 하나, 사물 하나 될 것 같다

하나도 식지 않고, 잊히지도 않는 것

퇴근길에 병문안 온 손주한테
할머니께서 말씀하셨다
애야! 니는 백까지 다 셀 수 있나?
네! 할머니
좋겠다!

딱 거기까지였지만
임종을 앞둔
할머니는
백까지 셀 줄 몰랐다

나중에 커서 교사가 된 어느 손주의 눈물 확 쏟은 편지였다
우연히 에프엠 라디오에서 들었던 청취자 사연인데
참 오랫동안 남았다
다 식었겠지만 하나도 잊히지 않았다

유모차에 관한 단상

1.

2023년 9월 6일 밤 10시 30분 늦은 산책길, 선잠 든 큰애를 한쪽 팔로 안고, 잠이 든 둘째는 유모차에 태워 한 손으로 밀고 가는 젊은 아빠와 마주쳤다 1미터 5미터 한 10미터쯤 지나 돌아보았다 도저히 안 되겠다 싶어 유모차로 뛰어갔다

어디 사시오 유모차는 내가 밀 테니… 앞장서시오 아닙니다 나도 요 앞에 사는 이 동네 주민이오 힘들죠? 옛날에 애들 키울 때는 애들이 자면 좋아했었는데 지금 생각하면 후회막심 할 뿐이오 도봉구청까지 갔다 오는데 큰놈도 자고 작은놈도 잠들었네요

야 너무 어둡다 가로등 몇 개 더 달아 놓지 이게 뭐냐 유모차 밀어 보니 보도블록 노면이 아주 불편하구만요 네! 유모차뿐만 아니라 휠체어도 그렇고 민원도 몇 번 넣었는데 개선되지 않습니다 돈을 다 어디다 갖다 쓰는지…

2.

아파트 단지 제일 가운데를 중심으로 반경 1km 이내 유모차, 휠체어, 노인 보행기 등등 통행에 불편함이 없게 보도블록을 상계근린공원 급으로 조속히 정비하라

각 지자체나 기초 단체는 동네 육교 난간이나 멀쩡한 가로등 전신주에 꽃 화분 치장 하지 말고 아파트 단지 내 조명등 간격도 좀 더 가깝게 하고 특히 아주 작은 것이라도 육아 정책에 관한 한, 당사자들의 의견 100% 반영된 정책 입안하고, 예산 편성하고, 예산 집행하고 또 끝없이, 끝없이 피드백 하기를

긴급동의 1) 저출산 문제는 국가 소멸 위기로 이어지고 있다. "청년들에게 떡 하나 더 주는 식으로 안 되는 문제다. 대통령 직속 저출산고령사회위원회라는 기구가 있다. 기성 정치인, 관료 말고 예비 부부, 갓 결혼한 신혼 부부, 1~10년 차 육아 부부 등 청년 세대로 위원을 100% 채워야 한다. 이해 당사자, 수요자들이 직접 정책 수립에 관여해야 제대로 된 대책이 나오는 건 당연하다." (경기도 화성 정 22대 국회의원 당선자 전용기 의원 인터뷰 중에서, 조선일보, 2024. 4. 24)

긴급동의 2) 국민은행 등 육아 퇴직 제도가 은행권에 확산되고 있다. 육아 퇴직은 퇴사 후 2~3년간 아이를 돌본 뒤 다시 입사하는 제도다. 경력 단절 문제를 해소할 수 있어 저출생 시대를 극복하기 위한 대안으로 주목된다, 출산, 육아 휴직(2년), 육아 퇴직(3년)까지 합쳐 최대 5년간 신분이 보장되는 제도라고 할 수 있다. (한국경제, 2024. 6. 6)

직선의 힘

이 강박증 또한 삶의 순간이며 시의 순간일 것!
나의 강박증은 시가 아니고 시작(詩作)도 아니다
구름의 행방이 아니라 굳이 구름의 방향도 아니다
바람이 기억할 일도 기록할 것도 아니다
속옷차림의 독백이거나 고백에 가까울 것이다

먼 산이 아니라 먼 산의 바위가 아니라
방금 천변에 앉아 있던 정수리 쪽만 까맣고 몸통이 흰 고양이가 아
니라
처음엔 토끼 같다고 생각했던 것이다
처음 보았을 때 그 생각이 아니라 나중에 고쳐먹은 그 생각이 아니라

토끼 같던 고양이 녀석이 잠시 보행 할 때 그 등허리 곡선이 아니라
녀석의 눈빛이 빛처럼 기막히게 직선적이었다는 것!
한없이 부드러운 곡선 아니라 녀석의 보행이 오직 일로직진이었다
는 것
그 직진이 뭔가 뚫고 나가는 빛이 되었다는 것
이 삶을 뚫고 언어를 뚫고 나가는 것 같은!

내 생각이 무엇에 휩싸여 있고 내 강박증이 무엇에 둘러싸여 있는지
그것이 나의 생각인지 나의 억압인지 나의 무의식인지

그것이 시작인지 그것이 시인지도 모르면서
거울인지 우물인지 우울인지 나의 불안인지 모르는 것!
저 녀석도 나처럼 뒤돌아볼 때가 있을까?

사랑의 빛

어두운 곳에서도 빛처럼 보이는 것은 보인다
선남선녀였다
키도 비슷하고 커플티 색도 같았다
멀리서 봐도 마주보고 웃는 게 불빛처럼 보였다
두 손 꼭 잡은 것도 눈에 띄었다
많이 사랑해라
산책길이었지만 결혼식장의 신랑과 신부 같았다
오늘처럼 웃어라

누구나 사과하는 걸 되게 싫어한다
살면서 서로 한 발짝씩 양보해라 그런 거 말고
웬만하면 남자가 먼저 사과해라
좀 더 빠르게
좀 더 빠르게

세계 최강인 외국의 어느 막강한 군대를 움직이는 것도
무서운 규율이나 명령이 아니라
농담이라고 하더라
큭큭 웃다 보면 농담도 사랑이 되지 않겠더냐?
좀 웃다 보면 풀린다

할머니들한테 배워야 할 점

베이커리 카페에서 빵을 씹고 있는데
칠십 줄의 할머니 둘, 셋 줄지어 들어오시고
한 걸음 쉬었다가
딸아이 안은 아빠와 애기 엄마가 들어왔다
내 등 뒤에 있던 할머니들이 환호한다
"아유 예뻐!"
"아유 예뻐!"
"낯도 하나 안 가리네… 할머니가 키우셨나?"
"할머니 보면 우는데…"
"엄마가 잘 키웠네"
"아가씨 같다"
"이뻐요!"
아이가 1~2분여 마다
꺄약! 꺄약! 웃는다
이제는 어디서든 아이를 보면 일어나서 환호해야 한다
짝! 짝! 짝!

손 놓지 못한 것

길에서 잠깐 숨죽일 때도 있다
안경태만 바꾼 것 같은 고(故) 장윤익 교수님을 만났다
몇 해 전!
서초동 예술의 전당 앞 호프집서 한잔 하고
독립문역 근처에서
오늘처럼 소리 없는 밤비라도 또 흩뿌리면
어깨 한쪽은 비 좀 적시더라도
한 번 더 헤매고 다녀야 하는 거 아닙니까?
자정 넘은 그 시각에
따님 집 찾느라고…

길 위에서 앞뒤 생각이 나의 꼬리를 물고 이어졌다
강릉 중앙시장에서 막걸리 마실 때
남문동 박세현 본가에서 〈섬〉 동인들과 회식 할 때도
여름빈가 봄빈가 내리다 말았죠
각자 뜬구름 하나씩 잡고 있었던 셈이죠
아직도 손 놓지 못한 것!
정년 퇴임식 날의 헌정 축시 생각나시죠?

더 오래 전!
『창비』 복간되던 해 신인 투고 최종심 결과 기다릴 때

답답해서
신림동 댁 찾아갔을 때
댁 앞에서 먹던 뜨겁던 순두부찌개 생각나시죠?
조급하지 말고 멀리 있는 나무 보듯 내다보라고
아 좀 더 먼 곳에 계시더라도
또 한 번 걸음 하셔서
종로 단성사 뒤 호프집서 한잔해야 하지 않겠습니까?
경주 남산 사잇길도 춤추듯 걸으시길~

시원한 인사

중랑천 농구장엔 농구하는 청소년들이 많다
그들은 쉬지 않고 뛴다
중랑천도 알고 중랑천의 밤하늘도 다 알고 있는 것!
좋아!
저들이 또 저렇게 펄펄 뛰고 살아야 농구도 살고
스포츠도 살고 나라도 산다
스포츠든 뭐든 스타 중심 직업군은 바닥이 약하다
보라! 저 바닥을 보라
보라! 저 바닥은 살아있다

농구장 막 지나는데 농구공이 장외로 잠깐 튕겨져
내 정강이에 아주 살짝 부딪쳤다
닿을 듯 말 듯 했다
그때 농구 중이던 청소년이 뛰어나와 아주 큰 소리로
죄송합니다!
옆에 있던 청소년은 공손히 허리까지 숙이면서
쩌렁쩌렁하게
죄송합니다!
아! 괜찮은데…
괜찮은데… 나도 두 번 복창하며 되돌려주었다

농구장을 한참 지났는데 귓전이 물소리보다 더 시원하다
뭐가 되게 시원하고 흐뭇하다
애들이 잘 컸고 다 큰 것 같다
근데 저 인사말이 꼭 나한테만 하는 것 같지 않았다
뒤에 또 누가 있었나?

아무것도 생각하지 않는 것처럼

강남역에서 옛 직장 동료를 쓱 지나쳤다
노원역이거나 수락산 먹자골목일 수도 있다
많은 인파도 아니고 손들면 그도 손들었을 텐데
나는 그의 옆을 쓱 지나갔다
그는 나를 못봤고 나도 못봤다고 생각하자
그도 몰랐고 나도 몰랐다고 하자
나는 휴대폰 보거나 딴청 부린 것도 아니고
급한 선약이 있었던 것도 아니다
그러나 나는 그의 곁을 쓱 지나갔다
그도 결국 내 옆을 쓱 지나갔다
그는 나를 못보고 쓱 지나쳤다는 걸까
그가 나보다 먼저 나를 보고 쓱 지나친 것 아닐까
그는 보고 나는 못봤다고 하자
안부 정도 물어볼 수 있는 사이인데 말이다
내가 그를 쓱 지나친 꼴이 되었나
있는 것도 없는 것처럼 또 비워두게 된다
아무것도 생각하지 않는 것처럼
끝내 손닿지 않는 것처럼

꿈에 대한 생각 없음

꿈에 낯익은 이를 만났다
30년 전 얼굴이었지만 하나도 변하지 않았다
옆에 서서 많은 말을 나누었지만
그도 나도 알아듣지 못했다
꿈은 무음이다
꿈은 그냥 생각의 세계다
꿈이 끊겼다
꿈도 변하는가
젊었을 땐 깨고 나면 그만인데
요샌 적어도 등장인물이 누군지 복기가 된다
꿈의 끝자락이 그림자처럼 꿈 밖까지 나와서
커튼자락이 창밖으로 펄럭일 때처럼…

꿈꾸는 자의 형식이 달라진 것인지
아무리 피곤해도 꿈은커녕 잠들지 못할 때도 있다
꿈을 깼는데도 꿈이 마르지 않을 땐
너무 생생하여 슬플 때도 있다
꿈의 여벽 같은 꿈 밖에서 얼음이 되었다

한낮의 지하철에서 1

지하철에서 마구 소리 지르는 사람이 있었다
티셔츠 차림이고
몸집도 컸다
특히 멀리서 온 어느 외국 청년 앞에서 소리를 지르고 있었다

외국인 청년은 조용히 휴대폰에 고개를 떨궜고
한낮의 승객들도 아무 말이 없었다
자리를 옮기는 승객도 있었다
좀 먼 자리였지만 나도 아무 말이 없었다
소리 지르던 청년은 다음 역에서 내렸다

청년은 지나가면서 의자에 앉아 있던 사람들에게
또 뭔가 소리를 지르며 지나갔다
뒤돌아 본 사람은 나밖에 없었다

오늘은 어제보다 소리 지르는 자가 더 많아졌고
오늘은 어제보다 침묵하는 자가 더 많아졌다
대낮에도 소리 지르는 자의 목소리는 크고 높았다
침묵하는 자는 더 많아질 것 같고
소리 지르는 자는 늘어날 것 같다

한낮의 지하철에서 2

낡은 티셔츠 차림의 오십대 후반 남자
좌우를 살피더니 큰소리로 말했다.
"나는 노숙자야!"

옆에 앉은 승객도 그 옆에 앉은 승객도
아무 말도 하지 않았다
앞에 섰던 사람은 들었을 것 같은데
잘못 들은 것처럼
눈을 동그랗게 뜨며 시치미 뚝 떼고 있었다
한쪽 귀로 다 흘려보냈다
나도 그랬다

"나는 시인이야!"
(이하 생략)

한낮의 지하철에서 3

1.

1호선 가산디지털단지역
바로 옆의 중년은 마치 누군가 불러주는 숫자 위에
재빨리 동그라미를 치고 있었다
얼핏 봐선 수학 문제의 답을 채점하는 것과 같다
그러나 그는 문제를 풀고 있었던 것

그의 어깨 너머엔
짝을 잘 맞춘 로또 복권 두 자리 숫자가 선명하게 보였다
(그러나 선명한 것을 조심해라)
손바닥엔 한 장이 아니라 여러 장이 보였다
먼 곳에서 보면 인생도 한 판의 도박일 게다!
어느 위인의 말 같은데 기억은 없다

그는 어쩌면 인생을 다시 설계하고 싶었던 것 같다
그는 나보다 십 년쯤 아래 같은데
나는 그의 굽은 등을 그의 등 뒤에서 한참 바라보았다
저렇게 머리 박고 살아야 또 시가 될 게다!
나도 뒤에서 보면 어딘가 머리 박고 사는 게다!
남는 게 없어도 아주 근사하게!

2.
금요일 오후 온수골사거리 로또 가게 앞의 긴 줄 보면
그들은 휴대폰에 고개를 떨어뜨렸거나
아예 얼굴을 오른쪽으로 돌려놓고 있다
그들은 이쪽에서 저쪽으로, 저쪽으로 더 가고 싶은 게다
사막 한가운데서 머리 박고 사는 게다!

생각보다 할 수 있는 일이 그렇게 많지 않기 때문이다
뭘 더 가졌다 해도
뭘 더 갖지 못했다 해도…

한낮의 지하철에서 4

1.
공공장소에서 시를 읽지 말자
지하철에서 시집을 읽지 말자
간혹 일행이 시집을 읽으면 말려야 한다
조용히 시집을 읽는다 해도
시는 집에서 늦은 밤에 읽어야 한다

지하철 내 옆자리 승객은 자리를 떴다
뭔가 못마땅하다는 듯
처음엔 내리는 줄 알았는데 다음 역에서도 다음 역에서도 내리지
않았다
그는 시집 읽는 내가 불편했던 것 같다

2.
시집 꺼내놓는 것도 공공장소에서 피해야 할 일 같다
시집도 시처럼 골방에 처박혀
조용히 밤에 일어나
조용히 조용히 혼자 읽고 덮어야 할 것 같다
이것은 괴로운 일도 아니고 또 외로운 일도 아니다
이것은 또 시시하지도 않고 거룩하지도 않다

어젯밤에 쓴 시를 오늘 생각하지 않듯이
방금 쓴 시를 더 생각하지 않듯이
오늘의 일정도 생각하지 않듯이
생각에 머물지 말고
제 생각에서 조금만 조금만 더 벗어나면 환하다
어떤 편견에서 빠져나올 때가 되었다
모든 것에 마음을 열어 놓아라

한낮의 지하철에서 5

1.
큰 다리를 걸어서 건넜다
지하철에서 생각했던 것보다 훨씬 긴 다리였다
이십 분 거리였다
큰 다리 밑의 가을 물빛이 좋았다
작은 배도 보였다
낚싯배 같았는데 수상스키였다
〈작은 배〉를 생각하다가 〈작은 새〉가 생각났다
생각지도 못한 일이다
지하철에서 봤던 여자가 횡단보도 앞에 서 있었다
그 여자는 다리를 건너지 않았다
저 다리 건너면 무엇이 있을까
카페가 있을라나

2.
해가 진 다음에 다리를 또 건넜다
다리 중간엔 쉴 새 없이 분수가 막 터지고 있었다
야간 조명 분수대였다
지하철에선 생각지도 못했던 풍경이다
풍경은 풍경을 기억하지 않는다
옆 테이블 나이 든 손님의 목소리가 크게 들렸다

야! 여기 카페 자리가 옛날엔 공동묘지였어!
과거엔 생각지도 못한 일이었다
과거는 과거를 기억하지 않는나
몸을 돌려 반대쪽을 보았다
고요한 돈강 같은 강 하나가 어둡고 환하게 흐르고 있었다
저 깊은 강에 돌 하나 던져놓고
막차를 타자

한낮의 지하철에서 6

내가 남의 등받이라도 된 걸까
한 번은 그냥 어깨 한쪽을 내주었고 한 번은 피했다
비 오는 날
우산을 움켜쥔 채 조으는 노인
우산을 주장자 치듯 탁탁 치더니 이내 존다
고개 다 떨어뜨렸다
한 번은 내 어깨 쪽 또 한 번은 오른쪽 청년 쪽으로 기운다
다시 중심을 잡더니 곧장 내 쪽으로 기운다

2023년 9월 20일 오후 2시
7호선 장승배기역에서 보라매역 구간

승객들이 몇 차례 썰물처럼 빠져나가고
이 시간도 이 공간도 나무들처럼 두어 번 흔들렸다
그동안 나는 흔들리다, 떨어뜨리다, 기울다
이런 말들을 되뇌어보았다

무엇이든 중심을 잡는 게 쉽지 않다
중심을 잡고 산다는 게 또 얼마나 어려운 일인가
이쪽도 저쪽도 기울이지 않고
흔들리지 않고

고개 툭 떨어뜨린 채 나도 그런 날들을 겪었을 게다
더 흔들릴 게 없으면 공연히 또 기울였을 게다
지금 내가 더 흔들릴 수 있는 게 뭘까
떨어뜨릴 게 또 뭔가 있을까

한낮의 지하철에서 7

7호선 수락산역에서 가산디지털단지역 구간
시집 교정쇄를 무릎에 앉혀놓고 간다
이게 끝이다! 하고 교정본다고 봤지만
눈에 띄는 대로
교정한 곳을 처음부터 한 번 더 뚫어지게 본다
물음표를 느낌표로 바꾸거나 지운 곳도 있다

그때 옆자리 승객이 건넨 말 :
"저! 글 쓰는 작가요?"
"…"
"아님 어디 출판사 교열부(校閱部) 직원이오?"
"…"
"필체를 보면 영락없이 작가 선생 같은데…."
"…"

다행히 그는 나보다 한 정거 전에 내렸다
그가 김수영의 필체를 한 번 보기나 했을까?
그가 김종삼의 필체를 한 번 보기나 했을까?
그가 이승훈의 필체를 알기나 했을까?

물멍 하던 사내

방금 용문사 길 옆 계곡에서 물멍 하던 사내들도 버스를 기다리고
있다
나는 버스 기다리는 동안 제자리걸음을 했고
몸집이 큰 사내는 옆의 사내에게 뱃살 집어넣는 운동 중 최고라면서
승강장 봉을 잡고 스쿼트 자세로 앉았다 일어났다 반복한다
하나 두울 서이…

방금 계곡에서 물멍 하던 현자(賢者)가 뱃살 빼기 트레이너가 된 것
같다
사내는 버스가 도착할 때까지 앉았다 일어났다 반복할 것 같다
사내는 제 배를 주먹으로 탕탕 치면서
운동 효과를 보여주는 것 같다
다들 자기가 하는 일을 인정받고 싶은 것인가

나도 시 앞에 앉았다 일어났다 반복할 때가 있다
혼자 쓰고 혼자 읽고 한글 파일에 차곡차곡 쌓아둘 때가 많다
자존심은
저 나무들처럼 꼼짝 않고 반복적으로 나를 지키는 것!

271

강릉행… ktx에서
—레슬리 미수락 씨에게

바로 옆 자리 승객은 외국인이었다
하이! 등등 몇 마디하고 침묵 모드!
이게 아니다 싶어 급히 포털 사이트에서 인공지능 번역기 앱* 다운
받아
조용하게 필담을 나누었다
양평 만종 둔내 등 많은 들녘과
초가을 오후
강원도 횡성 평창 진부 산들이 눈앞에서 출렁인다

그녀는 토론토 근처에 살고 있지만
밴쿠버와 캐나다 서쪽 나라의 산들이 아름답다고 하였다
그녀는 친구들에게 한국의 시인을 만났다고
"당신의 이름을 물어봐도 될까요?"했다
나는 어제도 시를 썼고 오늘도 당신과의 만남을 시로 쓸 것이라고
하면서
내 이름을 한 음절씩 콕콕 찍어 주었다
그녀는 자기와 대화해줘서 고맙다 했고
여행을 매우 사랑스럽게 만들어주었다고 했다

그녀와 막 헤어졌는데도 어딘가 또 말문이 터지는 것 같다
다시 강원도의 산과 강이 크게 출렁이고

벤쿠버와 캐나다 그 서쪽 산들이 동시에 또 출렁인다
역 광장 한가운데 서 있는
조카와 함께 왔다는 다섯한 캐나다 친구여!
강릉에서 좋은 여행하기를~

*네이버 파파고

제5부 **자전거 택배 청년에게**

누가 이렇게 많은 캔맥주를 마셨을까

종이 박스 등을 수거하는 리어카 노인은
빈 캔을 꾹꾹 밟고 있었다
전봇대 옆에 수북이 쌓아놓은 캔맥주를 누가 다 마셨을까
그들은 온몸으로 마셨을까
혼술을 얼마나 마셨을까
마음이 약해지면 약한 것만 눈에 띄는 걸까

풍경이 풍경을 잠시 잊게 하면 뭐가 남을까
생각을 잊게 하는 생각은 뭘까
캔맥주 마시고 빈 캔 꾹꾹 밟은 적 있는가
빈속에 마신 게 또 얼마나 많았을까
이제 더 이상 꾹꾹 밟을 게 없다는 것인가
잠깐, 내가 쓰다가 버린 시를 잊을 수 있을까
이 세상에 시의 끝이 있을까
없다

초행길 걷는 맛
−2023년 10월 14일 화성시 향남읍 구문천리

1.

친구들이 스크린 골프 치는 동안

층계참에서 밖을 내다보다 이 건물 계단 끝까지 올라갔다

옥상 문은 닫혀 있었다

다시 이 계단 끝까지 내려갔다

밖으로 나갔다

낯선 길이었다

저쪽이 서쪽으로 가는 길 같았다

이쪽은 공단이다

외국인 근로자는 공장 마당을 왔다갔다하면서 자기들의 언어로 통
화 중이었고

공단 뒤쪽으로 야산도 보였지만 길이 보이지 않았다

층계참에서 내다보던 야산이다

밤에는 달빛이 좀 서늘할 것 같은 날이다

어딘가 천천히 흐르는 개천이라도 있었으면 더 걸었을 텐데…

낯선 길만 걷다 되돌아오곤 하였다

끊긴 길도 있었다

이 길이라고 하여 어디 이 길밖에 없겠는가?

바람 부는 들녘에 서서

아주 캐주얼하게 시를 낭독하고 싶다

2.
혹시 저 야산 넘으면 돈도 필요 없다는 그 산안마을* 아닌가?
개인 재산을 소유하지 않는다는
일본에서 유래되었다는 그 야마기시즘 유정란 양계한다는
여덟 가정이 식사, 세탁, 육아 등 분업화되어 있다는
하루 두 번만 식사 한다는
그곳이 여기서 그렇게 먼 곳이 아닐 것 같다
그래도 나는 저 야산을 넘지 않을 것이다
시간도 없지만 용기도 없을 것이다

*화성뉴스(2007. 3. 31)

소돌항 명진이네 횟집

선영 벌초 마치고 사촌 형제들과 소돌항에 모였다
갯바위도 있고 갈매기 나는 곳!
광어, 오징어, 가자미, 멍게, 소라 등등 안주 삼아
소주 한 잔 또 한 잔 마시는 동안
급하게 폭우가 쏟아졌다
벽에 납작 붙어 있던 달력도 부스럭거리고 유리창도 벽시계도 수평
선도 몸을 떨었다

비에 젖은 포구가 조금 보이는 횟집과 횟집 사이 골목에서
사촌 동생과 담배를 피웠다
근데 우리 무슨 얘기 나눴지?
요 눈앞에 흐릿한 게 뭐였지?

〈명진〉이는 내 사촌 제수씨의 이름!
몇 해 전 제수씨 친정 부친과 몇몇 지인들 이름 꺼내다 보니
우린 초등학교 동창생이었다
"동창회 나오면 아는 얼굴 좀 있을 텐데…."
(초등학교 때 내 친구들 김현민, 공대영…)

마지막에 나온 우럭 매운탕에 빠졌다
"형! 여기 횟집 타운은 싹 다 백 프로 자연산이에요!"

"양식은 아예 반입이 안 되고요"
이럴 때 나는 어부의 친구의 친구쯤 될 것이다
늦은 밤에 작은 축항 등대까지 다녀오는 것도
옛날에 살던 집 근처를 한 바퀴 도는 것도
큰 축항 쪽 고래고기 먹던 가게를 생각하는 것도
그리운 것과 서러운 것 때문만 아닐 것이다

그날 폭우 속에서 휙 지나갔던 이는 누굴까?
과거를 떠났는데
내일이면 이곳을 떠날 텐데 이렇게 고향 언저리만 서 있어도 과거는
슬픔이 된다 아픔이 된다
그냥 여기 좀 더 앉았다 일어서야 할 것 같다
눈앞에 보이는 것보다 보이지 않는 것이 눈에 더 띌 때가 있다
갈매기가 생각보다 더 높이 길게 쭈욱 날아간다
여기서 더 보태거나 줄일 것도 없다

스프링 노트

손바닥만한 스프링 노트를 잃어버렸다
「오동도 이전」과 「오동도 이후」
방금 메모한 시작 초고 두 편 다 '날것' 그대로 날아갔다
손등을 콱 물어뜯을 힘도 없었다
'여기 있소!'
눈앞에 곧 나타날 것만 같던 보라색 표지 노트

난리가 났다
어깨 처지고 허리 굽어지고 다리도 풀렸고 가슴은 콩알만 했다
온몸 구석구석 기운이 쭉 빠졌다
약 15분 동안 일체 말이 없었다
머릿속이 하얗게 되었다
슬픔이었다 눈물이었다 내가 왜 더 예민하게 굴지 못했을까?

방금 타고 내린 케이블카에 둔 것 같다
그 전에 벤치도 의심스러웠다
두 군데 위치 콕 지정하여 관리실에 즉시 분실물 신고를 했다
20여 분 지나… 두 군데 다 없다고 한다
망했다
1박 2일 동안 깨알 같이 메모한 초고를 죄다 잃어버렸다
그놈의 아이스크림이 문제였다

달콤한 아이스크림 베어 먹던 편의점 벤치가 문제였다

아니다 그것보다 뒷주머니가 문제다

아니다 노트 앞면에 연락처를 큼직하게 적어놓아야지 하다 깜빡 잊은 게 잘못이다

내가 꼭 붙들고 사는 이 수첩을 왜 잃어버리겠느냐고 생각하고 또 생각한 것이 더 큰 문제였다

'그곳에 있기를!'

계란 프라이

집사람이 1박 2일 피정(避靜) 간 사이
계란 프라이를 했지만
계란 프라이가 그림처럼 되지 않는다
뒤죽박죽 아니라
콘푸라이트처럼 조각조각 흩어졌다

일정한 온도도 시간도 기다림도 약간의 소금처럼
정성도 필요한 것 같다
콘푸라이트 같은 계란 프라이를 먹다말고
조용히 생각한다
'계란 삶을 걸 그랬나'
다 부서진 계란 프라이를 숟가락으로 떠먹으며
고작 생각한 것이 이것뿐인가

망한 계란 프라이를 다 먹고 난 뒤에도
왜 자꾸만
노란 태양 같은 프라이가 떠오르는 것인가
계란 프라이보다
고정관념이 이렇게 힘이 센 것이었더냐

강릉역에서

택시 타면 처갓집이 10분 거리인데
늦가을 저녁
선친 기제사 지내고 ktx 타고 바로 올라왔다
저기서 좌회전
우회전 한 번 하면 되는데…
집사람은 한 번 더 돌아보았을 것이다
차창에 비친 강릉의 산과 들녘은
아무리 닦아도 지워지지 않는데
나는 무엇 땜에 숨죽이고 있었나

할 말이 없을 때도 있다
방금 역 광장 큰 바람에 온몸이 휘청거릴 때
추억은 흔들리지 않는다
슬픔도 흔들리지 않는다
사막에선 사막이 흔들리지 않는 법!
옆에 붙어 있어도
사는 게 이렇게 동상이몽일 수밖에 없다

조태일을 생각하다

세상에! 어려운 부탁이라도 하듯이
그는 목소리가 낮아졌다
미술 하는 딸애가 있는데 좀 일찍 하교할 때가 있는가 봐
담임선생한테 한 번 말해줄 수 있겠나?
넵!
내 목소리는 동석한 문우들도 들릴 만큼 높았고
그의 우람한 어깨는 조금 흔들렸다
그가 술잔을 내 앞에 탁! 갖다놓았다
그 큰 손도 떨릴 때가 있는가보다
「국토」 연작을 쓰고
칠십 년대 민주화 운동 앞장서서 했다 해도
말술을 마셨다 해도…
담임도 아니고 담임 좀 안다는 이유만으로
그 앞에서
조금이라도 어깨를 우쭐했다면
이번엔 그 앞에서 내가 지체 없이 어깨를 움츠려야 할 것!
그리고 그보다 더 낮은 목소리로
선생님!
거기도 작가회의 앞 호프집 같은 거 있나요?

아주 오래된 골목

―주문진

구 동아극장 옆
다섯 살 때 내 친구 미림이네 옛집 찾아가던
늦은 오후
보폭 좁혀도 그 걸음을 따라할 순 없다
골목 끝에는
페인트 칠 드문드문 다 벗겨진 철제 의자가
늦은 오후처럼 놓여 있다
덧없는 세월만 짐작하고 돌아서는데
낡은 의자 한쪽 다리에
누군가 청색 테이프를 몇 겹이나 감아 놓았다
등받이 쪽엔
너덜너덜한 두꺼운 방석도 매달아놓았다
어떤 마음보다
여기저기 온몸이 저린 건 또 무엇 때문인가
누군가 불러도 돌아보지 않았다
골목이 오래되었다고 돌아보지 않는 것처럼
의자가 낡았다고 돌아보지 않는 것처럼

사일런트 밸리
─절대 고요를 찾는 남데브 아저씨*

어렵게 떠난 길
소년은 처음부터 뒤돌아볼 곳이 없었고
남데브 씨는 돌아볼 곳이 있었다
길을 떠난 소년은 길을 버렸고
길을 떠난 남데브 씨는 길 위에 남았다
길은 길을 버린 자의 것!

〈붉은 성〉에 들어간 소년은 머리를 깎았고
〈붉은 성〉 앞에서 돌아선 남데브 씨는
길에서 만난 사람들 틈에 끼여
대본에 없는 장단에 맞춰 어깨춤을 추었다
사람들은 웃고 그는 울고 있었다

집콕 하면서 조용히 살고 있는 내게
〈붉은 성〉까지 갔던 길을
혼자 되돌아오던
남데브 씨의 뒷모습이 왜 또 떠오르는 걸까
그는 왜 춤추듯 살 수 없을까

*다르 가이 감독의 인도 영화 제목

방금 시를 탈고한 것처럼

늦가을 저녁
시 없는 날
산책은 못해도 시를 써야 한다
시 못 써도 산책을 해야 한다
이것은 자학인가 단절인가
좀 먼 데 갔다 온다 해도
어떤 쓸쓸함처럼 빈손일 때가 많다
이것은 자기 검열인가
시도 못 쓰고 산책도 못할 땐
방금 시를 탈고한 것처럼 두 손을 쭉 뻗어본다
손등으로 눈도 비비면서
이것은 또 눈물인가 무엇인가
하루종일 한 줄 쓰고 한 줄 지우고
바닥 환히 보일 때까지
더 지울 수 없는 것도 있다

방금 시집을 주고 나서 후회막급이다

이미 엎질러진 물이다
시집을 건네자마자 그는 책상 모서리 끝에 두었다
그것도 3분의 2쯤 걸쳐놓았다
당장 회수하고 싶다
내 시집은 오래도록 그곳에 있을 것만 같았다
그도 시를 쓰고 시집도 냈다기에
그러나 그게 아니었다
시집을 건네는 순간 눈 한 번 마주치지 않는데
그가 언제 내 시집과 눈 마주칠까
내가 속은 게 아니라
내가 나를 먼저 속였던 것 같다
그게 아니다
이게 아니다
그는 기억력이 나빠서 시를 안 쓴다고 하는데
목공예를 시작했다고 이것저것 가리키는데
시를 쓰지 않아도 불안하지 않은데
바람 불어도 바람에 흔들릴 게 없을 것 같은데
왜 내가 그보다 더 불안한 것이더냐
그는 단지 기억력만 나빠진 게 아니다

횟집 앞의 노인

횟집 앞 나무 의자에 앉아 있는 노인
밤 열 시
길 건너 건어물 가게도 불을 끄는데
손님을 기다리는 것도 아니고
불면증일까
이 나이쯤 되면
늦은 밤 혼자 저렇게 앉아 있는 풍경이 낯설지 않다
안 보이는 외로움도 보일 때가 있는 걸까

아주 옛날에 살던 집 근처
불 다 끄고 셔터 내리지 않은 것만 해도
한 번 더 돌아보게 하는 것 아닌가
돌아보면
저 남의 의자도 내 것 같을 때가 있다
혼자 있어도
외로움 비슷한 것 안 느낄 때가 있을까
허허!
일순, 저 풍경이 허공 같다

그곳에 주정차 단속 카메라는 없었다

서울 모처에 잠시 주차 중이었다
"바로 앞에 주차 단속 카메라 있으니까 차 빼라"
차를 이동하고 카메라를 찾아보았다
"카메라 어디 있는가?"
"얼마 전까지 여기 있었는데…."
헐!
"어디다 삿대질인가?"
"싸우자는 거냐!"
(교통경찰이라도 불러야 할까?)

그 자는 가게 앞에 차를 세우면… 어쩌고 한다
"이 도로 구간이 네 것이냐?"
"내가 매일 청소하고 있다"
하… 더 나가면 내가 지는 것이다
저 자와 싸우면 내가 진다
나는 나무가 되거나 바위가 되어야 한다
저 자의 말처럼 나잇살 먹고…
내가 여기서 저 자와 싸워야 할 나이가 아니다
시 대여섯 편 써야 풀릴 것 같다
식구들 앞에 털어놓을 일도 아닌 것 같고
저기 초로의 한 사내가 있다

한낮에 조심해야 할 것

새까만 선글라스 쓴 자
여자보다 남자를 조심할 것
모자 쓴 자
선글라스 쓰고 모자 쓴 자
모자 쓰고 선글라스 쓴 남자 조심할 것
또 조심할 것
낯짝 가리고 눈빛도 감추고
낯짝도 눈빛도 드러내지 않는 자
조심할 것

한낮이 지나자 나도
모자 쓰고 선글라스 쓴 그 자처럼
모자 쓰고 선글라스 쓴
남자가 되었다

나는 싸움을 할 줄 모른다

나는 싸움을 할 줄 모른다
적과 싸울 때도 싸울 줄 모르고 적 아닌 자와 싸울 때도
어떻게 싸워야 하는지 모른다
이종격투기 입문할까 생각한 적도 있고
잠깐 조직을 생각한 적도 있다
한낮에 어떤 자와 주차 문제로 다투고 나서 그 자와 싸우는 중에도
어떻게 싸워야 하는지 몰랐다

나는 싸우기도 전에 승자가 아니라 패자였다
지하철 탈 때도 마을버스 환승할 때도
밥 먹고 나서 시 쓸 때도, 시 쓰고 나서 밥 먹을 때도
두어 달에 한 번 술 마실 때도
전화 받을 때도 메일 보낼 때도
에프엠 라디오 들을 때도 정치 관련 기사와 그 댓글 읽을 때도
내가 가끔 혼자 사적인 생각에 빠질 때도
동료들과 단지 사소한 언쟁을 할 때도
나는 승자가 아니라 패자가 된다

나는 하루 시 써야 또 하루 사는
지금은 혼자 남은
가칭 〈하루하루 시〉 동인처럼 살고 있다

나는 이제 더 이상 싸울 상대가 없다
나는 이제 더 이상 분노하지 않는다
나는 이제 더 이상 싸울 줄도 모른다
하… 대상이 없어졌다

바다로 가는 먼 길 1

코스모스 군락지를 옆에 끼고 걸었다
그러나 내 걸음은
강릉 남대천 유속보다 조금 더 느렸다
한 구간 지나면
코스모스 사라지고 금계국 천지였다
코스모스도 금계국도 눈에 들어오지 않는다
실연당한 여자처럼 걸었다
지갑 잃어버린 노인처럼 걸었다
패장(敗將)처럼 걸었다
빚에 쫓기는 남자처럼 걸었다
산마루에 걸터앉은 저녁노을이 한 마디 던졌다
괜찮다!

그냥 시 한 편에 기대고 싶을 때가 있다
어떤 내색도 하지 않을 때가 있다
간만에 생각이 우울할 때까지 가라앉았다
바지 주머니에 두 손 찔러 놓고
말수 줄이고
아무것도 아닌 것을 생각할 때가 있었다
어디까지 가야 하는지
바다로 가는 길을 또 생각해 보는 것이다

바다로 가는 먼 길 2

어려운 일 있으면 찾아가던 바다
바다가 할 수 있는 일이 없을 텐데…
끝까지 가고 싶었다
방파제 끝에 어떤 청년이 있었다
끝은 없다
어떤 생각이 저 끝을 가리킬 때도
끝은 없다
생각의 속이 투명하게 보일 때가 있다
공백이 생겼다는 것

생각도 바로 보면 보인다
있는 그대로 보지 못하기 때문에
생각이 싹트는 것!
끝이 없다 해도 끝은 있고
끝이 있다 해도 끝은 없다
나도 여기까지 혼자 왔다가 되돌아간다
가자!
생각의 끝도 아니고 끝도 아닌
것!

시 다섯 편 썼는데

도망치듯 바다를 향해 걸었다
사방 빽빽한 안개 속을 걷는 듯 걸었다
바다나 보자고 나선 길
앞뒤 꽉 막힌 생각을
한 번에 탁 트여줄 바다가 어디 없을까
시계를 봤다
한 시간 걸었을까
내가 나를 툭 던져 놓고 볼 때도 있다
무거운 얼굴은 아니었다
이제 막 어두워지기 전의 어스름 바다
바다의 고요
하! 복잡했던 가슴 언저리가 가벼워졌다
왜
툭툭 털고 일어날 줄 몰랐겠는가?

주먹이 운다

영화는 아니고
관용구 '주먹이 운다' 한 번 더 생각한다
돌아보면 주먹이 울었던 적도 있다
등단 후 아현동 작가회의 뒷골목에서 한 번!
과거 직장 회식 장소에서 한 번!
몇 해 전 집안 모임에서 한 번!
방금 주차 시비로 또 한 번!

주먹이 왜 필요하고
전쟁이 왜 또 필요한지 생각하게 되었다
왜 주먹이 먼저 나가는지 알게 되었다
왜 샌드백을 그렇게 치는지 알 것도 같다
그러나 나는 언제나 주먹보다 앞서는 게 더 많았다
주먹이 운다
주먹이 운다
왜 자꾸 이렇게 되뇌는지 알 것도 같다

방파제 끝에서 춤추던 여자

－2023년 9월 30일 오후 안목에서

그녀는 자기 자리에서 천천히 돌았다
앞에 스마트폰을 마주 보고
이번엔 한쪽 다리 들고 빠르게 돌았다
말처럼 무릎 꺾은 채 펄쩍 뛴다
다시 한쪽 무릎 꺾고 두 팔 쭉 뻗는다
내가 숨죽여도 그녀는 돌고 있었다
자세히 보면 바다도 돌고 있었다
하늘도 돌고 구름도 돌고 있었다
마침내 나도 천천히 돌고 있었다
죽도(竹島)도 돌고 석양도 돌고 있었다
춤이 되어 시계 방향으로 돌고 있었다
힘든 것도 무거운 것도 같이 돈다
나도 한쪽 다리 들고 천천히 돈다
천천히 돌면서 춤이 되고 춤이 되면 돌아야 한다
가슴께 있던 것도 끝내 돌고 돈다
내가 돌아보지 않으면 볼 수 없는 것도
돈다
그녀와 내가 함께 돌고 있다는 착각도
돈다
어떤 사건처럼…

십 분 동안

십 분 동안 밀고 당기다 돌아섰을 것이다
이 고비 참을 수 없다는 것과
바다를 보고나면 없었던 일이 되는 것 사이
돌아서면 내가 비겁한 것인가
보는 자 없어도
바닷새들도 바람보다 낮게 날 때가 있다
먼 곳에 다녀올 때도 있다
나도 생각보다 더 멀리 갔다 올 때가 있다
시계 반대 방향으로 돌아섰다
소매를 걷어 올리며 다리를 건넜다
저 다리 위에서
십 분 동안 생각한 게 싹 다 쓸모없다 해도
꼭 한 번 하고 싶을 때가 있다
회한은
어제의 일을 오늘 아침에 또 생각하는 것
시를 쓰게 하는 힘도 된다
이 주먹을 쓰고 싶을 때도 있다

길고양이 싸움에 관한 목격담

도봉초등학교 옆 골목 꽉 채운 길고양이 소리
이 골목을 놓고 싸우는 것인가 보다
뒤에서 한참 지켜봤지만
둘 다 미동도 않던 저 집요한 집중력
긴 꼬리로 맨바닥 쓰윽 쓸기만 할 뿐
눈 한 번 떼지 않던 팽팽한 긴장감
저 눈빛 사이에 종이 한 장 끼어들 틈이 없다
그래 맞다
제 눈을 포기하지 않는 저 자존심!
싸움은 저렇게 눈빛으로 하는 것이다
상대를 향해 직사광선 쏘아대는 것!
둘 다 똑같다
밤을 새워도
이 싸움에서 한 발짝도 물러설 녀석은 없을 것 같다
발톱이나 이빨 한 번 쓰지 않고
오직 눈빛으로 맞짱 뜨는
저 고양이들 앞에
인간의 싸움은 또 얼마나 우스운 것인가

옛 시인의 집 마루턱에 앉아

―초당에서

조선 육송 사이 저 바람골 같던 길 사이
누군가 쌓아놓은 낙엽더미가 있고
저 풍경처럼 군데군데 여백을 찍어두었다
또 그가 쓰다만 미완성 시도 있다
더 큰 혁명을 도모하던 자도
꿈을 꾸던 자도
시를 쓰던 자도
훗날 그 여백을 누군가 허(虛)라 했고
누군가 또 공(空)이라 하였다
여기서도 남아 있는 것은 떠난 것보다 못하다
시간이 흐르면 심심할 때도 있다
더 늦기 전에
아무도 모르게 미완성 시 하나 완성하고 싶다
꿈도 시도 완성되지 않는 것
사랑도 질투도 혁명도…

우암(牛岩) 아들바위에서

불 다 껐는데
이 늦은 밤에 문 닫지 않은 횟집 같은
큰 바위 하나 있던 밤바다
뒤로 갈 수 없는
앞으로는 더 갈 수 없는 이 시각
저쪽 포구엔 어두운 배 한 척 뒤척이고 있다
작은 배였다
가까이 다가가서 보면
빈 배였다
이젠 또 저 빈 배처럼 살아야 한다
없음은 그런 것이다
바다처럼 사는 것도 그런 것이다
밤바다도 빈 배도 더 뵈지 않던
오직 홀연히 빛나던 세상 밖의 빛 같던
저 빛이여 육신이여 다시 노래하라
이것도 다 꿈인가

자전거 택배 청년에게

아뿔싸!
중랑천변 자전거 도로로 가면
한 방에 쭉 갈 텐데
나는 왜 하필 동일로 큰 도로를 가리키며
직진, 우회전하라고 했을까
밤 열 시
곧장 뒤쫓아갔지만 그는 보이지 않았다
밤 산책이고 뭐고 접었다
대신 근린공원을 다람쥐 쳇바퀴 돌듯 뛰었다
한 바퀴 한 바퀴 또 한 바퀴…
택배 자전거만 봐도 가슴이 철렁했다
가로등 불빛에 보이던 땀이 밴 청년의 이마가
생각나서 또 돌아보았다
반성하는 것보다 내가 얼마만큼 소심한지
나를 돌아보았다
내가 한 며칠 더 소심할 것 같다

북유럽의 어느 시인에게

피오르드 산악 열차 타고 일곱 시간
한 사나흘 뒷골목이나 돌아다니고 싶은 항구 도시
노르웨이 베르겐
주문진 수산시장 비슷한 곳도 있다 했던가
요새도 고래고기 있는감?
시골 교회 같은 성당이라고 했던가
성당 어디 손수건만한 천에 쓰여 있다는
"좋은 것도 나쁜 것도 없다 생각이 그렇게 만들 뿐!"
날이 워낙 추운 곳이라 그런가
간만에 한소식 들은 것 같다

늦었지만 별이라도 쏟아지는 밤이 되거든
아님 사정없이 창문 뒤흔드는 북극의 마파람 불거든
연탄불 두 개만한 벽난로 앞에서
입이 뭉툭한 북해 생선 두어 마리 구워놓고
며칠 전에 받은 문학상 축하주 한 잔!
북구(北歐) 풍의 원 샷!
이 세상의 우울하고 나약한 또 상복 없는 시인들을 위하여
한반도 풍 소맥 한 잔!
고독과 절망과 사랑과 분노와 뜬소문과 슬픔과…
위하여!

인왕산 초소 책방에서

3호선 경복궁역에서 청와대 앞 분수대 지나
편의점에서 생수 하나 들고
가파른 이 길을 숨 가쁘게 오르다 보면
이 길의 과거사도 알게 될 것이다
좌청룡 우백호도 알게 될 것이다
어느 집 창가에 내놓은 이름 모를 꽃도 눈요기 하고
이 동네 저 골목도 생각하게 된다
남의 집 마당도 슬몃 들여다볼 수 있다
그날이 개천절이면
먼 데 하늘을 볼 수도 있을 것이다
숨어 있는 길도 길이 되어 보이더군
산티에고 순례길도 보이게 되더군
가자~
그리고 2층에서 해 지는 쪽으로 의자 돌려놓으면
이번엔 온통 붉게 물든 것만 보게 되더군
그때 가슴께 확 붉어지던 것

아빠 축산

바로 앞의 치킨집도 그 앞의 피자집도 가구점도
몇 해 지나면서 손이 바뀌었다
시장 입구도 아니고
역세권도 아니고
의좋은 형제가 밤낮으로 매달려서 한다는데
그 앞을 지나다닐 땐 꼭 한 번 더 돌아본다
추석 대목도 지나갔고
다음 대목은 또 얼마나 남았는지
내가 헤아려 볼 때도 있었다
횡단보도 앞에서 신호 기다릴 때
돌아보면
그가 냉장고 앞에 서서 나를 볼 때도 있다
뾰족한 수가 없을까유?
백종원 선생한테 한 번 부탁하고 싶을 때가 있다
얼마나 더 버틸까?
오늘 저녁엔 배추쌈에 삼겹살 구워
한잔 마셔야겠쥬!

상계역 11번 마을버스

박세현 형과 한잔하고 악수도 하고 헤어졌는데
나는 마을버스에 올랐는데
그가 뒤에 오르는 승객 틈에 끼어 있었다
(오늘 술 좀 부족했던가?)
반가운 마음에 손을 번쩍 들었으나
그가 아니다
급히 차창 밖을 내다보았다
그는 만두가게 앞에 있었다
(그도 뭔가 허전했을까?)
김이 모락모락 나는 만두가게 앞에서
마치 안개 속에서
만두 봉지를 한 손에 들고 있었다

"아! 형이 버스 타는 줄 알았어요!"
"한잔 더 하자!"
(마을버스는 출발했다)
"내려!"

고양이 밥을 갖다놓던 아주머니의 마음

아주머니 한 분이 아파트 뒤란 조그만 접시에
고양이 밥을 넉넉히 놓아두고 갔다
뒤에서 잠시 지켜보았다
어디선가 길고양이 한 마리가 달려왔다
마음이 급했는지 먹는 속도가 빠르다
요기는 했는지 누군가 부른다
저 녀석은 좀 더 먼 데서 온 것 같다
하나가 둘이 되었다
세상사
마음 열어놓으면 제 마음만 열리는 게 아니다
어떤 관계가 생긴다
어떤 인연도 생긴다
내가 조그만 접시의 무엇을 본 것도 아니고
고양이만 본 것도 아닌 것 같다
어떤 정경이 마음에 툭 닿을 때가 있다
또 하나가 생겼다
일순 적막한 것 같아도 적막하지 않았다
아파트 뒤란을 혼자 왔다 갔다 하였다
"당신의 미담은 내가 갖고 가겠소!"

동일로 희망 부동산 앞에서

'낙엽 따라 가버린 사랑…'
통기타와 함께 아주 오래된 노래가 흘러나왔다
손님도 없고 행인도 없는
늦가을 텅 빈 오후
낙엽도 사랑도 그대도 멀리 떠나고 노래만 남았다
낙엽도 사랑도 그대도 노래가 되어 돌아왔다
'어찌 하오'
'어찌 하오'

텅 빔을 무엇으로 채워야 하는지 알 것 같다
무엇으로 또 비워야 하는지
가게 문을 죄다 굳게 닫아놓아도 알 것 같다
문틈으로 조금씩 새나오던
늙은 사내의 노래
낙엽, 사랑, 그대 다 떠나고 노래도 떠나면…
어찌 하오
어찌 하오

길 위에서 생각하다
—2023년 11월 27일 밤 10시 상계교 근처

"아저씨! 혹시 뇌경색이에요?"
"아니오!"
"뛰는 게 이상해요 한쪽으로 기우뚱한 채 뛰는 게…."
"저도 뇌경색인데…."
"아 네 아니면 운동 열심히 하세요 건강하세요!"

그 순간 언짢아서 제대로 인사도 못했지만
얼핏 봐도 뛰는 자세가 틀렸다는 것
좀 전의 동작으로 한 번 뛰어보았고
그 이후 동작으로 한 번 뛰어보았다
아 내가 봐도 한쪽으로 분명히 치우친 것 같다

아! 나이 먹었다는 것!
나이 먹으면 여기저기서 지적하는 일이 쏟아진다
그만큼 허점이 생겼다는 것!
욕먹을 일 하나 더 생겼다
아주 가까운 사람한테 골백번 들었던 말이기 때문이다
"뛰는 게 이상해! 한쪽으로 기우뚱한 채 뛰는 게…."
하나 덜 보고 대신 잘 들을 것!
같이 사는 사람의 말을 귀담아 들을 것!

안내견과 함께 길을 나선 청년에게

일순 7호선 지하철 객실이 조용하다
쉿!
다들 들고 있던 스마트폰을 내려놓고
듬직한 안내견을 쳐다본다
안내견은 청년 옆에 납작하게 앉는다
꽤 붐비는 시간대임에도 엄숙하다
세 정거 지나
안내견 뒤를 따르는 청년이 계단을 오르고 있었다

나는 잠깐 눈을 감았다
빛은 어디에 있고 길은 어디에 있다는 것일까?
그때 옆의 노인이 한 마디 던졌다
"개가 사람보다 낫네!"
다들 눈을 반쯤 감은 채 생각에 빠진 것 같다
청년과 안내견이 무얼 두고 내린 것 같다
누군가 무(無)자 화두처럼 되묻는다
눈 밝은 자는 어디 있는가?
누가 견자(見者)인가?

시의 첫 단어를 놓쳤다

아무리 뒤쫓아 다녀도 생각나지 않는다
방금 떠올랐는데 없다
하루종일 그림자가 되어 따라다닐 것만 같다
나를 따라다니는 게 아니라
내가 따라다니는 것이다
한 발짝 다가가면 더 멀리 도망가고
내가 나를 따라다닌 꼴이 된다
싹둑싹둑 자를 수도 없다

아침에 생각났던 시의 첫 단어를 놓치고 나서
아무리 생각해도 생각나지 않는 단어를 생각하며
그 단어가 없는 그 단어가 아닌
이 시를 쓴다
이 시 없으면 그 단어 또 생각할 것 같다
첫 단어 떠오르면 이동하지 말 것

꽃 한 송이 때문에
—서울 외곽에서

꽃은 공산품이 아니에요 장미! 하고 나면 그만이에요 이 꽃 저 꽃 선택할 수 없다는 게 말이 되는가? 꽃보다 더 한 것도 선택하는데 이게 말이 되는가? 꽃은 이것저것 선택할 수 있는 공산품이 아니에요

도대체 어떤 꽃을 원하시는 거냐? 이렇게 꽃잎 다 퍼진 것보다 저렇게 잔뜩 오므라든 것! 다 아침에 들어온 꽃이에요 그럼 줄기 자르기 전에 미리 말씀해 주셔야죠 줄기 다 자르고 나면 팔 수 없어요 (방금 선택할 수 없는 공산품이라 해놓고?)

(잠깐! 자르기 전이었다면 선택할 수 있었다는 거 아닌가? 내가 선택할 수 있었다는 것 아닌가? 그렇다면 꽃도 공산품이라는 거 아닌가? 아닌가? 그렇다면 저 자의 말이 맞지 않다는 것 아닌가? 아닌가?)

의정부 교도소 앞 카페

시국사범 면회 다니던 길도 아니었을 텐데
특히 아버님 돌아가시던 해
그 다음 해까지 네댓 번 들렀던 것 같다
그곳에 가서 커피 한 잔 마셨다
창밖이 물샐틈없이 새카맣게 어두워질 때까지!
나는 어두운 벽면처럼
물끄러미 창밖을 바라보곤 하였을 것이다
그도 어두웠을까?

어두운 담요 같은 걸 가슴께 끌어당길 때도 있었고
동굴 속을 짐승처럼 기어서 간 적도 있었다
새카만 것도 친구가 되고 연인이 되고 구름이 되고
손을 잡듯이 주먹처럼 움켜쥘 때도 있었다
그곳에서 그와 그곳에 관한 장시를 쓴 적도 있다
바로 인쇄하여 너무 깊이 묻어두었는데
그 또한 어디서 바람이 되고 흙이 되고 말았다

그날 저녁 누군가 창가에 있던 내 모습을 보았다면
앞뒤가 꽉 막힌 골목 끝의 사내 같았을 것!
마침내 그는 골목 끝으로 사라졌고
나는 그곳에 남았다

나는 그 골목 끝의 사내의 손을 잡고 돌아섰다
그 사내 때문에
어둠 속에 또 다른 어둠이 있다는 것도 생각할 수 있었다
지금 생각해도 참 따뜻한 어둠이었다

내 허벅지에 쓰윽 닿던 사랑이여! 물건이여!
골목 끝의 사내 같던 집념이여 잡념이여
더 늦기 전에 마주 앉아 커피 한 잔 하자!
좋아요
좋아요

소설(小雪) 오후의 단상

"눈 한 점 없는 소설이 뭐람?"
"제발 나를 좀 내버려 둬!!"

*

누군가 나뭇가지를 당겼다 놓았지만 누군가는 동쪽으로 갔다
동쪽으로 간 자는 세상을 등진 자가 아니다
큰 강을 건너는 자는 있었지만
세상과 맞서는 자는 없었다
지금은 해방공간도 아니고 혁명의 시대도 아니다
돌아선 자가 돌아오지 않듯이
세상의 어떤 뭇 바람도 돌아오지 않는다

*

무수골 주말농장 앞의 큰 플라타너스 나무를 만났는데
그 나무 앞을 그냥 지나갔다
또 오래되었지만 아는 사람을 이 길에서 보았지만 쓰윽 지나치고 말
았다

그도 내 옆을 아무렇지 않게 지나갔다
아무 생각 없이 지나갈 수 있었다
생각 없으면

방금 지나간 바람처럼 아무것도 아닌 것이 된다

*

누군가 마지막 시를 썼다 지우고 펜을 던진 것 같은
아주 낯선 사내 같은 저녁이 되었다
칼끝 같은 바람도 마구 분다
돌아선 자를 돌아보지 마라

대설 메모

2023년 12월 30일 서울 대설주의보 안전 문자
강원도 소금강 그 큰 눈 같은 폭설을 뚫고
길을 뚫고 길을 나섰다
운이 좋으면 길이 길을 뚫고 나는 나를 뚫고…
마주오던 여자 한 분
내 뒤에서 나를 앞질러나가던 또 여자 한 분
오십대 부부 한 쌍
청년 한 명, 젊은 여자 한 명

그러나 큰 눈을 뚫고 나온 사람보다
야! 눈을 뚫고 나온 눈사람이 더 많은 날이다
눈사람 하나, 둘, 셋… 열여덟
군데군데 미완성 눈사람 네댓…
밤 열 시
근린공원에선 눈사람 만들어놓고 중학생들이 뜀틀처럼 눈사람을 뛰
어 넘는다
'야! 젊음이 조오타!'
걸음 멈추고 선 나이 든 아주머니 말씀
"조오타!"

계란찜에 관한 소회

아들 좋아하는 계란찜을 차려놓았다
앗 소태 같다!
한 숟가락 떠먹고 또 꾹 참고 반 숟가락 삼켰다
급기야 다른 반찬으로 옮겼다
밥 먹는 내내 머리끝까지 소태 같았다
일어나면서 한 마디 했다
"소태 같다"
어머니는 천천히 말씀하셨고 끝내 말끝을 흐렸다
"새우젓으로… 간을 맞췄더니…."
구순 노모한테 말할 때도
남들한테 말할 때처럼 한 번 더 생각해야 한다
감정 빼고
천천히 흐리고 나직하게!
나직하게!

용문사 길 2

중국의 어느 소수 민족처럼 걷고 또 걸었다
초행길에 바람도 더위도 같이 걸었다
기왕에 나섰던 이 길 끝까지 가보자
이 길이 아닌 것 같은데 길을 묻지도 않고 걸었다
이게 아닌데…
뒤에서 누군가 나를 흔드는 것 같다

"이 길이 맞습니더! 근데 걷기엔 좀…."
가면 길이 되고 가지 않으면 길은 사라진다
이거 썼다가 싹 다 지운다
나는 길이 되자고 시방 떠도는 게 아니다
나는 이 길 위에서 고작 하루 떠돌이일 뿐이다
내가 나를 심하게! 흔들어 본다

한 끼 식량 얻으러 탁발 가는 길도 아니고
초발심(初發心) 만행도 아니고
계율 받은 적도 없으니 딱히 파계도 아니고
기행(奇行)도 자유여행도 아니고
제 집 놔두고 곧장 출가하는 것도 아니고
단기 출가 템플스테이도 아니고
어디 도반(道伴) 만나러 가는 길도 아니다

서역(西域)도 아니고 영(嶺) 넘어가는 길도 아니고
북쪽으로 가는 길도 아니다
언덕을 넘어 산으로 들어가겠다는 게 아니다
이게 아닌데…
그럴 때마다 시가 나를 끌어당길 것만 같았다
누군가 자판기 커피를 뽑아 권한다
"마셔!"

제6부 웅천에서 3박 4일

여수 시편

찬바람 조금 섞어 불던 바위산 전망대
봉수대 옆의 병졸처럼
이번엔 여행객처럼
노을이 콕 찍어 비추는 앞섬에 가고 싶다
저 섬에서
여기 사람 있소! 소리 한 번 지르고 싶다
섬에 사는 사람 있으면 같이 소리 지르고 싶다
여기도 사람 있소!
휴게소 두 번 쉬고 처제네 승용차로 여섯 시간
일로전진 남도(南道) 길
동백꽃도 관광 성수기도 아닌 이즈음
어디 일몰이나 보자고
늙은 수행자의 긴 그림자 드리운
나 하나만의 섬 찾아
길 떠난 길

가막만(灣) 노을

저녁노을 가득한
저 앞섬 앞에 양식장 작업선 한 척과
저 섬과
그때 한 줄로 툭 긋던 갈매기 울음소리와
동해보다 나직하고 조용하게 책장 넘기는 것 같은 파도 사이
'여수 밤바다'

나도 바닷물에 발을 담갔다
따뜻하다
맨발로 저 끝까지 천천히 걷다 보면
발목까지 무릎까지 허리까지 가슴까지 다 젖는다
젖은 몸은 더 참을 수 없을 만큼 시원하다
가만, 시원할 것도 가벼울 것도 없다
그냥 노을에 발목 잡힌 빈 배 되었다
여기서 어떻게 떠날 수 있을까
이제 노을밖에 더 남은 것도 없는데
"저기! 돌아서면 여자만(汝自灣)?"

여수 밤바다의 한순간

커피 한 잔 들고 밤바다를 기다린다
아 차츰 더 어둡고 더 검은 빛 바다
저 앞의 장도(長島)도
저 뒤의 큰 바위산도 이둡고 또 밝고 환하다
어둠을 밝히는 어둠도 있는가
뱃사람들 하선한 작업선에서 새나오던 불빛 하나
초저녁 갈매기 위한 불빛인가

붉은 노을이 천천히 유령처럼 사라지고
산 자가 유령처럼 나타나면
붉은 노을의 순간이 검은 빛 바다의 순간이 된다
낭만포차도 있고 동백도 있지만
잊을 게 없어도 뭔가 하나 잊어야 하리라
둘이서 왔어도 잠시 혼자가 되어야 하고
혼자 왔어도 둘이서 온 것 같다
네 앞에 내가 있듯이

오동도에 관한 풍경 혹은 심경

흑송

바다보다 먼저 눈에 띄는 저 나무
흑송 일명 곰솔은 제 서 있는 곳 알고 있을까
한 번 안아보자
갑자기 왼쪽 가슴의 박동이 빨라진다
바다 쪽으로 손 쭉 뻗을 때도 있을까
동백은 없어도 흑송도 있고
한쪽 팔 길게 늘어뜨린 보리수나무도 있다
그 옆에 또 어김없이 노란 털 머위 꽃!

보리똥나무

산수화 한 폭 옮겨다놓은 듯
아 난을 치듯
보리똥나무
한 걸음 더 떼면 이번엔 팽나무!
오동도 일대는 나무들이 섬처럼 모여 사는 나무들의 군락지
고작 펜 하나 들고 헤매는 나도
혹시 나무가 됐는가

팽나무

여기 또 아주 기이한 형상 하나 팽나무
매우 감각적인 조형물 같은
아님 그저 입 다물고 귀만 열어놓은 채
가끔 파도소리 들으려 귀 기울이면
균형 잡힌 저 조형물의 형상도 잠깐 기우뚱할까
이제 어디서 바다를 만날 것인가
앗! 나무 테크 계단 한 발 헛딛다
내 몸 급 휘청대다

용굴

저 아래 용굴 쪽 내려가는 나무 테크 길
"꼭 내려갔다 오이소!"
계단 옆에 잠시 비켜선 채 남도 방언을 섞은 남자
"네 고맙슴다!"
오동도의 깊숙이 숨겨놓은 애인 같은 곳
헐! 철책으로 꽉 막아놓은 기막힌 길!
용굴 입구 또 아무리 고개를 뻗어보아도
그래 보여주기 싫은 것도 있을 게다

저 절벽 위의 큰 철새처럼 혼자 앉아 있는 또 혹송 하나!
그때 앞바다 한가운데서 물질하던 해녀(海女)!
누군가 손을 들자 그녀도 손을 든다
우와!

바람골

"어디서 오셨소?" "광주!"
"나는 여기 여수서 나서 여수서 쭉 살고 있네요"
"여수 살기 좋지요"
"통장어 먹을 만한 데 어디여?"
"인터넷 검색하면 다 나와요"

용굴에서 용의 꼬리 같은 바람이 분수처럼 획획 올라온다
빗물 얻어 마시고 용트림한 자가 빠져나간 자리가
여기 바람골 되었다는 거 아닌가

죽(竹)

오동도는 본래 죽도(竹島)였다
전란 때 화살 만드는 신이대도 여기쯤 있었다

형체가 큰 후박나무 옆의 대나무 군락은
용이나 화승포보다 더 당당하다
약자의 무기는 언제나 죽창(竹槍)뿐이었나?
그러나 대나무 숲 사이의 숨죽인 죽!
누군가 활시위를 크게 당겼다 놓는다
그 끝이 어디를 향하는 걸까
나는 또 어디서 어디를 향하는 걸까

동백차

"무슨 바다가 돌이나 바위밖에 없다는 거야"
"바다에 돌이나 바위 있으면 세상에서 제일 멋있는 거 아냐?"
바다를 만나면 바다를 생각하고
나무를 만나면 나무를 생각한다
그러나 시는 그곳에 있지 않다
생각을 버리지도 끊지도 못하고 살고 있다우!
저 섬 끝에 남해 금산 보리암 있다는 것인가
남해 금산 보면 또 남해 금산 생각할 것인가
나는 생각을 내려놓을 줄도 몰랐다

손에 들고 있는 이 동백차는 어디다 내려놓을 것인가

여기저기 동백 통째 내린 자리?
우리는 차 한 잔도 제대로 마시지 못하고 살았다
그때그때 또 산 자보다 죽은 자를 생각할 때가 많았다
슬픔도 내려놓지 못하고 때때로 죽이며 살았다
돈도 꿈도 노래도 사랑도 우정도 죽이며 살았다
나도 저 겨울나무들처럼 숨죽이며 살았다
죽은 듯이 살아야 할 때가 많았다

장도

서터 내린 가게 앞에 서 있는 것 같았다
눈앞에서 막차 놓친 것도 같고
썼다가 급하게 지운 시 같은
어제 어깨 맞부딪치며 헤매고 다녔던 골목길 끝의 끝 같은
잡아당기면 확 끌려갈 것 같은 곳

저 섬에 들어가 물때 다 놓치고
시도 놓치고
낯익은 것도 익숙한 것도 놓고
그냥 바다만 바라보며 세상과 하루 이틀쯤 뚝 떨어져 살다가
뻔한 길도 좀 더듬고 싶은 곳

섬지기나 할까 섬마을 총각 선생이나 할까
내가 쭉 그어 논 어떤 선을 넘어버릴까
이젠 속도 없지만 속없이 살아볼까
시에다 삶을 얼마만큼 넣어야 할까
반 스푼!

오동도 시편 이전

오동도 유람선 선착장 가는 길
옛날 호떡 한 봉지
3천원
국화빵 한 봉지
5천원
아 그녀는 숫자를 손으로 표시하고 있었다
그녀는 또 천천히 목례를 두어 차례 한다
무슨 말을 자꾸 하려는 듯이…

천천히 호떡 한 입 베어 물고
또 국화빵을 천천히 베어 물었다
나는 뒤돌아보았다
그녀는 다 구운 호떡을 뒤집고 있었다
나는 또 돌아보았다
그녀는 또 호떡을 뒤집고 있었다
이럴 때 가슴께 닿는 게 있다
아! 수어(手語) 한 컷!

오동도 시편 이후

이순신 광장 가까운 모녀 분식점
칼국수 한 그릇씩 하고 일어설 때
손수레 끌고
옥수수 튀밥 팔러온 중년 사내
이 거리에서 오늘 내가 보았던 최고의 미소 띤 그 얼굴
피곤함과 서러움 사이
진한 미소!
뒤돌아나갈 때
웃음이고 뭐고 다 집어치운 저 풀죽은 얼굴
한쪽으로 심하게 기운 사내의 뒷모습!
여행이고 뭐고 다 접고
옳고 바른 소리도 갑자기 다 개소리가 되고 헛소리가 되고 시시한
군소리가 되고
마침내 이 시도 싹 다 지우고 말 것!
이럴 땐 나도 단순한 사람이 된다
시인은 또 무엇인가?

향일암에서 혼자

겨우 몸 하나만 들어갈 석문(石門) 하나 지나
또 하나 지나도
좁은 문
세상사 갖고 있던 것 하나씩 다 내려놓고
사방 돌만 더듬던 손도 하나씩 내려놓고
돌아보아도 돌아볼 수도 없는 길
저 가파른 돌계단도 보지 말고
이제 여기서 더 이상 돌아보지 말라는 것
이제 더 이상 속지 말라는 것
절집 마당에서 바다도 돌아보지 말고
이 관세음보살 독경소리도 듣지 마라
시 한 줄도 생각하지 마라
그대는 지금 여기 있는 그대로 보라
이 순간, 이 허공만 생각하라
그 생각도 그 허공도 돌아보지 마라
여기서 한 시간만 앉아서 바라보고 싶은 게 있다
아 향일암 일대 시공간도 아니고
나를 여기까지 밀고 온 게 뭘까?
"이 뭣고"

향일암 뒷길

가파른 철제 계단에서 바라보던
남해 일대의 바다색은 왜 이렇게 뚜렷한가
뒷길서 한 컷 찍고 내려올 때
다시 만났던 필리핀서 왔다는 모녀는
절집서 봤던 많은 탐방객보다
길 양쪽이 확 뚫린 향일암 뒷길보다
왜 유독 더 떠오르는 걸까

나는 잠시 너럭바위에서 가부좌한 채
바다를 볼 것인가 산을 볼 것인가
내 가슴 쭉 긋고 가던 바람은 또 무엇인가
내 앞에 머물던 서어나무는 무엇이던가
경전을 탁 펼쳐놓은 것 같은 '경전바위' 지나
혼자 오르던 길
나는 왜 또 서어나무처럼 서서 생각하는 걸까
하늘도 구름도 바다도 뒷길도 나무도 바위도
필리핀 모녀도 하나의 풍경이 될까

화태대교 건너서

독정이

다리를 건넜다
바다 내음새도 다르고 바다색도 등대 색깔도 다르다
초록 등대
등대 가까운 곳 낚시꾼들 옆에서 바다를 보다
저 야산 위
등대처럼 혼자 서 있는 나무 한 그루도 만났다
소나무도 초록색이고
등대도 바다도 낚시꾼도 나도 초록빛이 되었다

눈 한 번 딱 감았다 떴는데
눈앞에 있던 등대도 초록빛 바다도 낚시꾼도 사라졌다
나만 남았다
팽팽한 낚싯대는 그대로 있고
초록 등대 있던 자리도 그대로 서 있는데 등대만 없다
아 누군가 입을 다물도록 명한 것 같다
아직도 입을 다물고 살아야 하나?
내가 뭔가 생각하기도 전에 아주 빠르게 사라졌다

막 돌아서 나오는데 영화관 대형 스크린에

초록 등대에 불이 들어오고 바다는 가슴을 쫙 펴고
낚싯대 던지는 낚시꾼도 다시 나타났다
저 산 위의 소나무도 손을 번쩍 들었다
그래 다들 제 자리에 있었구나!
누군가 내 가슴을 쓸어내렸다

월전

선착장에서 보면 잔잔한 바다 끝에 또 하나의 섬
하늘 끝에는 허공
허공을 아는 자가 허공을 바라볼 것이다
낚싯대를 던지는 자도 허공을 알고 있을 것이다
"문어*는 어디께 있는겨?" "쩌그!"

검은 연기를 뿜으며 작은 화물선이 지나간다
방파제 입구에 캠핑카 세워놓고 낚싯대 앞에 앉아 있는
남자 1인, 여자 2인
세월도 낚시도 시간도 검은 연기도 지나간다
남자도 여자도 지나간다
포구 끝의 듬직한 노랑 등대도 지나간다

여기 허공을 떠도는 자도 허공을 알 것이다
수평선이 성큼 다가왔다 멀어져 간다
멀리서보면 등대의 뒷모습이 뭇 사내의 등허리 같다
등대가 바닷바람에 눈 깜빡 사이 휘청거렸다
흔들리는 것은 또 살아있다는 것!

마족

끝동전망대에서 보았던 섬이 저 섬인가?
낚시꾼의 웃음소리가 마치 파도소리 같던
저 섬을 쏙 빼닮은 몽돌 하나!
몽돌 닮은 섬 하나
무언가 하나씩 각자 뚫고 나간 것 같다
아직 뚫고 나가지 못한 것이 있다면 무엇이 남았을까
혹시 마족?

내비 찍어도 없는 길 따라 오르락내리락
초등학교 앞을 지나
승용차 한 대 빠져나갈 화태식당 좁은 길만 남았을 텐가
길 잘못 들어 헤매던 길은 남았을까
길 잃은 자는 길을 알고 있을까

가지 않은 길을 미완(未完)의 길이라 불러도 될까

완성한 자는 굳이 미완을 알 수 있을까
비좁고 낯선 이 길도 미완이다 모든 길은 미완이다
미완인 채 완성된 것을 무엇이라 해야 하나?
우연히 이비에쓰에서 반쯤 부러진 상체도 없는 불상을 봤다
반쯤 남은 반가사유상이라고 한다
그것은 또 완성일까 미완일까

저기 사유하는 자는 이 섬을 알고 있을 것이다
섬은 섬을 알고 있을라나
화태(禾太), 바다만 깊게 바라보던 저이도 섬을 알고 있을까
'섬에서 섬을 찾지 마라'
저 바다의 고요는 완성인가 미완인가
사유하는 자는 완성이 아니라 미완을 쫓을 것이다
미완을 뚫고 나가도 미완인 것을!
어떻게 살아도 삶은 완성된 역사가 되기 어렵고
어떻게 써도 시는 역사가 아니다

*전남 여수시 남면 화태리 산 182-1

화태식당
—여수시 남면 화태대동길 30

9,000원짜리 소머리 국밥 한 그릇에
앞밭에서 쑥 뽑아온 대파 썰어 넣고
방풀 나물, 더덕 무침, 굴전, 생두부, 열무김치, 고추장아찌, 밴댕이
젓갈 등
10첩 상(床)
지금까지 먹어본 국밥 중 단연 최고의 맛!
별 다섯 개!

서울에서 멀수록 음식이 좋다는 걸까
지하철 한 시간 반 타고 가서 먹고 오던 춘천 맛집 국밥하고
또 급이 다른 국밥집!
서울에서 편도 약 400km 떨어진 곳
소머리 국밥 하나 먹으러 내비 찍고 또 올 텐가?
넵!
인생 국밥!

일행 중 한 사람의 혼잣말
난생 처음 소머리 국밥 먹어보았는데 냄새도 없고 아주 맛있게 잘
먹었다
"사장님! 혹시 택배 되나요?"
"또 오소!"

송시 포구

무슬목 가기 전 유턴해서 들른 송시 포구 가까운
b 카페
커피보다 저 포구의 풍경
포구보다 저 앞의 섬
저 앞섬보다 요 앞의 더 쇠기 전의 억새 군락지
억새보다 다시 저 앞의 섬
이름도 얼굴도 모르는 섬 하나

모두 다 무언가 제 것을 갖고 견디고 있었다
카페 창가에 앉아 나도 무언가 견디고 있었다
그 무언가
섬에서 노을 지기 바로 직전의 서쪽을 향해
어떤 외로움도 견뎌내고 있었다
어떻게든 견뎌내는 것!
그러나 외로움은 어떻게든 견뎌내는 게 아니다
외로움은 표 나지 않게 혼자 겪어내는 것!
혼자되는 것!
저 섬과 섬 사이 무언가 주고받는 것도 있었다
혼자 있음과 혼자 없음 같은 것!

노을의 끝
―용월사

1.
여기 일몰 보려고 어려운 길 찾아 헤매다
아 누군가 깊숙이 숨겨놓은 바다를 찾아내고 말았다
숨죽인 바다!
이 숨 좀 더 죽여야 볼 수 있는 바다였다
저 아래 용왕전에서 마주친
이 늦은 오후 갯바위 위에서 꿈쩍 않던 하얀 바닷새도
이런 기막힌 비경을 알고 있다는 걸까
이제 날았다

해 질 녘 집으로 돌아가야 하듯
누군가 또 나직이 식구에게 걱정하는 말도 일러준다
법당서 가늘게 새나오던 휴대폰 통화 내용
"내 몸의 신호부터 잘 챙겨라!"
먼바다 보지 않아도 바다 끝까지 환하다
내가 나를 간간이 단역배우처럼 대역할 때도 있다
액션!
그럴 때마다 나는 내가 아니다
바로 그때 어느 중년이 택시 타고 와서 용왕전으로 내려간다
"이 절의 보살 한 분이 방금 세상을 떠났습니다"

2.
나는 잠시 불상과 면벽한 채 앉아보았다
숨겨 논 바다가 눈앞에서 채 익기도 전에
탁자 위의 촛불도 파도처럼 출렁이고
마침내 이 법당도 이 면벽도 이 늦은 오후도 출렁인다
"허리 꼿꼿이 세우고 가슴을 쫙 펴라!"
저 숨겨 논 바다를 수평선처럼 쭉 펼쳐놓고
누군가 그 위에 큰 획으로 노을 한 줄 긋고 또 한 줄 긋는다
노을의 끝!
대미(大尾)!

웅천에서 3박 4일

1.
클로드 모네*의 그림보다 더 파란색 일색의 하늘과 뜬구름
숙소 뒤 바위산에서 휴대폰 들고 어슬렁거리다
장도 앞 바닷가를 맨발로 천천히 거닐었다
아 얼마만인가?
모래 꾹꾹 밟는 이 색다른 촉감!

2.
섬 한 바퀴 돌고
유람선 뱃머리에 앉아 여수 앞바다를 또 한 바퀴 돌았다
눈이 부셔 몇 번 눈을 감았다 떴다
저 섬 기슭에 툭 닿고 싶다
아 시월의 마지막 주
저 바다 위에 막 돋아난 섬과 섬 사이
딱 고만한 거리쯤 살고 싶다

3.
어느 섬 하나 통째 독박으로 돌아다녔다
포구라는 포구는 눈에 띄는 대로 들렀다
어느 선착장에선 낚시꾼 옆에서 낚시꾼처럼 앉아 있었고
절집 마당을 떠돌이처럼 거닐었다

호흡 가다듬고 관음전 바닥에 엎드려 삼배도 했고
야경에 빠져 수첩 분실했다 되찾았다
나를 한 번 들었다 내려놓았다
저녁엔 통장어탕도 맛보았고
밤 깊으면
밤의 해변을 한 번 더 돌아다녀야 할 것만 같았다

4.
오전 아홉 시에 숙소 나섰다가 밤 아홉 시 넘어 돌아오던
여수 일대 강행군 일정 함께 한
효, 하, 희에게

*19~ 20세기 프랑스 인상파 화가.

무슬목 해변에서의 그 여자

저 섬은 뜨겁고 저 섬은 차갑다
아니다 저 섬은 둥글고 저 섬은 길쭉하다
저 섬은 누구 눈썹 같고
저 섬은 누구 이마 같다
저 섬에 더 가까이 다가가는 이가 있다

맨발의 여자가 있었다
그녀는 바다를 향하고 있었고 금방 바다에 들어갈 것만 같다
그녀도 누구처럼 저 바다에 큰 대자로 누울 것 같다
마침내 섬이 되었다
그녀는 파도 따위를 두려워하지 않는다
그녀는 물만 있으면 산다고 했다
그녀는 양손에 저 바다를 한 바가지씩 들고 나올 것이다
누군가 그녀의 동선을 뒤에서 기록할 것이다
아 여기서 3박 4일 다시 하고 싶다
여자는 돌아보지 않고 남자는 또 돌아보았다

시내버스 바닥에 떨어진 만 원짜리 지폐 한 장

방금 버스에 오른 저 승객이 떨어뜨린 것 같은데
뭘 흘린 거 같다고 말해줘도
한잔한 승객은 제 주머니만 뒤적거리다
눈을 감는다
몇 정거 지나 승객은 내렸다
내 나이쯤 된 뒷자리 여자도 내내 궁금했던가 보다
승객이 내리자마자 곧장 다가갔다

버스가 한번 기우뚱거릴 때마다
90도로 접힌 채 좌우로 살짝살짝 기우뚱대던 것
도대체 저게 과연 뭘까?
물품 영수증일까?
다섯 좌석 뒤에서 아무리 보아도 또 보아도
눈을 뗄 수 없던
저 색깔이나 뭐나 뒤집어 봐도 만 원짜리 지폐 아닐까
그게 아니면 뭐람?
방금 돈을 흘린 것 같은 승객이 그냥 내리자마자
나보다 더 급하게
바로 뒷좌석에 있던 그 여자는 성큼성큼 걸어갔다
뭐예요?
만 원짜리 지폐 한 장을 기사에게 건넨다

12월, 통도사에서

없는 시간 쪼개서 급하게 왔다가
사진 두어 장 찍고 돌아설 만한 곳이 아니다
패키지로 오후 일정에 끼워놓을 곳도 아니다
잠깐 앉았다 일어설 곳이 아니다
택시 불러 왔다 갈 곳이 아니다
절집 뒤의 저 산등성이만 물끄러미 쳐다보아도
족히 반나절은 걸릴 것
앗! 담장이 없다!
툭 트였다

법당에 앉아 보면 넓고 크게 뭔가 툭 터진다
툭툭 터진다
나는 아무것도 모르고 앉아 있었는데
상(像)도 없고 상(相)도 없고 문도 없고 벽도 없다
어떤 소리도 없다
뭔가 낯설고 또 불안했지만 통쾌하였다
이 통쾌함은 어디서 온 것일까
저 큰 허공은 또 뭘까
나는 또 뭘까
눈앞에 아무것도 없어도 뭔가 있는 것 같다

일행도 잊고 오후 일정 다 깨고 더 앉아 있고 싶다
마침내 저 영축산도 툭 터진다
잠깐, 여기서 툭툭 터졌던 것들은 다 입을 다물어버렸다
택시 합승했던 경상도 보살 왈 :
"홍매화 터질 때 한 번 더 오이소! 기가 막힙니다!"
여기저기 막혔던 기가 툭 터질까?
문을 열고 밖으로 나갈 것인가
문을 닫고 돌아앉을 것인가

보홀 시편 1
―돌고래

발리카삭 섬으로 가는 바닷길
앗! 눈앞에 나타난 돌고래 수십 마리!
지느러미만 살짝 보이더니
수면 위로 등을 드러낸 반짝이는 돌고래 떼!
출렁이는 바다 물결을 닮은 검은 빛 돌고래 지느러미!
이 일대 바다의 모든 잔물결이
거침없이 뛰어오르던 돌고래의 지느러미 같더군!

왕복 한 시간
방카 보트* 엔진소리는 너무 크고 소음은 굉음에 가까웠으나
돌고래 떼 보고나서
돌고래 지느러미 같은 바다 물결을 보면서
일순 한없이 귀가 편안해지더군!
눈도 편안해지더군!
보라! 저 수면 위로 힘차게 뛰어오르는 것!
이 바다가 거대한 생명체처럼 저릿저릿하다

*필리핀 전통 배

보홀 시편 2
—발리카삭 호핑 투어

저 깊은 바닥까지 다 뵈던 바다 속
드디어 바다거북과의 조우!
한 소년이 귀엽게 수영하는 듯
두 날개 펄럭이며 무한 창공을 니는 한 마리 새 같은
저 바다거북!

바다거북과 같은 유속으로 천천히 이동 중
그때 바다 속 초대형 에메랄드색 화면이 한 장 한 장 휙휙 지나간다
아아! 눈앞의 이 거대한 수족관!
저 아래 산호초도 해초도 모래바닥도 지나가고
목덜미께 푸른 띠 선명한 붉은 열대어도
속까지 투명한 흰 물고기 떼도
이리저리 거센 바람처럼 휙휙 방향 바꾸던 물고기 떼도
저 섬도 저 바다도 저 하늘도…
그렇게 또 지나가고 나면 무엇이 남는 것인가
추억? 고요? 적막? 사진?

수중에서 현지 가이드 청년이 급하게 손끝으로 가리킨다
저기!
내 뒤를 바짝 쫓아오는 바다거북!

보홀 시편 3
—그 섬

맹그로브* 나무 한 그루만 남아 섬이 된
섬!
속 뿌리째 다 드러내놓고 섬이 되었다가
바다가 되었다가
바람이 되었다가
버진 아일랜드 바로 옆의 나무 한 그루
섬!
그 옛날 여기 어느 가난한 수행자처럼
저 나무 하나도 결국 섬이 될 수밖에 없는
혼자된
섬

*마다가스카르 등 아프리카, 동남아시아 큰 강변, 하구, 바닷가에 자생하며 태평양의
  섬에서도 발견되는 속씨식물임.

보홀 시편 4
―버진 아일랜드 프란체스코 성당

사막처럼 모래만 남은 성당 바닥
무슨 섬처럼 성당 하나만 덩그렇게 남아 있던
섬의 섬
성호를 긋고
모래와 나무와 태양과 바람과 평화와 고독과
하늘과 허공과 끝없는 바다와 북쪽과 고요와
맹그로브 나무와 저 앞의 또 하나의 섬과
십자가와 기도와 나무 의자와 열두 제자의 조형물과
흰 구름과 모래 위에 꽂아 놓은 나뭇가지와
텅 빈 교회와 모기떼와 적막과 이 수평선과
아무렇지도 않은 비키니 차림의 관광객과
빈 나무에 걸어 놓은 많은 묵주(黙珠)와 묵상과
더 먼 데 있는 섬과 요 앞의 묵주나무와…
오후 내내 이 바닷가를 또 한 바퀴 돌고 나서
모래 밖에 없는
모래 위에서…

다음 날 우리는 결국 방카 보트 한 대를 빌려
그 섬에 다시 갔다

보홀 시편 5
―레이날 씨

1.
방카 선두(船頭)에 꼿꼿이 서서
가늘고 긴 팔을 쭉 뻗으며 배의 방향을 선도하던
때론 하늘을 향하던
보홀 현지 가이드 청년 레이날 씨
자기들끼리 말할 땐
전혀 알아들을 수 없는 그들만의 짧은 언어였지만
말끝마다 큰 웃음 터뜨리는 또 터뜨리는
그 웃음도 자존심 같던 것!

나는 선크림 찍어 손등에 얼굴에 발등에 바르고
한 번 더 바르고 있었지만
발바닥만 빼고
발등도 손등도 얼굴도 새카맣게 탄 청년은
태양도 바다도 파도도 피하지 않고 다 받아먹고 있었다
수평선과 하늘과 이 보트의 엔진 소리도…

나는 태양도 파도도 엔진소리도 피했지만
외로운 저 청년의 뒷모습을 보고 또 보았다
가능한 한 내 생각 않기로 했지만
나는 왜 나의 외로움보다 저 청년의 외로움을 먼저 생각하고 있는

것일까

해 질 녘 저 청년의 늦은 귀가와 가족의 일상과 밤공기를 왜 또 생

각하는 걸까

어떤 섬이 떠오른 것인가

2.

남의 시선 따위 생각하지 않을 때가 됐지만

나는 왜 밖에만 나오면 나보다 남을 더 의식하는 것인가

다 늙어가는 처지에 더 겪을 외로움도 없어

남의 외로움까지 끌어다 겪어야 하는 것인가

이제부터 나의 시간은 지극히 사적인 것일 텐데

너의 시간이 가고 나의 시간만 남았을 텐데

보홀 시편 6
—알로나 비치에서

붉은 돔 구이를 먹는 동안
조그만 기타를 든 초등학교 1학년쯤 소년이 내 옆에 섰다가
재빠르게 돌아서 갔다
이번엔 어떤 소년이 간식거리 과자를 들고 왔다
그도 말없이 딱 일 초만 섰다가 돌아섰다
잠깐만!

점보 새우 맛은 일품이었다
바닷가 고양이 두 마리가 한국산 모기향 피워 논 식탁 아래 다가와
꼼짝 않고 앉아 있다
아내는 무슨 나무 잎사귀 위에 생선 두어 조각 올려놓았다
한 번 더 올려놓았다

마늘 밥과 필리핀산 망고주스 곁들인 저녁식사 마치고 일어설 때까지
고양이는 곁에 있었다
밤은 깊었고
바다도 섬도 구름도 파도도 보트도 소년도 보이지 않는다
여행객 틈에 끼어 돌아섰다
서울에선 돌아볼 사이 없는데 여행은 또 돌아보는 것인가
아까 본 소년은 또 여행객 옆에 섰다 돌아선다
딱 일 초만 죽이는 저 자존심!

보홀 시편 7
―나팔링 혹은 정어리 떼

금일 아침 서울 전역 첫 추위 영하 10도
여기선 반바지에 반팔 입고 숙소를 나섰다
2023년 12월 1일 오전 9시
일행은 정어리 떼 탐사하러 가볍게 수중으로
나는 언덕 끝에서 망망대해와 대면 중
바다에 누워보고 한 번은 저 섬에 올랐다
정어리 떼 쫓다 허공을 뚫고 가는 바람이 되었다
가만, 서울은 어느 쪽?

저 난간에서 한 발짝만 더 내디디면
나는 바다가 되었다가 섬이 되었다가
저 바다도 건널 수 있을 것만 같다
나는 정어리 떼 같은 수면 위 햇볕을 바라보거나
정어리 떼 투어 관광객들의 차림새를 생각하거나
지난 밤 꿈속의 얼굴들을 다시 생각해 본다
그들의 꿈에 나도 등장하여 잠을 설치게 할 거나
정어리 투어 현지인 청년이 묻는다
"파파! 이름 뭐예요?"

보흘 시편 8
─풍경 혹은 심경

저 1960년대 강원도 거진 어느 골목 같은 곳!
여기 시내에서 좀 떨어진 외곽 같은 곳
저녁 무렵
길가 오토바이 옆에 모여 있는 소년들 풍경은
1960년대 거진 버스터미널 근처 우리들의 일그러진 흑백사진과 똑
닮았다
나는 그곳에 있었고 그곳으로부터 먼 곳에 있다
이제 더 이상 그곳에도 이곳에도 나는 없다

또 하나!! 생각보다 길가에 서 있는 사람들이 많았고
집으로 가는 마을버스를 기다리는 걸까
버스에서 막 내리는 가족을 기다리는 걸까
혼자 길가에 서 있는 어린 여자들도 유독 눈에 띄었다
마당 끝에 웃통 다 벗어 놓은 노인도…

긴 빨랫줄에 널어놓은 빨래도 눈에 들어오고
양철지붕도 처마 낮은 집도 담장 없는 집도
집수리 하는 집도 밖에서도 훤하게 뵈는 안방 내부도
눈에 익은 간이 이발소도 비좁은 구멍가게도
마치 장마 끝에 늘어놓은 마당의 가재도구도…
저 풍경 혹은 심경과 덜컹덜컹 마주치다 보면

내가 먼 곳에 있는 게 아니고 저 풍경도 더 먼 곳에 있는 게 아닌 것
같다
　나는 그곳에 있고 저 풍경 가까운 곳에 있는 것 같다
　나는 심호흡 한 번 크게 하고나서 침을 삼켰다
　남들이 보고도 놓친 것을 하염없이 보았다는 것 같다

보홀 시편 9
―거리 축제

동네 주민들이 다 나온 것 같다

2차선 도로 막은 축제 한마당

좀 전엔 안경원숭이 앞에서 숨죽여야 했던 발소리…

가슴 때리는 드럼 소리 따라 뛰어다녔다

망고색 유니폼 입은 여고생들과

망고보다 더 진한 노랑 가면과

큰 깃털 같은 노랑 서커스 모자와

대열 뒤에서 성인키 두 배 되는 인디언 추장 모자 같은

아니다 저기 커다란 야자수 잎 같은

노랑 조형물 둘이서 하나씩 든 남학생들과

이 도로 꽉 메운 온통 노랑 물결과

잠시 투어 승합차도 잊고

나도 잊고

저 북소리보다 가볍고 흥겨운 존재 하나가 된 것 같다

나도 강릉 단오 전야제 시내 행진할 때

관노가면놀이 깃발 장대를 든 적 있다

보홀 시편 10
—일출

오오! 하늘에서 본 일출!
부산 가까운 하늘에서 만난 일출은 일생일대의 장관이었다
하늘 끝에서 끝까지 한없이 쭈욱 펼쳐진 붉은 띠는
장엄한 고요 그 자체였다
장엄한 고요는 이런 것!
장관의 장관은 이런 것!
풍경의 풍경도 이런 것!
한순간도 눈을 뗄 수 없는 것!
어마어마한 광경 앞에선 입이 다물어지지 않는 법!
눈은 뜨고
나는 맨주먹으로 입을 틀어막았다

어제 아침엔 알로나 해변에 막 상륙한 일출 군단(軍團)을 만났고
오늘은 하늘에서 동굴 속 거대한 벽화 같은 일출을 만났다
식기 전에
그 일출과 이 일출을 죄다 끌어다 여기 다운로드 한다
가슴에 지지직! 지지직! 타던 한 줄!!
고요하고 단순한 것!

오늘 하루

하루종일 시 한 편을 썼다 지웠다 썼다
겨우 탈고하고 저녁을 먹고 나서
다시 한 줄 썼다 지웠다
다시 썼다
사람이 사람을 용서하기 힘든 것처럼

현관 문 열고 나서려다 다시 가만히 내 자리에 앉았다
초행길도 낯선 길도 아닌데
어제 걸었던 그 길은 시가 되어 다가왔다
시가 된 시인도 다가왔을 것이다
시인도 시를 쓰면서 시가 되는 것인가?

이제 시인은 가난하지도 않다
길을 가로 막고 서 있는 자도 아니다
목소리 높이거나 벌떡 일어나 구호를 외치듯 노래 부르는 자도 아니다
적도 없고 누구의 적도 아닌 자가 되었다
나도 점점 싱거운 자가 되어 가는 것 같다
또 한 줄 썼다 지웠다

수락산 천상병 길

소주 마시기 전 시인 셋이서 비 그친 길을 걸었다
수락산 천상병 길
시인 1인은 동백림 사건을 꺼냈고
시인 1인은 인사동 귀천을 꺼냈다
꺼낼 것 없던
나는 「천상병 씨의 시계」*가 생각났다
방금 선배 시인들 에피소드 꺼내놓던 자리에서도
차마 그 시계를 꺼내놓지는 못했다

그는 또 동료 문인들 앞에서
어려운 부탁을 하면서 손을 내밀었을 것이다
오래 전 바로 옆에서 그의 손을 보았다
따뜻하고 떨리던 손이었다
소매를 걷으면
예의 그 시계가 복잡한 얼굴을 드러냈을 것이다
천천히 남은 시간을 가리키던
칠 다 벗겨진 시계

*김규동

주문진 큰 다리 밑에서
—2023년 12월 혹은 작은 새

첫 추위와 함께 바닷가 배회 중
주문진 큰 다리 밑에서 라디오 소리가 나직이 들렸다
저 1인용 텐트 속?
인기척도 없다
다리 쭉 뻗으면 한쪽 발이 텐트 밖으로 쑥 빠져나올 것 같은
작고 낡은 텐트!

바다도 새들도 등대도 신리천도 갑자기 닥친 한파에
다 얼어붙었다
설산이 된 대관령도 저녁노을도 이 추위에 얼어붙었다
모든 게 그냥 하나의 평면이 된 것 같다
하늘도 구름도 어디선가 딱 멈춘 것만 같다

어떤 노인이 얼어 죽은 참새를 들고 바다로 가고 있었다
노인과 새는 곧 노인과 바다에 도착할 것 같다
이 세상에 작은 새의 죽음을 아는 이는 없다
모든 게 얼어붙었다
가슴 시린 말이 도통 입에서 떨어지지 않았다

분노만 시든 것도 아니다 부끄러움도 치욕도 시들었다
뒤를 생각하는 자도 없고 앞을 생각하는 자도 없다

누군가 제 손바닥으로 제 얼굴을 감쌌다
얼음!
그리고 그 손바닥으로 제 뺨을 철썩철썩 때렸다
바다로 갔던 노인이 얼음을 주워 천변 한쪽에 쌓아둔다
무슨 탑처럼…

꿈 밖에서 1

엊그제 나온 시집 앞에 둔 채 깜빡 졸았다
엊그제 나온 시집을 사이에 두고
낯선 이와 무슨 얘기를 나눴지만
꿈 밖으로 나오자마자 곧장 다 사라졌다
탁자 위엔
엊그제 나온 시집과 온수 한 잔과
빵 한 봉지와 좀 느린 피아노 소나타와
조금씩 조금씩 어두워지던 천변을 끼고 뻗은 거리와
저 길쭉한 청색 창틀도 생각났다
이 자리는
지난여름 탈고한 시집 원고 들고 있던
공지천 제빵소 2층 카페였다
꿈 밖이 방금 저 꿈속과 같을 때도 있던가?

꿈 밖에서 2

꿈속에 있던 것과 꿈 밖에 있던 것은 같은가
꿈속이 밝든 어둡든
양팔을 쭉 펼쳐야 할,
그 옛날 대입 지원 배치표를 왜 들고 있었을까
뭘 들여다보았을까
어떻게 선택해도 어떻게 결정해도
입술 깨물 일 많았을 텐데…

이참에 북유럽 어느 나라처럼
고교 졸업 후 일 년간 직업 경험 의무 교육 받게 하면
좀 나을라나
이거 꿈속 아니라 꿈 밖에서 할 말 아닌가?
꿈 밖이 어둡던가 좀 밝던가

꿈 밖에서 3

어떤 문자 받자마자 싹 다 지워버렸지만
나는 지금 그를 용서한다
그도 나를 용서하기를…
세월 더 흐르면 용서할 힘도 없을 것 같다
올해 가기 전에 털자
늘 다니던 길 능수 버드나무 아래서 생각했다
더 들고 있을까 하다 내려놓았다
내려놓으면 내려놓을 수 있는 것!
(이게 꿈속 아니길…)
네 욕도 하고 내 욕도 했지만
네 욕이든 내 욕이든 죄다 풀어지길!

겨울강가에서
두 발 담그고 서서 고개 툭 떨궜다 고개 돌리던
백로!
어젯밤 봤던 꿈속 같다
나도
고개 툭 떨궜다 휙 돌렸을지도 모른다

꿈 밖에서 4

마치 큰 고래가 수면 위로 뛰어오른 것 같다
젖소였던가?
물소였던가?
나는 분명 꿈 밖에 있었는데 꿈속 같다
동굴 밖에서 동굴 속을 들여다보듯
커튼 뒤 꿈속을 들여다보았다
꿈속은 동굴 속처럼 텅 비었다
꿈속이 벌건 대낮처럼 밝고 환하다
어느 들녘처럼 확 트였다

물 빠진 뒤 그 형체를 드러낸 게 큰 물소 같던 바위였다
한 달 전 보홀 여행 때 눈여겨봤던
정어리 떼 투어 바다 끝에 있던 그 바위였다
꿈 밖의 바위가 짐승처럼 꿈틀거렸다

꿈 밖에서 5

내 친구 시모는 아파트 하나 정리했다고
통장에 1억 탁! 꽂아줬대!
1억 구경 좀 하자 했더니
1억이 선명하게 보이다 사라졌다 했는데
눈앞에 둥둥 떠다니는 것 같더라
세상 참 단순한 것만 같고
나도 단순한 인간이 된 것 같더라
시모가 고맙다는 말도 하지 말라 했다더라
형제들 안팎 다 1억씩 줬다고 하더라
야! 살다 보면 그런 일도 있더라
1억이야! 1억!

이게 어디 카페에 앉아서 들을 말인가
이게 어디 꿈 밖에서 들을 말인가
그렇다고 꿈속에서 들을 말인가

꿈 밖에서 6

방금 꿈속에서 옛 직장 동료를 만났다
우편물이 왔다고 내 책상을 가리켰다
눈에 익은 책상이었다
책상 위에 편지봉투가 환하게 웃고 있었다
봉투에 적힌 주소를 읽으려다
미처 읽지 못한 주소를 두고 꿈을 깼다
꿈 밖에서도 생각나는 게 책상이었다
사회 초년생일 때 그 책상이었다
벽에 걸려 있던 큰 달력을 펼쳐 논 것만한 책상이었다
나이 들면
꿈속이 꿈 밖보다 더 생생할 때가 있다는 걸까
돌아보고 싶은 사람들이 있다

남춘천 산책길에 관한 보고서

남춘천 길이 아니라 해도 걸었으리라
둘레 길을 걷거나 벤치에 앉아 있었을 것이다
물을 바라보거나 물살을 헤아리거나
봉의산 봉우리를 두어 번 바라보았을 것이다
시를 쓰진 않았지만 신작시 한 편 낭독했다
1인극!
나는 그렇게 1인 앞에서 시를 낭독하고
그렇게 시 한 편을 그대 곁에 두고
조깅은 아니지만 유속보다 조금 더 빠른 걸음으로
저 끝까지 갔다

이 길 아니어도 나는 또 걸었을 것이다
이 폭설 중에도 이 폭설처럼 걷고
저 폭염 중에도 저 폭염처럼 걷고
이 폭우 중에는 이 폭우를 뚫고 걸었다
그냥 멀쩡한 날도 생각 없이 걸었고
정말 멀쩡하지 않은 날도 걸었다
나는 그렇게 걷고 또 그렇게 시를 썼을 것이다
아니다 걷고 쓰고 아니다 쓰고 걷고
나는 시를 쓰고 나서 걸었을 것이다

아니다 걷고 나서 쓴 적도 있다 해야 할 것 같다
아니다 쓰고 나서 걸었을 것이다
아니다 걷고 나서 쓰고 또 쓰고 나서 걸었을 것이다
이 길을 걷고 나서 쓴 적도 있다
더 늦은 시간에
한밤중에 길을 나선 적도 있다
마치 전업주부처럼
하루 일 다 끝내놓고 늦은 오후에 걸었을 것이다

혼자 순댓국 먹던 여자를 위해

2024년 1월 8일 오후 여섯 시
수락산역 가까운 ㅇ순댓국집에서
혼자 순댓국 먹던 여자
거북이 목에다가 휑한 등짝만 보이던 여자
어깨 너머 보이던 소주 한 병
자작(自酌)하던 여자
텔레비전을 등지고 있던 여자
주인 여자와 간간이 대화도 나누던 여자
"포장이 많은가 봐요?"
"네!"
고개 한 번 돌리지 않던 여자
저 앞에 뭐가 있다고
앞만 뚫어지게 보고 반주 한잔 하던 여자

나도 한때 저 음식이 단골 메뉴였을 것이다
말수가 부쩍 줄어든 청년처럼
저렇게 혼자 꾸역꾸역 밥만 먹었을 것이다
앞의 벽만 보고 앉아서

혼자 중얼거림 2

지하상가에서 시 낭송하는 시인들이 있었다
내가 행인처럼 그 앞을 지나간 것은 아니고
쇼핑백을 들고 지나친 것도 아니다
문예창작 동아리 회원들 앞에서 시를 낭송한 것도 아니다
시를 어디서 읽어야 하는지
시를 누가 읽어야 하는지
누가 걸음을 멈추고 시를 들어야 하는지
저 장면을 보면 단박에 알 수 있다

시여! 뒷방에서 한 발짝도 나오지 말자
그냥 뒷방에서 폐인처럼 살자
그냥 노트북 앞에 엎드려 또 하나의 노트북이 되자
지금 지하상가 앞에 있을 때가 아니다
○○○ 시 낭독회 현수막도 내려라
시의 속옷을 빨랫줄에 쭉 걸어놓은 것 같다
이 지하까지 눈이 쏟아지면 눈을 뒤집어쓰고 살자
좀 외롭겠지만 그냥 외롭게 살자

밤 산책길에서

중랑천변 둑길을 혼자 걷는 사람이 있다
유난히 몸집이 큰 이도 있고
휴대폰 보면서 혼자 걷는 동남아 이주 노동자도 있고
노숙자도 있고
반려견과 함께 나온 이도 있다
둘이서 꼭 붙어서 팔짱 끼고 걷는 이도 있다
모녀도 있고 가끔 부자(父子)도 있다
4인 가족도 있다
팔 할은 여여노소다
밤 열 시 넘으면 더 또렷하다
각자 무슨 사연을 들고 나왔는지 알 것 같다
밤 열한 시 넘으면 더 또렷하다
대낮에 나오지 못하는 사연들이 있는 것이다
그 사연만 해도
밤새 함께 걷고 또 걸을 수 있을 것만 같다
밤 열한 시에 걷는 사람은
남 앞에 털어놓지 못할 까닭이 하나씩 있을 것이다
주담대 이자 혹은 결별, 실직, 가계빚…
낮에 쓰고 탈고하지 못한 시

모 계간지 읽고 남은 것

신춘문예 심사하듯 아니고
카페에서 모 계간지 숙제하듯 많은 시인들의 신작시를 읽었다
땅거미가 스멀스멀 다가와 살갗에 닿는 듯
이 평범한 저녁
시는 붉은 노을처럼 무얼 남기는 게 아니다
그렇다 이미 많은 시인들이 이 세상의 외롭고 서러운 시를 다 쓰고
떠난 것 같다
시의 뒤끝인가? 좋은 시는 다 썼다는 말인가?

방금 앉았던 박새가 떠나고 혼자 남은 뒤뜰의 대추나무 같은
'마지막 시 쓰기 좋은 저녁이 올 것이다'*
웹진에서 읽은 어느 선배 시인의 시 한 줄 같은
이 적적한 저녁

*황동규, 〈공시사〉(2023년 1월호)

12월의 오후를 보내기 좋은

—공지천

볼펜도 없이 길을 나선 적이 있다
의암호 둘레 길 걷다
공지천 제빵소
2층에서 저녁 대신 캐럴 들으며 빵을 씹고 있었다
올해 연말은 또 이렇게 흘러가고 있었다

제빵소 입간판 아래쪽 〈도서출판 봄내〉
반가운 마음에 2층인가 싶어 올라갔었다
그러나 책하곤 아무 상관없다는 듯
텅 빈 사무실 같은 곳

김유정이 교정보다 문밖에서 권련 피울 것 같은 곳
이상이 금홍이 기다리다 원고지 구겨 던질 만한 곳
이태준이 북으로 방향을 틀기 전
얼굴 잠깐 비치던 곳 같은
햇볕도 들지 않던 한국문학사의 옥탑방 같은 곳

이런 걸 어디다 기록해야 할까

애초에 타고난 신분보다
몇 갑절 높은 작위(爵位)와 문화훈장을 거절한 작가가 있었다
또 매달 꼬박꼬박 나오는 연금과
왕립 예술원 회원도 사양한 작가가 있었다
글 써서 번 돈으로
자기 아파트에서 평생 그렇게 살았다

기성 문법과 타협하지 않은 성질머리 탓하기 전
도도함 운운하기 전
왜 그들의 외로움이 먼저 확 다가왔을까
그 자존심은 또 얼마나 힘들었을까
그들의 이름을 어느 돌에다 기록해야 할까
남의 나라 작가 얘기가 아니다

제7부 **서해의 눈**

장시에 관한 소견

그녀가 마트에 간 사이 시 한 편을 썼다
급하게 써야 할 때가 있다
시 쓰는 걸 본 사람이 없어야 한다는 것
조용히 입을 다물어야 한다
누가 썼는지 모를 때도 있다
내가 쓰지 않아도 누군가 또 쓸 것이다
커피 한 잔 마시듯 시 한 편을 썼다
시 한 편!
이렇게 써도 되는지 잠시 생각만 하다
어느새 키보드에서 급히 빠져나왔다
아무도 본 사람이 없어야 한다는 것이다
비가 온 것도 바람이 분 것도 아니다
어제의 시와 툭툭 털고 나서
문화예술위원회 담당자와 의논한 것은 아니지만
시가 길면 안 되겠다는 생각이다
장시의 기준이 있었던가?

근황

520쪽 짜리 신작 시집을 내놓고 보니
벽돌만한 시집 받았다는 동료 시인도 있었고
입이 안 다물어진다는 후배도 있었다
그럼에도 불구하고 지금 502쪽 읽고 있다는
가까운 여류 시인의 문자도 받았다
그녀가 내 가슴에 밑줄 쓱 긋고 가는 것 같다
내 시가 그녀의 어느 기슭에 닿았을까
커피 쿠폰이라도 끼워 넣어야 할 것 같다
요새 누가 남의 시를 읽으며 살겠는가
매일매일 국내외 뉴스도 검색해야 하고
반려견 산책도 해야 하고 유튜브도 챙겨야 한다
친구랑 유명 맛집도 찾아다녀야 하고
몸이 열 개라도 시 읽기는 차례가 아닌 것 같다
시는 혼자된 나무처럼 1인 장르가 되었다
그런 삶을 견디며 그런 삶을 살아내고 있다
『이 단순하고 뜨거운 것』(경진출판, 2023)
아니다 기자 간담회도 하고 북토크도 하고
광화문에서 1인 시위하듯 1일 홍보대사도 하자
시집 나온 지 꼭 한 달째 되는 날!
밥 먹고 시만 쓰는 작자가 되었다

층계참에서 잠시 생각하다

마들역 우리은행 건물 4층 계단을 오르다
층계참에서 창밖에 뭐가 있다고 창밖을 한 번 내다보고
짙은 주황색 벽지 등지고 소파에 앉는다
차례를 기다린다

"요즘엔 하루 몇 시간씩 글 쓰세요?"
"아주 가끔 한 열 시간쯤 앉아 있을 때도 있지요!"
"너무 골똘히 생각하지 마시고요!"
"…"
일 년에 한 번 정도 주사도 맞고 처방전도 받으러 다니는
마들역 ㄴ 통증의학과
"거북이목 말고 머리와 척추가 일직선이 되게 똑바르게…"
"네!"

계단을 내려오면서 층계참에서 또 생각한다
내가 고개 떨구고 정말 골똘히 생각하는 게 뭘까?
편두통, 산문집 기획, 3인 강릉 시집
한국 사회 각 분야 양극화 문제, 세대교체론…
이 신작 시집 또 보낼 곳?

꿈 밖에서 7

꿈속이 꿈 밖보다 생생할 때가 있다
꿈을 꾸면 꿈 밖이고, 꿈을 깨면 꿈속일까
동해 50년 지기들과
영화관에 들어가 영화를 보았다
영화가 꿈속에서 돌아가는데 꿈 밖 같았다
화면에 등장한 배우가 내 친구였다
내 뒤에 앉아 있던
친구가 안개꽃을 들고 웃고 있었다

화면이 바뀌고 겨우 승용차 한 대 지나갈 만한
좁은 길로 운전하는데 애를 먹었다
꿈속의 일이지만
꿈 밖에서도 한참 생각하게 되었다
눈을 잠시 감으면 꿈속이고
눈을 뜨면 꿈 밖이다
이럴 땐 개꿈이 좋을 때가 있다
개폼도 좋을 때가 있다
꿈속에서도 꿈 밖에서처럼 예민할 때가 있다

꿈 밖에서 8

꿈속의 풍경만 남고 꿈은 사라졌다
과거 어느 시인이 머물다 갔다는 제주도 애월읍 같다
꿈 밖에선 꿈속의 풍경만 남았다
꿈속의 풍경은 꿈 밖의 풍경이 되었다
꿈 밖에서 꿈속의 풍경을 보면 바닷가에 집 하나만 남았다
오래된 흑백사진 같다
꿈속이 꿈 밖의 일 같을 때가 있다

꿈에 나를 봤다는 말을 꿈 밖에서 들었다
나도 남의 꿈에 나타날 때가 있다
그때 나는 꿈속에 있었을까 꿈 밖에 있었을까
내가 꿈속에 있었나?
꿈속에 있던 나를 내가 알고 있었을까
꿈 밖이 곧 꿈속과 같다
꿈 밖에서
꿈에 기댈 때도 있다

7호선 이수역

한 시간여 남은 약속시간
이 어긋남과 어중간한 시간 어디서 어떻게 보낼까
이 망설이던 순간
그때 내 눈에 빠르게 들어온 알라딘 중고서점
아 저기다!
족히 두어 시간은 기다릴 수도 있겠다

입구 쪽 시집 코너엔 많은 시집이 빼곡히 꽂혀 있었다
이름이라도 아는 시인이 없다 다행이다
그러나 민음사 판 『김수영 전집: 산문』이 그곳에 있었다
얼른 뺐다가 그 자리에 도로 끼워두었다

시집 코너 옆에는 도서 검색용 컴퓨터가 있었다
내 이름을 한 음절 한 음절 입력해보았다
없다
그때 무슨 생음악처럼 지하철 소음이 서점을 울리고
마침내 나의 전신을 쾅쾅 흔들어 놓고 간다
오오! 허구(虛構) 같던 이 날것!

우울한 날의 시 쓰기

이틀 지났는데도 그 자리의 끝이 깨끗하지 않다
그 우울함을 달랠 수 없어
노송(老松)처럼 서서
족히 반나절 또 보냈을 것이다
긴 줄 같은 우울의 끈을 어디서 잘라야 하는지
신작시 한 편 또 써야만 했다
내가 했던 말이 신경 쓰였던가
남의 말이 더 신경 쓰였던가
또 한 편을 썼다
무겁던 그늘 같은 근심이 좀 가라앉았다
시를 쓰고 나면
시보다 먼저 마음이 가벼워질 때가 있다
늦은 시간이었지만
진접행 밤 전철 향해 손을 번쩍 들었다
빠이팅!
마음에 남은 건 그냥 두고 가자!

7호선 이수역 이후

앞의 시를 쓰고 나서 이틀이나 지났는데
이수역도 중고서점도 아니고
친구와 두어 시간 가벼운 술자리도 아니고
『김수영 전집』이 눈앞에 또 어른거렸다
내 서재엔 초판본이 꽂혀 있지만
남의 집 마당에 핀 꽃 훔쳐 본 듯
끊었던 담배가 생각난 듯
턱을 괸
난닝구 차림의 김수영이 왜 또 생각나는 걸까

김수영 문학은 완성된 걸까 미완성된 걸까
조금 바꿔 말하면 모든 문학은 미완일까
한 번 더 바꿔서 말하면
시인이 쓴 마지막 시까지가 완성 아닐까
그것도 미완일까
미발표 시와 유고 시는 미완이라 해야 할까
그것까지 완성이라 해야 할까
그만 하자
아무짝에도 쓸모없는 말 같지만
김수영 이후
김수영 문학은 완성되었다

물오리의 산책

무수천 산책길에 만난
아주 작은 걸음으로 한 발짝 한 발짝
아주 느린 걸음
물에서 나와 내 앞에서 걷던
물오리의 행보
내 발자국 소릴 들었는지 조금 서두르는 것 같아
더 작은 걸음으로
더 느린 걸음으로 빙 돌아서 갔다
발걸음이든 목소리든
숨소리든
조금씩 조금씩 줄여야 할 때가 되었다
입을 꾹 다물어야 할 때도 있다
차마 어렵겠지만
이 키보드 앞에 앉아 있는 것도⋯

그냥 조금 더 궁금해서

개인적인 궁금증이겠지만
내 친구 중에 재미있게 사는 자가 누군지 궁금할 때가 있다
나로 말할 것 같으면 재미가 있든 없든
아침마다 출근하듯 노트북 앞에 앉아야 한다
(출근 도장도 찍고)
자율 출퇴근이다 보니 시간은 일정하지 않다
이 나이에
무슨 큰 낙을 더 바라고 하는 건 아니겠지만
혼자 쓰고 혼자 읽고 사는
그 낙은 있다

또 이것저것 궁금하다 보면
저기 무수천변 지나가는 바람도 궁금하고
붕어빵 장수의 과거도 궁금하다
내 옆에서 어묵 국물 마시던 방학동에 산다는 여자의 과거도 궁금
하다
 몇 해 전 만났던 방학동 사는 제자의 근황은 조금 더 궁금하다
 붕어빵 속의 팥의 비중에 대해서도
 궁금하지만
 붕어빵 두 개 천 원이면 더 궁금할 것도 없다
 (…)

노는 시인

나도 좀 놀고 싶다
한 일주일 시도 좀 건너뛰고 하루는 떠돌이처럼
또 하루는 백수처럼
하루는 노트북을 떠나 시를 까맣게 잊고
하루는 노숙자 옆에 나란히 앉아서
행인들의 발걸음에 대해 논하고
발걸음이 무거운 자는 태양을 쳐다보길 권하고
마음이 무거운 자는 빗소리를 듣게 하자
아! 시에 목마른 자는
맹물이나 블랙커피 한 잔 마시게 하자
역사도 문학사도 오리무중이지만
또 하루는 역사도 잊고 문학사도 잊고
낮잠이나 한잠 권하자
그리고 가급적이면 교외로 나가는 지하철을 타자
소위 말하는 육이오 이후 세대는
좀 더 멀리 가서 놀자
남춘천이나 전곡 지나 연천쯤 가자
해남 땅끝 마을이나 통영 매물도쯤 가서 놀자
한 사나흘 놀다 오자

오늘의 시 1

옆자리 승객처럼 오늘의 시하고 같이 간다
서울 동북부 폭설은 한 번 더 퍼붓고 갔지만
이 아침의 시는 승객처럼 창밖을 내다본다
행선지는 다르겠지만
오전에 쓴 시의 한 구절처럼 결국 기차를 탔다
몇 번 지우고 또 지웠지만
오늘 오전의 시도 어느 존재처럼 불안한 것인가?
어느 시인*처럼 다시 한 번 말하자면
불안이 불안을 반성하지 않는 것처럼
한국 정치가 한국 정치를 반성하지 않는 것처럼
한국 교육이 한국 교육을 반성하지 않는 것처럼
"커피 얼른 마셔요!"
"강요하지 마!"
케이티엑스 내 뒷자리 남자 승객의 짜증 섞인 거친 말투를
그가 끝까지 반성하지 않는 것처럼
제 말만 늘어놓던 상대방이 제 말을 반성하지 않는 것처럼

그러나 시가 되지 않는 시를 써놓고
말이 되지 않는 소리를 하고 나서
반성 같은 것 하고 싶지 않을 때도 있다
권력이 권력을 반성하지 않는 것처럼

불의가 불의를 반성하지 않는 것처럼
진영이 진영을 반성하지 않는 것처럼
오후에 영(嶺)을 넘으니 먼 산에만 눈이 남아 있다
강릉역에 도착하기 전에 이 시를 끝내야 하는데
차창 밖의 풍경도
이 집요한 소음도 개소리도 반성하지 않는다
내 뒷자리 승객을 돌아보았다
내 나이쯤 남자였다
어떤 취객처럼
늙고 쓸쓸하고 불안하고 또 초췌한 얼굴이었다

*김수영

서해의 눈

폭설이다 폭설이다
누군가 눈물을 흘린다 하염없이 하염없이
갑갑했던 슬픔을
누군가 또 울음을 터뜨렸다
귀 기울이면
네 울음소리보다 눈 내리는 소리가 들린다
사방에서 하염없이 하염없이 내리던 눈
우는 자도 웃는 자도 피할 수 없는
폭설이다 폭설이다
누군가 돌아눕고 또 돌아눕는 것 같다
우리는 그가 돌아눕고 또 돌아눕는 것을 보지 못한다
그를 기억하는 자는 아무도 없다
바다를 건너는 자도 있지만
눈을 피해
이 밤에 남의 집 처마 밑에 서 있는 자도 있다
슬프고 괴롭고 또 서러운 일은
아무리 작아도 아무나 달랠 수 있는 게 아니다
바다만 넓고 깊은 게 아닌 것 같다

북극 한파 있던 날

창원에 사시는 정춘회 여사님!
보일러 좀 틀어주세요!
공릉동 사시는 김수현 여사님!
보일러 좀 틀어주세요!
전국의 어머님들 제발 보일러 꼭 좀 틀어주세요!
감기 들면 더 힘들어요!
보일러 동파 나면 돈 더 많이 들어요!
전국의 딸들…

어느 동네 이장님이 확성기 켜놓고 말한 듯
이수영 〈12시에 만납시다〉
에프엠 라디오에서 우연히 들었던 것
2024년 1월 24일

칠성사이다 탑차

탑차 뒤 문짝에 "우리 아이를 가족의 품으로!"
김영근(만 3세) 아이의 신상 정보를
문짝에 도배한 채 달리는
탑차

칠성사이다가 많이 팔려서
전국 방방곡곡을 싹 다 돌아다녔으면 좋겠다
커다란 초록색 탑차가
큰 언덕처럼 아파트 후문 앞에 서 있었다

오늘도 누군가는 기다릴 것이고
누군가는 또 그리워 할 것이다

"이럴 때 시가 할 수 있는 일이 무엇입니까?"
"시는 더 움츠러들 수밖에 없을 겁니다"
"시인은 무엇입니까?"
김소월 시인처럼 한 번 말해보겠습니다
"부르다가 내가 죽을 이름이여"

시보다, 오후 한때

새 한 마리가 수락산 정상을 향해 날아간다
오후 다섯 시
가는 눈발 사이 수락산 능선이 보인다
저 바위는 내가 다니던 길옆에 있던 바위다
눈에 익은 바위다
영문을 알 수 없지만
수락산 끊은 이후 수락산의 시도 끊겼을 것!
아득하다
젊은 날 오후 한때, 수락산이 내 삶의 전부였다
시보다
내 집을 〈수락산방〉이라 명명했던 적도 있다
시보다
허공이든 들녘이든 툭 터진 곳을 찾아다녔다
시보다
직장에 얽매여 밤 열 시 넘어 퇴근한 적도 많았다

문우 만나러 가는 길

1.

3호선 지하철에서 무릎에 두었던 시집을
조용히 천천히 거둬 주머니에 넣었다
지금은 시를 읽을 때가 아니다
내 앞엔 이십대 초반의 중국 관광객 일행이다
대학 1학년 때 중국어 회화 더 배워들 걸…
지금은 시를 쓸 때가 아니다
이제 문학과 운동은 다 끝났다는 말인가?
문학을 잃고 이념을 얻었을까
이제 더 이상 희미한 사랑조차 남아 있지 않다
남은 게 있다면 개인적 자존심뿐일까
문우와 무슨 얘기를 나눌까
1980년대 끝자락 작가회의 사무실에서 시 합평회 할 때 추억이 남
아 있을까
그때 초심 같은 문학과 우정이 남아 있을까

2.

아현동 작가회의 앞 호프집서 사석이었지만
DJ 공개 지지 발언 이후
송기숙 선생이 광주로 놀러오라고 하던 그런 시대가 아니다
금남로에서 술 한 잔 사주시겠다고 했지만

더 이상 추억도 후일담도 남아 있지 않다
"말씀만 들어도 고맙지요!"
지금은 문단에 선후배가 있던 그런 시대가 아니다
문단 선후배가 혈육 같던 시대도 아니다
민추협이다 민통련이다 그런 시대가 아니다
문학과 운동만 끝난 게 아니다
역사도 끝났고 사랑도 끝났고 시도 끝나버렸다
세상 끝에 남아 있는 남루한 영혼이여
비루한 생이여
무엇을 얻고 무엇을 잃었다는 걸까

화정역에서

1.
지하철에서 종이책 읽는 청년을 봤다
바로 앞에서 시집 읽고 있던 청년과 수인사 나눌까 했는데
키도 크고 젊은 날 백석 시인 쏙 빼닮은
그는 화정역에서 내렸다

2.
나도 그와 함께 화정역에서 내린 적이 있다
좀 뒤늦은 그의 첫 발령지가 근처에 있었다
그는 크게 떠돌다 겨우 자리를 잡았지만
나는 자리를 잡지 못하고 떠돌고 있을 때였다

좀 멀리 있는 돈키호테처럼 살짝 말한다면
처음부터 도저히 이루어질 수 없는 사랑과
단 한 번도 이길 수 없는 적과의 싸움 같은 것이었던가
그럴 수밖에 없던 옛사랑 같은 것!
사랑이든 우정이든 전쟁이든 때가 따로 있는 게 아니다
그때를 놓치면 그때는 다시 오지 않는다
나는 그때를 두어 번 놓쳤다
돌아선 사람은 돌아선 사랑처럼 돌아오지 않는다!

3.

때때로 우리는 벌판에 던져진 한 움큼의 바람과 같을 것이다
지나가고 또 지나가는 바람과 같을 것이다
바람도 실연의 아픔처럼 짐작할 수 있는 게 아니다
그러나 아픔은 빛이나 눈물처럼 구체적이고 또렷할 때가 많기 때문
에 슬플 때가 있다
슬픔도 먼지처럼 켜켜이 쌓일 때가 있을 것이다
슬픔도 혼자 있을 때처럼 외로울 때가 있다
슬픔 앞에서 겸손해야 할 까닭은 그런 것이다
슬픔은 저 나무처럼 하루종일 우두커니 서 있을 때가 있고
남몰래 흘린 눈물처럼 그냥 감출 때도 있다

정발산 산책

시인 셋이서 같은 시간대 같은 방향으로 걸었다
보폭도 거의 같았다
얼어붙은 연못 위에 잠시 서서 썰매 얘기할 때
나는 연못의 깊이와 연꽃의 마른 줄기와 뿌리와
얼음의 두께와 푸른 하늘과 추위와 구름과 새소리와 바람과
오후 두 시의 낯선 풍경에 대해 생각했다

또 지박구리 소리가 들리면 지박구리 소리에 대해서도
박새 소리가 나면 박새 소리에 대해서도…
일행 중엔 새소리를 듣고
어떤 새인지 금세 짐작할 수 있다는 사실에 대해
나로선 놀랄 수밖에 없는 일

4월 총선 전 현 정국에 대한 전망과 절망과 정당별 판세와
개고기 식용 금지 법안에 대한 갑론을박도 있었고
1월의 끝이었지만
1월의 끝에 대한 정황은 더 이상 거론하지 않았다
아직도 왼쪽 길에선 박새가
오른쪽 길에선 지박구리 소리가 휘릭 들리는 듯하다
끊겼다 또 들렸다

산수유 곁에서

산수유 씨앗도 대추알처럼 딱딱하다고
시인 1인은 씨앗을 씹으며 말했다
강장제 한약재로 쓰이고
지박구리 간식도 된다고 시인 1인이 거들었다
50억 년 지나면 지구가 사라진다고
저 위의 시인 1인이 덧붙였지만
또 다른 시인 1인은 산수유 뒤에 있던 오후 두 시 이후 허공을 바라
보고 있었다

또 종족 번식이 아니라 인간처럼 성생활을 즐긴다는
히피 원숭이
보노보(Bono bo) 얘기를 끝으로 산수유 곁을 떠났다
아 산수유는 대략 3월 21일쯤 개화한다고
바로 위의 시인 1인이 부록처럼 마무리했다
꽃의 생리주기를 다 알고 있는 것 같았다
돌아보면
산수유가 나뭇가지 하나 든 채 한 마디 꼭 할 것 같다
이봐! 시인 동지들!
꽃 피면 오라우! 혼자 오지 말고 선한 벗과 함께 오라

시는 누가 쓰고 누가 읽어야 하나

끄적거릴 게 없어도 끄적거려야 한다
또 끄적거리다 보면 손끝에 닿는 게 있다
뭔가 끄적거릴 게 나온다
끄적거릴 게 없어도
손님이 없어도
시 앞에서 자문자답하면서 하루를 살아야 한다
또 하루를 살다 보면
각자 자기 몫이 있다
쓰는 자는 쓰고 읽는 자는 읽고
닦는 자는 닦고 씻는 자는 씻고
알바생처럼 서 있거나
인공지능처럼 일정한 속도로 시도 읽어야 한다
다음 시집은 인공지능한테 읽히고 싶다
그냥 또박또박 읽게 하자
또 하루쯤 인공지능처럼 앉아서 시를 쓰자
그 시는
인공지능보다 내가 먼저 읽어야 할 것 같다

달항아리

밤도 늦었으니 손을 잡아당기며 자고 가라고 해서 어릴 때 동네 오빠였던 그 남자 집에서 잤다는 여자가 있다 자기 집에 가서 얼마 전에 구운 달항아리 하나 들고 가라고 어떤 여자가 말했더니 정말 달항아리 하나만 들고 갔다는 남자도 있다

앞의 여자인지 뒤의 여자인지 아직도 정확히 누군지 알 수 없지만 등 뒤에서 개새끼! 라는 말이 들렸다고 한다

생계형 시인

시가 끊기면 안 될 것 같아
시를 쓰고 나면 끊기기 전에 또 써야 한다
이것은 강박인가?
이런 생각하기 전에 시 한 줄이라도 쓴다
이것도 사랑일까?
일단 쓰고 있으면 이런 생각이 들지 않는다
생계형 시인이 된 걸까
이것도 저것도 시를 쓰는 이유가 되는겨?
시를 쓰지 않고도
시인이 사는 길을 한 번 찾아봐야 하겠다
챗지피티한테 물어보면 뜰까
아무것도 하지 않고
시인이 되는 길이 어디 있을까
한 달에 두어 편만 써도 살 수 있다면
시를 접어도
과거의 시만 해도 먹고 살 수 있다면
가슴 뜨거웠던 그 무엇이 식지 않았으면
시 없는 시인으로 살 수만 있다면…
이것은 결핍인가 불안함인가

오늘의 시 2

오래간만에 마신 커피믹스도 시다
어젯밤 중창천변 농구장에서 혼자 농구하던 학생도
나이만 먹어가는 무명시인도
집에서 목소리 높이는 늙은 남자도
식전에 산을 오르는 남자도 시다
찐빵에 앙꼬를 꼭 넣어야 하는 것처럼
아직도 시에다 뭘 넣어야 하는 생각도
시다
앙꼬 없는 아무것도 없는 빵도
시다

오늘 새벽 아시안컵 16강 승부차기 끝나고 상대팀 선수를 꼭 안아
주던
손흥민 선수도 그의 눈물도 그의 웃음도 시다
휴가 간 진행자 대신 앉아 있는 라디오 스페셜 디제이도
옛날 가수도 옛날 시인도 옛날 선생도
퇴직한 남자도 살림남도
시다

장편(掌篇)

시가 짧아졌다
시는 짧아야 한다
어느 시인처럼 장시만, 장시만 안 쓰면 돼!
어떤 독자가 내 시집을 읽고 앞에서 말했다
긴 시가 많아요!
시가 길면 형식보다 내용에 치우치게 된다
시는
내용이나 따라다니는 산문이 아니다

또 한 시간여 커피 한 잔 마시는 동안
내가 너보다 생각이 더 적었으면 좋겠다
네가 나보다 말이 더 많았으면 좋겠다
좋은 시는 짧다
시를 쓰되
한 손에 움켜쥘 수 있는 장편(掌篇)을 쓰자
십오 행쯤에서 끊자
말수도 제 밥그릇도 생각도 줄여야 한다
뭐든 절반쯤 비워두는 것!

아무것도 없는 시

시도 없고 시행도 없고 행간도 없는
언어도 없고 언어의 그림자도 없는
대상도 비대상도 없는 아무것도 없는
시
관념도 이념도 없는
소재도 주제도 없는
빈집 같은
굳이 읽을 것도 없고 들을 것도 없는
시
눈으로 한 번 훑으면서
책장을 한 장 한 장 넘기면 된다
한 며칠 됐다가
돌아보면 기억에 남는 게 하나도 없으면 된다
시를 써놓고 읽지 않아도
다음 시를 쓸 때까지
아무것도 아닌
시

반복적인 너무나 반복적인 것

오전에 그냥 초고 상태로 던져놓고
몇 해 전 어느 선배 시인의 시집에 실린
문학평론가 홍정선의 해설을 다시 읽는다
읽는다는 것보다 손으로 만져지는 느낌!
점자(點字) 더듬듯
손끝의 이 색다른 감각은 또 무엇인가?

낼 모레면 입춘인데
꽃이라도 피면 상춘객이 꽃나무 아래로 모여들 텐데
꽃나무 아래서
시를 읽고 시를 논하는 자는 없을 것이다
점심 먹고 또 시를 기다리며 간간이 멍 때리는
이 반복적인 너무나 반복적인 것!
시작(詩作)과 꿈과 농담과 억압과 인생과 명상과 사랑과 갈등과 분
노와 연민과 외로움과 망설임과 이 의미와 이 세계의 선을 넘는 것과
　한낮의 팽나무와 저 나무 행색의 그늘과
　역사도 철학도 그대와의 사랑도 이 하루하루의 익숙한 삶도
　반복적인 너무나 반복적이라는 것

이런 느낌

도봉산 둘레 길 좀 더 깊은 곳으로 들어가면
인적 드문 곳
단청 칠 다 벗겨진 성불사(成佛寺)
요사채도 조용하고
절집 마당은 한 뼘 더 깊어진 것 같다
이제 더 깊어질 게 딱히 없다는 듯
그냥 조용하기만 하다
조용하고 또 조용한 것 다음엔 뭐가 남을까
비우고 또 비워야만 시가 되듯
조용하고 또 조용하면
요 길 아래 빈집처럼 허하고 공한 것일까
허도 공도 아닌 곳은 어디 있지?
언덕 길 뒤에 뵈던 허공은 허하고 공한 것인가
까마귀 까악! 소리쳐 불러도
허한 것은 공하고 공한 것은 허하다는 느낌!
이런 느낌을 또 어떻게 느껴야 할까?

내 사랑*

"내 인생의 전부가 이미 저 액자 속에 다 있어요!"
바로 저기… 창문!
지나가는 새 꿀벌 갈대 노을 들판 썰매 보트 마차
저 구름 바람 바다 폭설…

그녀는 벽에다 튤립을 그렸고 방금 잡은 닭을 그렸다
마당에서 일하는 남자를 그렸고
눈 쌓인 마을을 그렸고 말 개 사슴 고양이 등을
원룸 벽면과 창문과 바닥과 난로와 싱크대와
펄프 보드와 쿠키 시트에 그렸다
끝내 한 획도 그리지 못한 것은
멀리서 바라본 그녀의 딸뿐이었을 것!

생선 행상을 하며 살아가는 그녀의 남자의 말이다
"나를 떠나지 마라!"
"당신은 나보다 훨씬 나은 사람이니까"
"더 이상 아무것도 바라지 않는다"

*캐나다 화가 모드 루이스의 삶을 바탕으로 한 영화.

나무

그는 4월과 5월 사이 사라졌다
그는 도봉산 둘레 길 옆의 시커먼 나무가 되었다
곧은 나무가 되었다
그러나 나는 그 나무를 두고 돌아섰다
나도 나무처럼 한곳에 붙어살았다
한 번도 가볍게 살지 못했고
어디서든 쉽게 헤어지지 못한 것 같다
생의 절반 이상은 나무처럼 살았다
남은 반절도
거의 나무처럼 한곳에서 살았던 것 같다
직장을 바꾼 적도 지지한 정당을 바꾼 적도
코앞의 산책길조차 바꾼 적이 없다
내 사주(四柱)는 불인데
나무처럼 살았다

혼자 읽고 잊히는 것

어제 쓴 시를 급하게 버렸다
오늘의 시를 시작하기 전에 싹 다 지워버렸다
시원하다
시를 버리는 것도 시를 쓰는 것만큼 뭔가 있다
시를 버린 이후 뜻밖의 심경이다
시는 쓰는 게 아니라 버리는 것
한 번도 생각해보지 못한 일이다
시는 쓰는 게 아니라 끝내 잊히고 마는 것
한잠 자고 일어나면 잊히는 것
어제 마을버스엔 나보다 나이 많은 남자는 없었다우!
노인은 비현실적이지 않다는 것!

시는 다시 비현실적인 꿈이 되었는가?
가끔 나도 모르는 시를 쓰고 싶다
나도 모르는 꿈을 꾸고 싶을 때가 있다
(내가 꾸는 꿈은 왜 죄다 현실적일까?)
나도 모르게 시를 쓰고 싶다
나도 모르는 꿈을 꾸고 싶을 때가 있다

너무 쉽게 쓴 시

이 자작나무와 유화(油畫) 한 점
혼자 사는 게 익숙한 노인과
공지천 산책로
제빵소 식빵과 베토벤 피아노 소나타
자전거 타던 여자와 성긴 눈발
문 닫은 칼국숫집 1, 2
이승훈 6주기와 새벽 세 시의 가로등과
너무 쉽게 쓴 시와 효자동 1박
모드 루이스와 타워 49층 아파트
효자교 아래 배낭 노인들과
겨울 강 왜가리와
시래기 명태찜과 브레이크 타임과
오후 세 시와 경춘선 전철과

이 골목 저 골목이
망대골목 같던

늦은 밤 영진항 걷기

양손을 주머니에 찌르고 지루하고 지리멸렬한 생각을 끊지 못하고 걷는다 방금 구순의 어머니는 남을 미워하지 말라 하셨고 손아래 사촌동생은 툭 털어버리라고 한다 나이 들면 눈보다 귀가 밝아진다 코앞의 〈눈꽃빙수〉도 〈도깨비〉 촬영지도 눈에 들어오지 않는다 눈보다 귀, 귀보다 생각이 괴롭다 말보다 생각을 뿌리칠 수 없다 나는 생각의 생각을 안고 살았다 삶이 괴로운 게 아니라 생각이 괴로운 것이다 생각이 괴로운 게 아니라 생각을 놓지 않기 때문에 괴로운 것! 나는 삶을 사는 게 아니라 생각을 살았다 이 밤의 해변에서 또 집요하게 생각한 것이다 식구들 몰래 담배를 피웠다

바다를 이렇게 멀게 느낀 적도 없었다 파도야 미안하다 파도가 발등을 적시고 무릎을 다 적셔도⋯ 그렇다 집요하게 생각하는 것도 다 집착이다 집착이 문제다 가급적 산문시는 피하자고 했는데 산문시에 손을 대고 있다 산문시를 쓰는 게 문제가 아니라 산문시를 쓰고 있다는 생각이 문제다 생각의 생각이 문제다 이것은 또 생각의 문제가 아니라 아주 생생한 눈앞의 현실이다 남의 마음을 불편하게 했으면 내 마음이 더 불편한 게 맞다 이 마음이야말로 피할 수 없다 집착이라 해도 피할 수 없다 이 집착이야말로 지루하고 또 지리멸렬한 생각의 연속일 것이다 어쩌면 시보다 더 멀고 외로운 길일 것이다

신리천변에 대해 쓴 것

나 혼자 천변을 걷듯 쓴다
나 혼자 벽을 무너뜨리고 또 벽을 쌓는다
벽이 무너지기도 전에
벽을 쌓듯 또 쓴다
쓰는 것 외에는 모든 것이 벽 같을 때가 많다
내가 벽일 때도 있다
벽에 기대어 문을 바라볼 때도 있다
나를 힘들게 한 자는
벽 속에 갇혀 있거나
저쪽으로 멀리 사라지는 것을 보았다
신리천변에서 보면
이쪽과 저쪽은 그런 것이다
사라지는 것도 벽에 갇히는 것도 그런 것 같다
뭔가 콱 씹고 싶었지만
입술만 또 깨물고 말았다
나의 내면은 또 그렇게 내면이 되어 갔다

나무의 고요

이제 내 것이 아닌 것은 지운다
이것은 내 것인가
아름다운 것도 슬픈 것도 내 것이 아니면 버린다
이 언어도 의심하라
생나뭇가지 부러지는 소리도 내 것 아니면 버려라
천천히 차 마셔라
눈 녹은 물이 흐르는 계곡을 보리라
그 한적한 계곡의 물소리를 들으라
나무처럼 서서
바람이든 눈발이든 행간에 구겨 넣으리라
나무처럼 혼자 일어나 고요를 살아보리라
나무의 고요
그리하여 그런 나무 곁에서
나무 그림자를 제 그림자처럼 밟고 싶은 것이다
남의 노래 부르지 마라
시는 이해보다 오해하기 쉬운 장르다
삶이라는 것도 그렇다

꽃나무처럼

늦은 밤 울음을 삼키지 못했다
빛바랜 눈물도 어두웠기에 아무도 몰랐을 것이다
저 완벽한 겨울 바다도 파도도 어두웠다
고맙다
괴로운 삶은 외로운 삶보다 더 외로울 때가 있다
텅 빈 외로움보다
아주 끈질긴 괴로움에 지칠 때가 더 많다
손끝에 닿으면 갓 잡은 생선의 내장 같은
물컹한 물건 같은
생생한 시를 써야 한다
시를 쓰는 것도 고단한 야간 경비원 같을 때가 있다
미안하다
뜰 앞의 꽃나무처럼 입 다물고
묵묵히 집중해야 할 것 같다

프랑스인 안나에게

내 시집 읽을 수 있을 때까지
한국어 공부하겠다는 안나가 5월에 또 온다
몇 해 전 안나 봤을 뗀
그냥 기념으로 때마침 나왔던 시집을 건넸다
이제 그 시집을 읽겠다는 것이다
소설가 생텍쥐페리와 교유했다는
안나의 조부 영향인가?
아님 이것도 한류?

그때도 혼자 소요산 백운대 등반하고 왔으니
한국어도 혼자 익힐 것만 같다
캐리어 끌고 오는 게 아니라
알프스 등반 차림으로 큰 배낭 하나 메고 왔던
프랑스 여자 안나가 온다
랭보, 엘뤼아르, 폴 발레리
같이 앉아 읽을까
원통사(圓通寺) 뒷길 한 번 걸어 볼까
번역기 가운데 놓고 할 말이 많을 것만 같다
세라비!

이 전동차는 어디를 향해 가고 있는가

경춘선 상봉행 사릉과 퇴계원 구간
아주 작고 낮은 목소리
칠십 줄 남자 행상
인삼 파스 네 팩 오천 원
하나 더 드립니다
전동차 객실 끝까지 갔다가
출입문 쪽 물건 담아둔 가방까지 되돌아와 한 번 더!
기계도 닦고 그릇도 닦는
철수세미 천오백 원
다시 천천히 갔다가 또 되돌아와
빨래집게 이천 원

퇴근길이었고
사는 사람도 없고 처다보는 사람도 없다
날은 추운데
이 전동차는 어디를 향해 가고 있는가

혼자 담배 피우던 남자

담벼락에 붙어 서서 담배 피우던 남자
한 대 피우고 나서
담벼락 앞에 쪼그리고 앉아
또 한 대 피우던 남자
담배 끄기 전에 그 담뱃불에 또 담뱃불 붙이던
남자
다시 담배 한 대 또 피우던 남자
편의점 앞에서 담배 피우던 남자
담벼락을 향해 돌아서서
담배 피우던 남자
담벼락을 향해 담배 한 대 더 피우던 남자
줄담배 피우던 남자
한손에 휴대폰을 들고 통화하면서
담배 피우던 남자
며칠 전
나도 저곳에서 저렇게 담배를 피웠다

낙동강아 잘 있거라

경로석에 앉아
비스킷을 바삭바삭 씹고 있는
경로 1인
무릎에 떨어뜨린
과자 부스러기를
탁탁 털어내면서
태연하게
다리를 잔뜩 꼬고 앉아서
뭐 씹은 얼굴로
이쪽을 향해 뚫어지게 쳐다보던
경로에게 묻노라
뭐가 마음에 들지 않는가
누가 마음에 들지 않는가

제8부 **2024년 2월의 우울에 관한 기록**

부부 세탁소 풍경

노부부가 하루종일 매달려 하는 세탁소
저녁 시간 지났는데
손님이 없어도
문을 닫지 못하고
텔레비전이라도 쳐다보고 있어야 한다
무수천 가까운 곳
어떻게든 아홉 시까지 붙어 있어야 한다
일감도 줄고
손바닥 내밀어 창밖의 빗방울 움켜줄 때도 있지만
맨손이라도 서로 잡고 있어야 한다

사랑하는 사람은 당신보다 먼 곳에 있지 않다
돌아보라
사랑하는 사람은 당신보다 높은 곳에 있지 않다
돌아보라
어질고 따뜻한 이가 그대 곁에 있을 것이다

내가 만약 화가였다면

내 옆의 그녀는 검은색 반 부츠를 신었고
발이 꽉 끼는지 발목쯤 풀어놓았고
붉은색 매니큐어를 했고
두 손을 배꼽쯤 모으고 앉아 있었다
터널을 지날 때쯤 유리창에 비친
그녀의 얼굴은 길쭉한 편이었고
검은색 머리칼은 어깨에 곧 닿을 듯 했다
체크무늬 스카프와 소매 빼곤
온통 검은색 천지였다
꽤 긴 바지도 재킷도 검은색이었다

강릉역 다가갈 때쯤
그녀는 아주 조그만 손거울을 꺼내 들여다보며
파운데이션을 두어 번 콕콕 찍었다
내가 만약 화가였다면
창밖을 내다보는 것보다 스케치를 했을 것이다
그녀는 또 커피와 케이크를 검색했고
휴대폰 바탕화면엔
흰색 운동복을 입은 소녀가 활짝 웃고 있었다
강릉역에 도착할 때까지
그녀는 다리를 꼬고 앉아 있다가

한 두어 번 풀었을 것이다

(시작 메모: 내 배낭을 내릴 때, 선반에 있던 그녀의 캐리어도 내려주었다. 그녀는 내 앞에서 누군가와 통화하고 있었다 … 그녀에 관한 것은 여기까지였다.)

불확실한 날들을 위하여

좀 늦었지만 이 밤에 커피라도 한 잔 하고 싶다
시를 시작하기 전에 할 일이다
에프엠 음악을 들어야 하겠다
시를 쓰기 전에 할 일이다
어떤 독자가 시를 읽는지 한번 알아봐야 하겠다
지금은 카프카 읽던 시대가 아니다
예술이 인생보다 더 어려운 시대를 살고 있는 것 같다
자학인가?
자기 시대가 아닌 곳에 살고 있다는 것!
무수천변 걷다 보면
나처럼 복잡하게 산책하는 이도 없는 것 같다
불확실한 날들을 위하여
무수골 주말농장까지 혼자 걷고 또 걷다
시 한 편 쓰고 나서 주방까지 갔다가 돌아와
또 쓴다
커피보다
통화 버튼 누르지도 않겠지만 전화하고 싶은 곳도 있다

시의 제목

시의 제목만 써놓고 하루를 보냈다
또 제목만 써놓고 하루…
아무리 힘을 줘도
발이 땅에 닿지 않는 것 같다
이 시의 부재가 일주일 내내 따라다니는 사랑니 치통보다 더 괴롭
다는 것도 알았다
그러나 어느 옛 시인처럼 외롭지도 않았고
슬프지도 않았다
외롭지도 않았기에 더 외로웠고
슬프지도 않았기에 또 슬펐다

그때 어느 독자가 방금 나온 작가회의 시분과 연간 시집 맨 앞에 실린
졸시 「애쓰는 나무」 읽고 리뷰를 보내주었다
당장 일간지에 실어도 좋을 시라고 했다
그동안 모아두었던 시의 제목들을 일으켜 세웠다
가자!

나무와 나무의 관계에 대하여

나무와 나무의 관계에 대하여 굳이 말하는 것은
사람과 사람과의 관계에 대해 말하는 것만큼
어렵다
사람과 사람과의 관계에 대해 말하는 게 쉽다
그러나 나무와 나무와의 관계는
사람과 사람과의 관계와 다르다
사람과 사람과의 관계는 나무들만큼 일정한 거리도 없다
나무는 제 그림자만 꾹꾹 밟고 서 있다
나무는 사람들처럼 오래되었다고 갈라서지 않는다
또 오래되었다고 멀어지는 것도 아니다
나무가 너에게 다가갈 수 없다고 생각하지 마라
나무의 상상력은 네 상상력보다 높고 크다
나무의 높이와 사람의 높이를 보면 알 것이다
이 세상의 나무를 뛰어넘을 사람은 없다
나무 아래서 아무 말이나 쏟아놓지 마라
나무의 귀가 네 귀보다 크고 넓다는 것도 알 것이다
만만한 사람도 없고 만만한 나무도 없다
나무와 나무의 관계에 대해 말하고자 하였으나
나무와 사람과의 관계까지 짚고 말았다
헛짚을 때도 있다

꿈

방금 꾸었던 꿈에서 빠져나왔다
그곳은 어디인가
물오리가 꽥꽥 울던 어제 내가 걸었던 무수골 길인가
눈발 날리던 해변인가 혹시 남대천변 아닌가
물오리와 눈발을 지나
나는 다시 꿈속에 들어 왔는가
꿈은 어두웠다
작은 창가에 흔들리는 촛불 같은 빛이 하나 보였다
촛불 아래 어두운 그림자도 있었다
어두운 그림자가 촛불처럼 흔들렸다
울고 있었다
나는 울고 있는 자의 뒤에서 나무처럼 서 있었다
나무도 울고 있었다
꿈에서도 꿈 밖에서도 우는 자를 뿌릴 칠 순 없었다
그러나, 그러나, 그러나
우는 자를 떼어놓고 일어선 적이 있었다
나는 더 이상 꿈속에 있지 않다

권태에 관한 유감

1.
몸보다 마음이 더 힘들 때가 있다
초야에 묻혀 약초를 구하던 눈 밝은 자는
마음이 병을 만들고
생각을 바꾸면 건강도 보인다고 하지 않았던가
마음도 생각도 나를 놓아주지 않고
너를 놓아주지 않는다
지루한 생각은 지루한 삶을 낳는다
지루한 삶은 곧 권태를 낳고
권태는 또 나를 낳는다

2.
이 권태야말로 내가 집중해서 얻은 결과물이다
이 권태가 한 주 정도 지속되어도 나는 지루하지 않을 것이다
권태는 결코 불성실하거나 게으른 것도 아니다
나는 나의 권태를 주목하고 주시할 것이다
당신도 당신의 권태를 주목하고 또 주시하라
낮 1시에서 2시 사이 낮잠 청하는 것도 일종의 권태일 것이다
권태야말로 생의 또 다른 진면목일 것이다
권태를 탓하지 마라 그 권태도 삶의 한 방편이거늘!

3.

이상(李霜)의 「권태」를 읽어보라

권태야말로 생의 또 다른 국면(局面)이 될 것이다

이것은 비루하거나 비겁한 생이 아니다

생각이 복잡할 땐 혼자만의 권태를 권한다

권태가 나를 구체적으로 바라볼 것이다

권태는 때때로 '뼈처럼 앙상한' 나무 그림자처럼 한없이 가느다랗고

납작하게 가라앉아 또 시들하고 나태하겠지만

문득문득 집중할 수 있고 또 선택할 수 있는 것!

반복적인 권태가 또 살아있는 권태가 되는 것!

그러나 삶은 굳이 집중하지 않아도 될 것!

누워서 천장이나 한 번 더 쳐다보는 것!

아님 벽을 향해 물구나무라도 한 번 서 볼 것!

시가 손에 잡히지 않을 땐

낮잠을 자고 나서

계절이 바뀐 계간지를 읽으며 무료함을 달랠 때도 있다

간밤에 내린 비 혹은 눈물

―사촌 동생 강기환 스테파노를 위하여

그대 아는가?
우리는 촛불을 들고 네 옆에 서 있었다
주문진 회산댁 혈육들보다
옥천동 성가정 성당 형제자매들이 훨씬 더 많았다
슬픔이 더 돋을 사이도 없이
애달프게 〈시편〉을 봉독하고
조금이라도 덜 슬프기 위해
잠시 눈을 감을 때도
묵직한 오르간 소리가 또 슬픔을 다독이고 있었다
나는 속주머니의 펜을 꺼냈다

그대 아는가?
신부님은 네 영정 사진을 보더니
아프지 않았으면 멋있게 살았을 분이라고 하더라
그리고 보니 사진 속 너는
선글라스와 중절모로 구색을 잘 갖추었더라
네 모습이 슬프진 않더라
그대 들었는가?
아프고 힘들 때 본당 신부로서 한 번 더 대면하지 못해 미안하다고
했다

간밤에 많은 비가 내린 탓에
여기저기 빗방울 머금은 나뭇잎들이 유독 눈에 들어오더라
날이 춥지는 않았다
이제 그대는 '하느님 나의 하느님' 곁으로
네 세례명 스테파노의 이름으로 막 들어서기 전
영결 미사 전
성당 밖에서 기다리고 있을 때
너도 알지?
집안 촌수론 친척 형수님이지만 내 초등학교 때 친구의 누나를 만
났다
아! 안부를 묻자마자 내 친구는 코로나 때 세상 떠났다고 하더라
어디서든 슬픔은 남은 자의 몫이다
슬픔은 슬픔을 이기지 못한다

이른 시각인데 성당 안엔 많은 신자들이 자리에 앉아 있었다
그들은 아주 진지하고 엄숙했다
신부님이 네 아들과 딸의 머리 위에 손을 얹을 때
그때 나는 또 눈물을 흘렸다
이 가혹한 무거움과 떨림!
신부님의 손이 네 손이었으면 생각했던 것 같다

이 지상에서 남은 마지막 2박 3일을 다 보내고 나서
네가 다니던 성당에서 영결 미사를 하고
주문진 큰 다리를 건너
주문진 성당 성모 자애공원 가족 묘역 앞에서
글라라 수녀 누나 주관으로 가톨릭식 상장예절을 마쳤다
술 한 잔 없이!
네 누운 곳을 향해 두 번 절하고 일어났다
네 아들과 딸이 많이 울더라
그대는 잘 듣고 있었는가?
수녀 누나는 그곳에선 아프지 말라고 천천히 당부 하더라

너도 날짜는 알았겠지만
황망히 떠난 너로 인해 고종사촌 형제들과 만나던 4월 퇴곡 모임은
취소되었다
일 년에 한 두어 번 술 한 잔 따르더라도
벌초 때나 집안 애경사 때 만나더라도
나는 너처럼 깊고 반듯한 인사를 받은 적이 없다
고맙다
내 시집도 꼬박꼬박 읽어줘서 고마웠다
미안하다

2024년 2월의 우울
―시

더 늦기 전에 이것을 해야 우울에서 벗어날 수 있다 이것을 해도 우울할 때가 있다 이것을 하지 않아도 우울하고 이것을 하고 있는 한 우울하다 이것이 우울의 실체다 더 우울하기 전에 이 빛나는 우울의 생리를 기록해야 한다 그것도 가급적 문장으로 기록해야만 한다 문장으로 남기는 게 우울의 가장 확실한 실체일 것이다 문장으로 남겨야 주관적 우울함이 객관적일 수도 있고 어떤 사물 하나가 될 수 있기 때문이다 또한 내가 나의 우울을 위해 할 수 있는 개인적이며 동시에 사회적인 유일한 소임일 것이다 그게 또 주체적이며 독자적인 나의 행동양식일 것이다 그게 또 우울의 생존 방식인 셈이다 그게 또 우울의 우울인 셈이다 그게 또 우울을 극복하며 또다른 우울을 이어가는 나만의 전략일 것이다

검은 웅덩이의 역사

낮고 작은 웅덩이 하나가 생겼다
한쪽 발만 적셨다 빼면 곧 사라질 것 같았지만
그곳에 두 발을 담근 자도 있었고
한쪽 발이라도 담근 자는
함정에 빠지듯 더 깊은 곳으로 빠져들어 갔다
웅덩이는 기념비처럼 높고 더 커졌다
작은 웅덩이는 큰 웅덩이가 되었고
먼 곳에 있는 이들도 빠뜨릴 만큼 크고 깊었다
해와 달과 태산을 끌어당길 때도 있었다

우물의 역사처럼 웅덩이도 역사가 되었다
역사가 되면 누구나 영웅이 되고 싶고
큰 인물처럼 웅덩이도 더 큰 웅덩이가 되어 갔다
웅덩이에 발이라도 찌른 자는 살아남고
웅덩이를 피한 자는 더 멀리 가서 살아야 했다
그게 또 웅덩이의 권세이며 생태계였다
마침내 웅덩이는 썩어도 그들이 썩어도
웅덩이의 역사는 썩지 않고 또 다른 역사를 기록하고 있었다

인간관계도 웅덩이가 관계하기 시작하였다
웅덩이가 악과 관계되었다든지

악의 크기와 관련이 있다는 폭탄이 터져도
웅덩이에 빠진 자들은
천하와 같은 웅덩이를 지키기 위해
더 깊은 웅덩이 속으로 들어가 더 큰 웅덩이가 되곤 하였다
그들이 웅덩이가 되었고 그들이 역사가 되었고
비로소 그들은 선악을 뛰어넘었다

비가 1

고개를 떨어뜨릴 땐 다 떨어뜨려야 하는가
월요일 오전이었지만
꽃 없는 이팝나무도 2월의 들녘도 구름도
눅눅한 바람도 멀리 있는 바다도
고개를 떨어뜨렸다

이미 이 세상을 떠난 자는 떠났고
살아 남은 자는 남아서
언덕 위에서든 길 위에서든
떨어뜨릴 게 없으면
나뭇가지라도 꺾어서 떨어뜨려야 할 것이다

바람도 고갤 떨어뜨린 것인지
낮고 조용하다
이제 더 낮아질 것이 없는지
풀들도 몸을 낮췄다
몸을 낮추면 더 떨어뜨릴 게 없다
더 흔들릴 것도 없다
이제 더 흔들리지 않겠다는 것!

비가 2

더 흔들릴 게 없다
겨울산도 빈 들녘도 그냥 덮어놓은 시집도
더 흔들릴 게 없다
밖에서도 꿈속에서도 흔들리지 않는다
더 흔들리지 않거나
차라리 앞뒤 정신없이 자꾸 어두워지는 것
내 발밑이 어둡고
내 친구가 두고 간 노래가 어둡다
조금 남아 있던 어둠도
분간할 수 없을 만큼 더 어두워졌다는 것
더 흔들리지 않는다는 것
누군가 손이 풀렸다는 것
손이 풀렸다는 것은 뭔가 다 털었다는 것
2월의 바람 같은 덧없음도 슬픔도
또 돌아보지 않겠다는 것

비가 3

덧없음과 부질없음과
이미 알고 있는 것과 아직 알고 있지 못한 것과
허공과 허무
며칠 전 보았던 멧돼지와 그 멧돼지의 행방에 관하여
무거운 것과 또 진지한 관념에 대해
큰 의미를 두지 않게 되었다
다시 생각만 해도 멧돼지에 관한 생각과
그 생각과 그 생각의 배경과
그로 인한 비현실과 고립과 고독과 단절과 소용없음과
신념과 호흡과 한숨과 잡념의 관계에 대하여
물오리나무와 나무 그림자의 관계와 불편함과
무수골 난향원 길과 멧돼지 무리의 동선과
동선에 관한 반복적인 생각과 망령과 허무와
생사에 대해
내가 쓴 것과 내가 쓰려고 한 것과
대상과 비대상에 대하여 환상과 허무주의자에 대하여
불안한 것과 불안하지 않은 것과
새로운 사유와 인식과 진리와 지식과
잡담에 대하여
시가 있는 곳에서 시가 없는 곳까지

비가 4

겨울비를 맞으며 교외로 나간다
남춘천역이 고맙다
당일치기로 다녀올 수 있고
가다 오다 시 한 편 만날 수 있을 것만 같은 곳
좀 작은 설렘도 가능하고
하루를 다 쓰고도 조금 남을 만한 시간과 거리
에세이를 읽어도 좋고
단편을 읽어도 좋고
풍경을 쭈욱 훑어봐도 되는

시 한 편 없어도
시 쓰는 꿈만으로도 뭔가 즐거울 수 있는
오후 세 시쯤의 나 홀로 여정
아무것도 하지 않아도
아무렇지 않을
시 없이도 하루를 거뜬하게 견딜 수 있는
남춘천 길

비가 5

친구 집에 가서 라면을 끓여 먹을 때가 있었다
신문지나 문학 계간지를 깔아놓고
냄비째 갖다 놓고 먹었다
대체로 삼양라면이었을 것이다
가끔 라면에 고추장을 넣어 먹었을 것이다
강릉 장칼국수의 맛!
그럴 때마다 '고추장 라면'을 특허 출원할까 했었다

〈우리의 하루〉 홍상수 신작 영화 속에서
라면에 고추장을 넣어 먹는 장면이 나왔다
밤 열두 시가 넘지 않았으면
영화 속 모 배우처럼
나도 라면을 끓여서 고추장을 넣어 먹었을 것이다
또 극중 모 배우처럼 담배도 피웠을 것이다
소주도 마셨을 것이다
나도 그렇게 늙은 시인이 되었을 것이다
남산 타워가 조금 보이는
연립주택 옥상 간이 의자에 앉아 있었을 것이다
더 외로울 것도 없는 하루였을 것이다

비가 6

2박 3일 동안 먹고 자는 시간 이외
아무것도 기록할 게 없었다
비도 오고 눈도 내렸지만
고독 속의 어떤 답답함 혹은 어떤 즐거움
〈나의 하루〉

밤낮으로
운이 좋아 열두어 편 줄지어 쓰고 나니
새삼스럽지만 소주 한 잔 생각나더라
또 길을 나서면
빗길이든 눈길이든 걸어야 할 것 같더라
2월의 끝은 얼마나 남은 것이냐
참고 참고 또 참고 또 참았다가
탁!
끊어야 끝이 되는 것!

비가 7

작은방에서 꼼짝 않고 벽만 보고 누웠다
벽 속에서 들리던 말이 있었다
오후 두 시
나는 한 번 더 돌아누웠다
저녁 일곱 시

음력 정월 대보름이라 폭죽소리가 들렸다
사람들의 발자국소리도 들렸고
사람들의 환호성도 들렸다
하늘을 향하고 있었지만
어떤 소리는 뚝뚝 떨어지고 있었을 것이다
언덕 위에서 우는 자도 있었을 것이다
우는 자는 살아있는 자다

내가 내 삶을 기록하지 못할 때도 있다
밤길을 걸었다
눈에 익은 길인데 눈 한 번 크게 뜨면 환하고
한 번 더 깜빡하면 어둡던
이 낯설던 게 뭘까?
내가 내 방황을 기록하지 못할 때도 있다

밤 열한 시
오가는 이도 없는 마치 이상한 허공을 걷는 듯
허공 속을 붕 떠서 헤매는 듯
내가 내 삶을 차마 용서하지 못할 때가 있다
내가 자기 부정을 너무 자주 하는 것 아닌가
돌부리에 또 넘어졌다

비가 8

광장에서 우는 자는 계속 울고 있다
우는 자 옆에는 또 우는 자가 있다
우는 자 뒤에도 우는 자가 있다
우는 자의 눈물이 뜨거운 것도 알았다
우는 자 앞에서도 우는 자가 있다
그들은 함께 울기도 하지만
혼자 울기도 한다
돌아서서 저 혼자 우는 자도 있다
2월은
지상에 남아서 우는 자의 달과 같다
오랫동안 참았던 눈물을 흘린다
한 사람을 위해 울고 있었지만
울음을 멈추고 돌아보라
각자 제 가슴 찌르듯 자신의 눈물을 흘리고 있다
먼 산을 향해 우는 자도 있다

비가 9

작은 새 한 마리가 난다
눈이 급하게 내린다 진눈깨비도 있었다
아 그래도 2월의 꼬리는 남아 있다
작은 새 한 마리 난다
너무 작아서 차마 이름을 부르지도 못했다
나무들도 꼿꼿한 채 얼어 있고
하늘은 먼바다처럼 조용하다
한겨울 초저녁
늦었지만 지상에 남은 자도 떠나야 한다
남은 자는 남은 자와 살아야 한다
구멍 뻥뻥 뚫린 허공 같은 하늘이 저 언덕처럼 어둡다
강원도 언덕처럼 험준한 것도 고마울 때가 있을까
새들도 우는 자를 돌아볼 때 있을까
하늘을 나는 새는 지상을 보지 못할까
그대 가는 길 그대는 아는가?
자 떠나자

비가 10

―소주 세 병 마시는 동안 트렌치코트 주머니에서 손 한 번 빼지 않고 꼿꼿하게 앉아 있던 당신을 위하여

앞의 사내가 소주 세 병 마시는 내내
단 한 번도 흐트러지지 않고 있다
"월세하자고 했잖아!"
"전세하자고 했잖아!"
코앞에 닥친 주거비 때문에 다투고 있었다
여자가 먼저 크게 결심한 것 같다
사내는 말끝이 날카롭고 불편했지만
여자는 그보다 단호하고 냉담하다
내가 늦은 저녁을 먹고 일어설 때까지
여자는 창밖의 밤공기처럼 차다
사내보다 여자가 먼저 등을 돌릴 것 같다
사내는 두렵고 또 간절한 눈빛인데
여자는 일정한 거리를 두고 있었다
한 두어 번 쳐다보아도 사내보다 여자가 어둡다
여자는 벌써 몇 번 참은 것 같다
"여자하고 싸우지 마라!"
오래전 늙은 여자한테 들었던 말이다

2월의 끝

2월 내내 어수선하였다
일탈하고 싶었다
2월의 끝을 자꾸 헤아려 보았다
때론 뜰 앞의 목련나무를 붙들고 물어보았다
어떤 부재라든가
어떤 이별이라든가
어떤 회한이라든가
이런 것들을 한꺼번에 잊기 위하여
얼마나 우울해야 하는지
오죽하면 어수선한 마음이 낫겠다 싶을 때도 많았다
저 나무보다 외로울 때도 있었다
가슴 언저리가 2월의 끝처럼 또 복잡하였다
네 말처럼 돌아보면 아무것도 없다
돌아보면 여기서 돌아보는 자는 없다

외롭지 않게 혹은 도산대로 혼자 걷기

1.
외롭지 않기 위해 무작정 걷기 시작했다
그러나 걷다 보니 나 혼자 외롭게 걷고 있었다
한 블록만 더 걷자
높은 빌딩 또 오래된 골목보다
낯선 길 고스란히 느끼는 이 느낌!
아무 생각 없이 그냥 걷자!
도산공원이나 갈까 아님 작은 서점이라도 만나면
시집 코너 앞에 나무가 되어
첫 시집이나 두 번째 시집 낸 시인들을 만나볼까
나는 첫 시집, 두 번째 시집 내고나서부터
쭈욱 외로웠던 것 같다

이 길은 바다로 가는 길이 아니다
또 몇 블록 지나도 서점은 나타나지 않을 것이다
3호선 더 타고 광화문까지 갈까
가만 구멍가게만한 어디 꽃집 하나 없을까
튤립이든 장미든 꽃 한 송이 들고 청년처럼 걷자
2024년 2월 마지막 주 어느 날
오후 다섯 시 삼십 분
이 길에선 청년을 만나기도 쉽지 않다

2.
한 블록 지나 횡단보도 앞에서
열한 시 방향 빌딩 옥상 광고판엔 신차 홍보가 한창이다
신차보다 모델의 움직임이 빠르고 격렬하다
내 느린 걸음으론 붙잡을 수도 없다
신호를 놓치고 놓친 장면을 한 번 더 본다
걸음을 멈추고 광고판을 한 번 더 쳐다보는 행인은 나뿐인 것만 같다
더 걷자

1964
저 회사의 창립 연도 같은 숫자가 크게 씌여진 빌딩도 봤다
낯설지 않다
저 신호를 받고 우회전하는 노선버스도 전혀 낯설지 않다
40년 전
고속버스터미널에서 노원구 하계동까지 117번 버스 타고 출퇴근했다
깃발을 어디다 꽂아야 할지 몰라 깃발만 들고 다녔다

매일매일 끝에서 끝까지 뛰어다녔다
무지무지 외로웠지만 외로울 틈도 없이 날아다녔다
돌아보면 첫사랑 같은 날들이었다
현실과 비편실의 혼음 관계였다

누군가 옆에서 붙잡아 주지 않았으면 쓰러지고 말았을 것이다
부끄럽지만 시보다 더 급한 것도 많았다

3.
빌딩 디자인도 세월만큼 변했다
유모차에 아이를 태운 외국인 부부가 편의점에 간 일행을 잠시 기
다릴 때
한 블록 더 가면 한강 기슭도 보일 텐데
청담사거리 횡단보도 앞에서 돌아섰다
무엇을 위해 어디까지 꼭 걸어야 할 이유가 없었다

40년 전
저 길모퉁이에서 휙 돌아선 것 같다
지금은 추억이나 외로움을 헤아릴 때가 아니다
무엇에 쫓기고 있거나 쫓겨난 자는 그런 것이다
간밤의 꿈을 손끝으로 더듬을 때도 아니다
나이 들면 꿈은 잊어먹는 게 낫다
꿈에 연연하지 말자
꿈꾸는 것보다 또 꿈을 지워야 할 때가 되었다

4.

외로움이든 추억이든 간밤의 꿈이든 그런 것보다
개인적인 고작 부부싸움 같은 사적인 일에 대하여
잠들기 전 사랑니의 간헐적인 치통에 관한 것이든
공사 중인 산책로 또 바꾸어야 하는 것이든
버튼 잘못 눌러 그동안 주고받은 문자를 날린 것에 대해서든
미운 자를 또 어떻게 대처해야 하는지
2월은 왜 꿈마저 뒤숭숭한지
한 블록 더 걷고 싶다

5.
방금 걷던 길 다시 천천히 되걷는 길
퇴근길 인파에 섞여 퇴근하는 직장인처럼 걷는다
알바 잘린 아저씨처럼 걷는다
다만, 걷다 보면 아무 생각도 없게 된다
건너편 빌딩을 보며 걷지만 대체로 걷는 데 집중한다
집중도 과하면 집착이고 고정관념이 된다
아! 헤어질 땐 또 헤어지게 된다
그때 짧은 치마 입은 젊은 여자가 내 앞을 재빠르게 질러간다

40년 전
되돌아올 생각도 못하고

주중에 경기도 안양까지 날아가 친구들과 폭음을 했을 것이다
택시를 못 잡아
1톤짜리 이삿짐센터 화물차를 타고 출근했다
누군가 큰 채찍을 들어도
차마 용서받기 힘든 불온한 영혼이었을 것이다

6.
다행히 봄날 같은 오후였다
지하철 한 두어 구간을 별 볼일 없이 걸었던 것 같다
남의 동네를 걷는 것 같았다
시 생각도 않고 시간도 생각 않고 혼자 쭈욱 걸었다
헛딛는 것 같았지만
걷다 보니 어떤 생각으로부터 한참 벗어날 수도 있었다
그냥 걷기만 했었다
누군가 볼까 봐 내 가슴을 콱 움켜쥐고 걸었던 것 같다
어느 블록에서도 돌아보지 않았다

이번엔 집사람이 쉽게 용서할 것 같지 않다
(용서하는 자도, 용서 받는 자도 힘들다)
일 년 만에 또 기어코 금주 약속을 깨뜨리고 말았다

비밀번호 맨 뒷자리 하나 생각나지 않아
결국 문을 두드리고 말았다

7.
어느 블록에선 투명인간처럼 걸을 때도 있었지만
버스정류장 부스에 들어가 쭈뼛쭈뼛 서 있다 나온 적도 있었다
케이에프씨
1층 창가에 앉아 오렌지 주스 한 잔으로 목을 축였다
집사람이 건넨 주스 한 잔 덕분에 천군만마를 얻은 장수처럼 앞장
서서 다시 도산대로를 걸을 수 있었다
길이 환해졌다
한강도 한걸음에 건널 것만 같다

어느 무명가수를 위하여

한 번 돌아보고 싶을 때가 있었겠지만
한 번도 돌아보지 않았다
돌아보면 볼 수도 없고 돌아보지 않으면 더 볼 수가 없다
옛사랑도 추억도 그런 것이다
밖에서 친구와 차 한 잔 마시다 보면
옛이야기에 취할 때가 있다
옛이야기 할 때마다 공손해질 때가 있다
더 이상 돌아갈 수 없기 때문이다
가슴을 쿡쿡 찌르는 옛이야기도 있다
대체로 사람에 관한 얘기다
그 사람도 만날 수 없기 때문이다
나무처럼 서 있을 때가 있다
차마 잊을 수 없는 것이 생각났기 때문이다
나무 아래 쪼그리고 앉을 때도 있다
우정도 사랑도 노래도 다 잃어버렸다는 것이다
고개를 다 떨어뜨린 채
한 남자가 평생 감춰두었던 눈물을 쏟고 있다
그는 무엇을 위해

안개의 나라

1.

옛 직장 동료 중 음악 선생은 회식 중 노래를 권하자 벌떡 일어나 〈동백아가씨〉를 불렀다 우리 가곡이나 이태리 가곡이 나올 줄 알았는데 뜻밖의 노래가 나왔다고 동료들이 젓가락으로 식탁을 두드리며 장단을 맞추니까 〈섬마을 선생님〉을 하나 더 불렀다 옛날 옛적 서부영화에 나오던 카우보이 같은 얘기다

2.

안개가 온 나라를 뒤덮었을 때 얘기다 술이라도 마셔야 숨통이 트이던 시절이었다 총이 펜보다 앞서던 혹독한 시대였다 다들 단순하게 살고 싶어 했고 미친 척 하고 무리 지어 뒷골목을 헤매던 시절이었다 용감한 자도 어리석은 자도 단순한 자도 딱 한 사람 앞에서 유독 무서워하던 때가 있었다

부질없는 과거에 대하여

몇 해 전 제자가 보낸 준 화초를 다듬었다
화분 옆에 앉아
그와 함께 관내 백일장에 나갔던 과거가 생각났다
마지막 행 한 군데만 수정하자 했다고
그 어린 나이에 그는 장원 수상을 망설였다
또 화분 옆에 앉아
아내의 발톱을 깎아 주던 시인이 생각났고
산 자는 북으로 갔다던 시인도 생각났다
나의 첫 직장은
내가 생각하던 남쪽보다 더 남쪽에 있었다
숙직실서 자던 날이 늘어만 갔다
하숙집 뜰 앞에는 낙동강이 흐르고 있었지만
해 질 녘 강가를 배회하거나
한 달 전에 근무지를 옮겼다는
어느 시인의 직장 앞까지 쓸 데 없이 다녀오곤 했다
일 년 동안 하숙집을 네 번 옮겨 다녔고
시를 쓰면
구겨서 집어던지던 게 더 많았던 시절이었다
외로운 것보다 서러운 게 많았다

말들이 숨어 있다

크게 웃던 자도 이 빗소리 곁에 누웠다
안 보인다고 나무를 베고
언덕을 무너뜨리던 자도
웃통을 벗고 주먹을 쥐던 자도
창밖의 빗소리에 맥없이 드러눕고 말았다
어떤 녀석은
술에 취한 것처럼 대자(大字)로 뻗었다
언어에 속은 자도
언어를 속인 자도
행간에 뭔가 자꾸만 구겨 넣고 있었다

할 수만 있다면
우리들의 과거와 막연함과 슬픔과 미련과 허황함과 빗소리가 시가
되고 개떡 같은 말이 되었다
그래도 아직도 우리들의 눈에 띄지 않는 말들이 있다
멀리서나마 매일 보는 삼각산 뒤에도 말들이 숨어 있다
비가 그치고 바람이 분다
시보다 현실보다 허구가 땡기는 날도 있다

혼자된 나무

가슴께 아픈 나무가 있었다
나무 앞에서든 사람 앞에서든 아픈 얘기하지 마라
아픈 사람은 마음이 약하다
그가 선뜻 대화에 끼지 못하는 것은
마음이 약해졌기 때문이다
몸보다 약한 게 사람의 마음이다
아픔이 슬픔보다 유독 약할 때가 있다
그가 자꾸만 뒤로 물러나 앉는 것도
다 약해빠진 마음 때문이다
몸보다 마음이 움츠러든 사람도
저 먹먹한 올리브나무처럼
자꾸 저 아득한 제 발등만 내려다본다
나무밖에 아무것도 없는데
또 걸음을 멈추고
제 발밑에 뭐가 있다고 고개를 떨어뜨리게 된다
점점 작아져서
혼자된 나무처럼 제 속만 들여다 볼 것이다

나만 알고 싶은 작가

국내외 장르 불문하고 나만 알고 싶은 한 명의 작가를 꼽는다면…
모 신문사 기자로부터 앙케트 메일을 받았다

김수영 썼다 지우고

김종삼 썼다

신경림 쓸 걸 그랬나

김남주

김지하

박기원

이승훈

신현정

김태정

마리나 이바노브나 쯔베따예바

마흐무드 다르위시

위화

있음과 없음에 대하여

내가 가진 것을 놓았다
이젠 진영이 없다
정치적 노선보다 어떤 도덕성이 무너졌기 때문이다
그보다 퇴직하자마자 적이 없어졌다
나는 없던 적을 다시 만들었다
급한 대로 내가 적이 되었다
나는 적과 함께 시집도 읽고 낮잠도 잤다
다행이다
내가 적이 되고 나서 나는 자유가 되었다
나도 적도 자유로워졌다
이렇게 시만 빼곤 대체로 다 자유로워졌다
시도 자유로워졌다
내가 애써서 시를 쓰는 게 아니라
옆에서 시가 나를 쓰는 날도 있다
나도 시도 자유로워졌다
나는 적과 함께 식탁에 앉아 밥을 먹을 때도 있다
내가 적보다 먼저 일어날 때도 있다
적은 남아서 나의 커피를 마시고 있다
그가 커피를 마시는 동안
나는 그의 적이 된다

꽃샘추위

이 자리에 오기까지 많은 갈등이 있었다
뭐부터 말할까
어디까지 말해야 하나
나한테 말하기가 어려울 때도 있다
누가 내 말을 알아들었을까
나무는 나무를 다 드러낸 것일까
사과는 사과를 가리키는 걸까
일단 꽃샘추위 때문이라고 말하고 보자
아니다 김수영처럼 한 번만 말하자
'이제 내 말은 내 말이 아니다'
창밖은 밝고 환한데
아직도 아무 말도 못 꺼내고 앉아 있다
시간이 좀 더 지나면
이제 내 말도 내 말이 될 것이다
아니다 그게 아니다
이제 내 말도 남의 말이 되고 말 것이다
식구들 다 나가고
혼자 있다 보면
종종 나를 닮은 남자하고 앉아 있는 것 같다

헌옷 정리하기

몇 년째 안 입던 셔츠와 바지를 버렸다
낡은 것도 아니지만 버렸다
낮에는 좀 그렇고
야밤에 헌옷 수거함에 밀어 넣었다
막상 버리려고 하니까 하나도 못 버리겠더라
그것 때문에 버리지 못했다는 순간
버렸다
쓱 밀어 넣기만 하면 되는데
버리고 나니까 가볍다
무거운 것과 가벼운 것을 알 것도 같다
먼 것과 가까운 것도 알 것 같다
얻은 것과 잃은 것도 알게 되었다
아직도 내가 못한 게 많다
거실 책장의 많은 시집을 어떻게 할 것인가
나는 먼 것보다 가까운 것을 모른다
무거운 것과 가벼운 것도 모른다
잃은 것도 얻은 것도 알 수가 없다

꿈속에서 1

꿈속에서 내 시를 읽었다
작년에 발표한 계간지에 실린 신작시였다
몇 군데는 북북 지운 자국이 있었다
이름도 선명했다
자세히 보면 동명이인이었다
이름 옆의 괄호 속 한자는 가운데만 맞고 달랐다
문단에 나도 모르는 동명이인이 있었나
아님 내 시가 남의 시처럼 보였나
아님 내 시를 남의 시처럼 읽어야 하나
아님 내 시가 남의 시가 되었나
내가 남이 되었나

하룻밤에 꿈을 세 개나 꾸었다
지난밤엔 시를 세 편이나 썼다
봄이 손님처럼 다가오고 새소리도 가깝게 들리는데
내가 꾸는 꿈은 봄꿈이 되었다
하룻밤 사이 내 꿈은 일장춘몽이 되었다

꿈속에서 2

길쭉한 사다리를 타고 담을 넘었다
나만 빼곤 다 잘 넘었다
뒤에 있던 긴 치마 입은 여자도 담을 넘었다
나는 담을 넘지 못했다
사다리에 오르긴 해도 담을 넘지 못했다
국민학교 때 꼭 뜀틀 같았다
시험 보는 것처럼 담을 넘지 못했다
더 이상 담을 넘을 사람은 없었다
누군가 톡 쏘아댈 것처럼 사다리를 빼앗을 것 같다
이봐요! 사다리 문제가 아니라니까!
당신이, 당신이 문제라고 말할 것만 같다
담을 넘은 사람도 그렇게 말할 것 같다
이 담장뿐만 아니다
내가 하면 늘 안 되는 게 또 있었다
누군가 높은 담장 위에서 손을 내밀었다
형! 이쪽입니더!
안동에 사는 낯익은 후배시인이었다

꿈속에서 3

지나는 길이었지만 옛 직장에 또 들렀다
같이 퇴직한 동료도 옆에 있었다
운동장에 들어서자마자 아는 얼굴들이 다가왔다
반갑게 악수를 나누는데
옆의 동료와 악수를 나누는 것이었다
나는 건너뛰었다
운동장 끝에 있던 모과나무나 쳐다보았다
안녕!
아는 얼굴과 셋이서 차를 마셨는데
나만 빼고 둘이서 말을 한다
창밖을 내다보았다
내가 최애하던 낯익은 붉은 단풍나무였다
안녕!
그래 이제는 지나가는 길이라도 휙 지나쳐도 되겠다
안녕!
꿈 밖이라 해도 내가 모르는 일이 많다
가까운 것도 멀어질 때가 있다
안녕!

꿈속에서 4

꿈 밖에서 꿈속을 본다
꿈이 저 벽과 같다
한 번 더 보면 벽 넘어 저쪽에 꿈이 보였다
벽 아닌 꿈도 있었다
꿈속에서도 꿈 밖의 눈이 내렸다
무거운 눈이 내렸다
눈송이 하나하나가 무게가 있는 것 같았다
이상한 눈이었다
미처 내리지 못한 눈도 내 눈에 띄었다
답답한 눈이었다
꿈속이든 꿈 밖이든 답답한 것은 무거운 것인가
내 앞의 거울 속에도 눈이 내렸다
환하고 가벼운 눈이었다
꿈속에서도 꿈 밖에서도 보지 못한 눈이었다
작고 따뜻한 눈이었다
공손한 눈이었다

고요한 강

자라섬 중도, 남도를 두어 시간 걸었다
아무 생각 없이 걸었다
오두막 벤치에 앉아
바로 옆의 고요한 강을 바라보기만 했다
아무 생각 없었다
분명한 것은 월요일 오후 세 시쯤이었고
약간의 춘곤증도 있었다
길에 떨어진 나뭇가지를 들고 있다가
그냥 내려놓았다
남도는 조용했다
아무 생각 없을 땐 말도 크게 줄여야 한다
앞산이 아무 말이 없듯이
나도 산이 되고 고요한 강이 되었다
나는 풀이 죽었지만
아주 촘촘하게 직조한 고요가 되었다

남도의 고요
―자라섬

남도(南島)는 텅 비었다 물소리도 바람소리도 약간의 소음도 다 잡아먹은 것 같다 월요일 오후 때문인가 고요는 조용하다는 것과 다르다 고요는 불안하다 고요는 뭔가 다 빠져나가고 불안한 것만 남은 것이다 어떤 노인이 눈도 떼지 않고 하염없이 강을 바라보는 것과 같다 그 앞을 발자국 소리죽여 지나가는 것과 같다 그냥 몇 장의 정물화 같을 것이다 그러나 고요가 또 적막이 되려면 더 큰 침묵이 필요할 것이다 침묵만 갖고 안 될 것 같다 적막은 덧없다는 것이다 여기저기 슬픔도 끼어 있어야 한다 고요는 혼자 가만히 있어도 되지만 적막은 무슨 기운처럼 천천히 퍼져나가는 것이다 남도의 고요를 얘기했지만 남도의 적막을 얘기하고 말았다 뭔가 또 기운이 쭉 빠지는 것 같다 다만 이 모든 적막과 고요를 입에 문, 가마우지가 마치 활주로를 달려 하늘을 나는 초소형 비행기처럼 수면 위를 빠르게 달려가다 날아오르는 것 같다 한겨울 찬물에 머리를 감은 듯 머릿속이 깨끗하다

남도에 처음 왔을 땐 사진도 찍고 길에 떨어진 30센티 정도 나뭇가지도 주워서 들고 왔다 강 위에 비친 앞의 산도 남도의 모든 길도 다 시와 같았다 남도에 관한 모든 것이 다 시가 될 것 같았다 남도에 빠졌다 멀리서 남도를 생각할 때마다 나는 남도에 빠져 들어갔다 남도와 중도 사이에 시가 있었다 시가 될 것 같으면 낡은 그물이라도 무조건 휙 던질 때였다 남도도 두 손으로 콱 움켜쥐고 그물을 끌어당기면 다 끌어당길 것만 같았다 또 남도가 어떤 신전(神殿) 터와 닮았다

고 잠시 엉뚱한 상상도 했을 것이다 암튼 나는 남도의 끝자락이 좋았
다 남도 끝의 남향 벤치가 좋았다 손이라도 담가야 했던 남도의 물이
좋았다 생각의 끝을 담갔다 건져 올려도 좋을 것 같던 남도 끝이 좋았
다 아무것도 없는 2월의 끝이었고 3월의 시작인 남도의 끝이 좋았다
그때 날렵한 보트 한 대가 큰 물고기처럼 머리를 쳐들고 바람처럼 날
았다 남도 끝에는 어떤 파문처럼 물결이 일었다 생각의 끝이 잔물결
에 부딪치고 또 부딪쳤다

강가에 서서

그냥 걷기만 했는데 생각이 줄었다
잠시 강가에 서서
수면에 비친 앞산의 산자락 볼 땐 생각이 끊겼다
생각이 끊기면 아무것도 없게 되는가
생각 끊긴 다음 이 잔상은 무엇인가
이 느낌이 생각을 무너뜨렸다는 걸까
느낌도 줄일 수 있을까
이 외롭고 괴로운 것은 생각일까 느낌일까 욕심일까
아무도 없는 강가에 서서
이렇게 생각하는 것도 이렇게 느끼는 것도
나밖에 없는 것 같다

작은 언덕 위의 저 나무 빼곤 좀 이상하다
나도 뭔가 다르다는 것
한겨울의 끝은 그런 것인가
강 건너
누가 크게 부르는 소리가 들려도 돌아보지 않았다
저 나무처럼
돌아서지도 돌아보지도 않겠다

겸재의 그림을 보며

A4 위에 펜으로 시를 쓰듯이
방금 낙관을 찍은 듯
한여름 오이 밭의 붉은 패랭이꽃과
손을 끝까지 쭉 뻗은 것 같은 오이 넝쿨과
양 날개를 독수리처럼 쫙 펼친
누군가 꿈에 나비가 되어
허공에 든 것 같다
아니다
이 그림 한 점 위해 그림 속으로 나비가 막 비행하는 것 같다
또 지금 당장 따먹어도 이상할 것 없는
오이 두 개와
그림 밖으로 곧장 뛰어나갈 것 같은
저 참개구리

삼척에 있는 문우가 겸재 정선의 〈과전전계〉 그림을 휴대폰으로 보
내주었다
시가 되어야 할 그림 같다고 답장을 보냈다
고맙소

제9부 **벽 혹은 끝까지 가라**

잔치국수

지하철을 한 시간 반 타고 가서
국수 한 그릇 먹고 왔다
어제 텔레비전에 나왔던 집이다
혼자선 엄두가 나지 않아
국수 좋아하는 아내와 같이 갔다
잘했다

배가 터질 것 같았지만
또 한 시간 반 되돌아오는데
배가 다 꺼지고 말았다

국숫집에서

노부부가 앉아 있는 식탁에
먼저 나온 잔치국수 한 그릇 앞에 놓고
아내 분이
두 손 모으고 기도한다
기도 끝날 때쯤
뒤이어 나온 또 국수 한 그릇 앞에 놓고
남편 분이
두 손 모으고 기도한다

노부부는 천천히 국수를 먹기 시작한다
아마도 끝도 같을 것 같다
누군가 한 발 앞서게 되면 또 기다릴 것 같다
저만한 깊이면
앞뒤 더 잴 것도 없으리
저 한순간의 삶이 시가 아니면 무엇이랴

이런 날도 있다

하루만 더 시를 쓰게 되면 일주일째가 된다
한 끼 건너뛰더라도
시는 하루 세 편씩 써지는 날의 연속이었다
오전에 커피믹스 한 잔하면서 한 편
점심 먹다 말고 한 편
저녁 먹고 집을 나서기 전 또 한 편
일주일 내내 폭죽처럼 시가 터지는 날이었지만
내 마음은 나무 밑의 그늘처럼 낮아졌다
다시 밑 빠진 독 같다
전철을 타고 좀 더 먼 곳까지 나가보면
그곳에도 시가 기다리고 있을 것만 같다
갑자기 쏟아진 눈발을 남의 가게 앞에서 피할 때도 있었지만
한 점 한 점 내리던 시를 피할 순 없었다
따뜻한 시가 나를 받아줄 때도 있다
이런 날은 괜한 잡념도 시가 된다

극에 달한 반성

택시에서 내리다 길바닥에 넘어졌다
바닥에 좀 앉아 있었다
이런 실패도 낙담도 아픔도 후회도 극에 달한 것 같고
바닥만 오롯이 남은 것 같다
바닥을 쳤다
바로 앞의 집에 도착하지도 못했는데
이 길도 극에 달한 것 같다
내가 들고 갔던 우산과 시집은 또 어디다 두고 왔을까
우산도 시집도 극에 달했다는 걸까
이번엔 내가 손바닥으로 바닥을 크게 치면서
상체를 일으켜 세웠다
다시 바닥!
한 번 더 힘을 내서 상체를 일으켜 세웠다

낙상이다
술에 취해 넘어졌지만 무릎 통증 말곤 큰 부상은 없다
엑스레이 찍지 말고 이 통증을 겪으며 견뎌 보자
다시 바닥!
성인 키보다 더 높은 축대에서 낙상한 어느 선배 시인은
'아플 땐 반성하는 게 아냐!'*
이즈음 무수골 꽃 생강나무도 봄소식이 들려오는데

사흘 밤낮 누워 마음의 아픔을 겪고 또 견뎠다
세상에 작거나 대수롭지 않은 아픔이란 없다
식구들 동선 피해 밥이나 찾아 먹고
우두커니 앉아 있는 불쌍한 노트북 곁엔 가지도 못하고
무릎께 쿡쿡 찌르는 통증은 숨겼다
그러나 아픔보다 반성이 더 큰 걸 숨길 수 없었다
세상에 똑같은 반성은 반성이 될 수 없다
아픔 실망 회한 치기 수치심을 또 겪는다 해도
극에 달한 이 반성은 반성이 아니다

*황동규

나의 반성은 반성하지 않는다
—2024년 3월 12일 오후 3시 25분

나는 아프지도 않았고 반성하지도 않았다
창밖의 나무가 창밖의 나무가 되듯이
나는 그냥 나무처럼 나무가 되었다
아무리 반성해도 나의 반성은 반성하지 않는다
반성하지 않는 반성도 있는가
아프지도 않는 아픔이 있는가
내가 나의 반성을 반성하지 않는 것처럼
반성하지 못한 반성처럼
내가 나의 반성과 아픔을 모르는 것처럼
내가 너의 아픔과 반성을 모르는 것처럼

바로 그때 앞의 아파트 정문 쪽으로
집사람이 다니는 동네 성당의 신부님과 수녀님이 지나갔다
아 얼마 전에 부임한 신부님!
급하게 성호부터 긋고
'고해성사 할 거 있는데 어떻게 해야 하죠?'
'그냥 하세요!'

벽 1

어떤 날엔 시를 쓰고 나서 던져놓는다
시를 쓰고 나서 퇴고가 없다는 것
그냥 탈고했다는 것
그래야 그 시가 살 것 같다
나도 살 것 같다
방금 쓴 시를 돌아보지 않는다는 것
어려운 일이다
어떤 날은 그렇게 하고 싶다
탈선도 못하고 일탈도 못하고 살지만
그렇게 한 번 하고 싶은 것이다
살아가는데
또 시를 쓰면서
그렇게 한 번 하고 싶을 때가 있다
돌아보지 않고
그냥 던졌다는 것!

벽 2

벽은 우군도 없고 적군도 없다
벽은 진보도 보수도 없다
벽은 동료도 없고 위아래도 없다
때론 비열하지도 않고 순수하지도 않다
벽은 포기할 줄 모른다
벽은 은행 강도는 아니겠지만
성실한 노동자도 아니다
벽도 바위처럼 한곳에 살지만
무너질 때도 있다
그러나 그곳에 다시 풀처럼 벽이 생긴다
벽은 무너지지 않는다
벽은 끝까지 가도
끝이 없다
벽은 때때로 종교 같을 때도 있다
벽 앞에서 기도하는 사람도 있다
벽에 부딪쳐 깨지는 자도 있다
벽이 세상에 존재하는 까닭이다

벽 3

벽에 부딪쳐 보면 알 것이다
세상의 끝이 있다는 것을!
벽은 큰 산의 바위보다 인정도 없고
나무보다 높다
세상의 끝은 끝이 아니라
벽이다
벽은 표정도 없지만 물러서지도 않는다
세상이 끝났다 해도
벽은 끝이 아니다
벽은 그 끝난 곳에서 다시 일어나
전사(戰士)처럼 공격한다
벽에 부딪쳐보라
어떤 깃발처럼
두려움도 없고 절망도 없고 패배도 없다
벽이 가진 절대적인 용기다
벽은 그 어떤 것과 연대하지 않는다

벽 4

거기쯤에서 뒤돌아섰어야 하는데
끝까지 갔다
(하마터면 그 밤에 춘천까지 갈 뻔했다)
끝에는 끝이 아니라 벽이 있었다
아주 위험한 벽!
벽에 기대었다가 벽 앞에 주저앉았다
벽은 벽이었다
벽이 할 수 있는 게 아무것도 없었다
벽 저 너머엔 아무것도 없다
시인이 시 하나만 갖고 살아도 힘들듯이
벽도 벽 하나만 해도 힘들다
벽에 어깨를 부딪치고 나서
벽은 벽이고 끝은 끝이라고 말하려다가
벽은 벽이 아니고 끝은 끝이 아니다
간신히 고쳐 쓴다
내가 끝까지 가지 않아도 끝이 되고
벽은 벽이 된다
술자리든 뭐든 끝까지 가지 말자

벽 5

내가 동굴 안에 있었다
늘 다니던 길에 미끄러진 적이 있었다
내가 어떤 사람과 헤어진 적도 있었다
그가 모르게
내가 먼저 돌아선 적도 있었다 바로 거기!
시집 원고 묶어서 모 출판사에 보냈다가
되돌아온 적이 있다
이번엔 모 출판사에 원고를 들고 찾아갔다 거기!
문단에서 어떤 자와 다툰 적이 있다
주먹을 휘두르면 다 끝날 것 같았다 거기!
미발표 시를 이렇게 쌓아놓고 사는
모래탑처럼 쌓아놓은 거기!
거기!
나의 벽이 있었다

벽 6

꿈도 벽이다 꿈이 더 이어지지 않는다 꿈은 꿈속에서만 살아있다
꿈 밖도 벽이다 어느새 벽이 꿈이다 벽은 살아있다 꿈도 살아있다 벽
이 문이다 문이 벽이다 벽이 길이다 벽에 부딪친 자는 안다 길은 저
벽 안에 있다 꿈도 저 벽 안에 있다 모든 길은 벽에서부터 시작한다
벽이 나를 볼 때가 있고 내가 벽을 볼 때도 있다 마침내 벽을 뚫고 나
간 이도 있다

벽에다가 시를 쓴 자도 있다 시가 벽이 되고 벽이 시가 되던 시절 얘
기다 어떤 자는 벽면에 대자(大字)로 써놓고 대자보라 하였고, 어떤 자
는 벽면에 큰 그림을 그려놓고 벽화라 하였다 시인들이 벽을 무너뜨리
려고 하던 시절 얘기다 시가 오지 않듯이, 이제 더 이상 그런 시대는
오지 않는다 그러나 이제는 역사가 없다 이미 역사가 없는 시대가 도
래하였다 벽도 알고 시인들도 알고 있다

벽 7

돌아보지 않고 달리는 말처럼 시를 썼다
귀가 먹먹했다
오직 노트북 키보드 소리 하나만 기대고 달렸다
단, 냉장고 소음은
귀에서 맴도는 귀뚜라미 소리와 같았다
눈앞이 멍했다
결코 벽이라고 생각하지 않는다
낮에는 사제(司祭)의 뒷모습을 바라보았고
밤에는 대리기사와 야간 경비원과
혼자 길을 걷는 중년 여자와
폐지 잔뜩 싣고 가는 리어카 할머니와
담배 피우는 여자와 낯익은 청년을 보았다
하루가 완성되는 것 같다

봄비

저 창밖에는 때마침 보슬비 오는 중이다
이 비는 오후 내내 올 것 같다
창밖만 내다보아도 시 한 줄이 될 것 같다
빗줄기 헤아릴 만큼 선명하다
오후 세 시
낮비
밖은 조용하다
커피 기다리는 동안 다시 창밖을 내다본다
이번엔 눈이 내린다
눈 알갱이를 다 헤아릴 만큼 뚜렷하다
지상에 내려와 뒹굴기도 한다
깨알 같은 손글씨만한 우박도 보였다
진눈깨비 같다고 해야 하나?
오후 두 시
방금 지하철에서 옛 제자의 전화를 받았다
세상 떴다는
출퇴근 같이 하던 옛 직장 동료 M 선생의 부음을 알려주었다
친구들의 부음을 들을 나이가 되었나
슬픔을 작고 짧게 할 수 있다는 게 놀라웠다
늙었다는 것!

늙은 떠돌이의 침묵 1

친지들과 앉다 보면 나이 든 축에 속한다
당숙이나 백부 축에 끼었다는 것
이미 한 세대는 넘어선 것 같다
나 스스로
내 입을 콱 틀어막아야 할 때가 되었다
(입틀막)
그렇게 또 생각해야 한다
집안에선 오래전에 오촌 당숙이 되었다
조카며느리들 앞에선
시인보다
한 항렬 위의 당숙 흉내도 내야 한다
문단이든 예능이든 정치판이든
지금은 이유불문하고 조카들의 시대가 되었다
나도 뒷방 늙은이 처지가 되었다
그렇게 되고 말았다
삭발 하고 벽면을 향해 가부좌하긴 어렵다 해도
하루에 두어 번 입을 다물어야 할 것 같다
늙은 떠돌이는 그런 것이다

참을 수 없는 것

1.

하! 나도 이제 더 이상 나를 용서할 수가 없다
나도 이젠 내가 무서워졌다
화가 나서 일주일째 모든 외출도 끊어버렸다
커피믹스 끊고 유튜브 쇼츠 다 끊었다
집사람한테 당신 볼 면목이 없다는 문자만 남겨두었다
침대에 누워 있다가
사흘째 되던 날, 시 쓸 때만 겨우 일어났다
다시 침대에 누웠다
맨땅에 넘어졌다가 바로 일어나지 못했더니
캄캄한 벽이 따로 없더군!
오죽하면 「벽」이라는 연작을 하룻밤에 여섯 편 썼겠는가!

2.

견딜 수도 없었지만 도저히 참을 수가 없더군!
복기도 잘 안 되었지만
몇 군데 기억만 더듬어도 한 십 년 감수한 것 같다
내가 나를 도저히 용서할 수 없게 되었다
빼박이다!
용서하면 성숙한다는 길상사 회주 스님의 법문도
남을 용서할 때 성숙한다는 것이리라

내가 나를 용서하면 한 발짝도 더 나아갈 수 없다
할!

3.
동굴 속에서 벽만 보고 살아야 하겠다
이 벽도 나를 외면하는 것 같아 돌아누우면 또 벽이었다
힘들면 자꾸 눕게 된다는 것도 알았다
그래도 입을 열지 않았다
혼잣말이라도 할 것 같아 주먹을 입에 갖다 대고 살았다
한 일 년 이렇게 살아야 할 것 같다
뜰 앞의 목련도 몽우리가 점점 달아오르는데
무수천변도 환하게 달라졌을 텐데
나는 어디서 음주가무를 배웠길래 이렇게 헤매고 다니는가?
어디서?
맨땅에 엎드려 기도한 자는 누구였던가?
어디서부터 꼬였다는 걸까?
"세상은 더 이상 술에 취한 시인을 용서하지 않는다!"
"시인 아닌 듯 살아야…"
(이 시는 여기서 급하게 줄여야 하겠다)

건대입구 6번 출구

몇 해 전 여기서 술 마셨던 친구와 또 만났다
술 나오기 전에 세상 뜬 동창생들의 이름이 먼저 나왔다
그가 한 친구를 호명하면 곧이어 내가 받았고
내가 또 한 친구를 호명하면 그가 받았다
이종석, 최준관, 김종건…
저 창밖에 봄비가 또 진눈깨비로 바뀌거나 말거나
이 술과 안주는 음복이 되어야 할 것 같다

아! 오늘은 저 빗속을 헤매고 다닐 것만 같다
산 자는 어디서든 헤매고 떠도는 것 아니냐
더 크게 산 자는 더 크게 헤매고 떠도는 거 아니냐
옹졸한 자는 집에 있을 테고
더 옹졸한 자는 어디에 처박혀 있어야 하나
제 가슴속에서만 헤매고 떠돈 자는?
내 친구들은 어디서 떠돌고 헤매고 다녔다는 걸까
북평 장터? 추암 촛대바위? 무릉계곡?

소양강댐 언저리서 20년째 살고 있는 내 친구도 크게 떠도는 자가
아닌가?
   춘천 시내 멀쩡한 아파트 놔두고 뚝 떨어져
   잉어 붕어 쏘가리 잡으며 자연인처럼 살고 있으니까!

"한번 오라니까!" "언제?" "365일 언제라도!"
"쏘가리 때도 좋고 뒷산 송이 날 때도 좋지!"
"양구 수인리까지 오면 5분 안에 배로 데리러 갈게!"
"방 하나 내줄 테니까 와서 시 써!"
오징어, 낙지볶음 하고
보해 복분자 세 병, 맥주 한 병, 소주 한 병…
딱! 거기까지!
나는 어디 더 떠돌지도 못하고 헤매지도 못하고…
필름 끊겼다

끝까지 가라*

끝까지 가지 마라
끝까지 갔다가 한 사나흘씩 누워있을 때도 있고
일주일, 이주일 산책 끊을 수도 있다
술자리에서 슬쩍 빠져나가도 되고
남의 집 낡은 배를 훔쳐 강을 건넜다 해도 괜찮다
끝까지 가지 마라

끝까지 가지 마라
끝까지 갔다가 집구석에 처박혀 있을 수도 있고
하루아침에 집에서 쫓겨날 수도 있다
사방팔방 캄캄한 벽일 때도 있다
치욕이나 실망이 아니라 고립무원이 될 수도 있다
단, 한 가지!
생각보다 생각지도 않던 시가 쏟아질 수도 있다
운이 좋을 때 얘기다

끝까지 가지 마라
육십, 칠십 나이를 먹었으면 끝까지 가지 마라
젊어서부터 했다면 모르겠지만…
아무것도, 아무것도 바라지 않고
사랑이든 돈이든 예술이든 명예든 술이든 신념이든

아무것도, 아무것도 없이
이 세상 끝까지, 끝까지 갈 수 있다면
끝까지 가라
그대 혼자 가라

*찰스 부코스키

작은 침묵

그녀가 주방 창문 앞에 서 있다
우두커니 서 있다
허공을 보고 있다는 것이다
말이 없다는 것이다
무슨 생각이 많아졌다는 것이다
딴마음이 들었다는 것!
커피 물이 끓기를 기다리는 게 아니다
잠깐 깜빡한 게 아니다
뭔가 집요하게 생각하고 있다는 것!
한곳만 응시하고 있다
말이 없다
생각을 비우겠다는 게 아니다
뭔가 되새기고 있다는 것!
뭔가 되뇌고 있다는 것!
뭔가 다 던질 것 같다는 것!

더 작은 침묵

더 작은 침묵과 고요는 구별하기 힘들다
더 작은 침묵은 지금 창밖의 빗소리보다 작고
밤새 내린 눈보다 고요하다
때론 저 산보다 엄숙하다
더 작은 침묵은 마음속에 빠져들 때도 있지만
말수가 없는 노인 같을 때도 있다
가끔 부질없고 하릴없을 때도 있다
세상의 어떤 햇빛조차 들지 않고
세상의 어떤 소리도 들리지 않는
아주 작고 또 갑갑한 쪽방 같을 때도 있다
깊은 산속보다 깊다
세상의 고요가 아니라 이 세상에 없는 고요 같다
작은 방에 혼자 앉아 있을 순 있어도
더 작은 침묵은
작은 방에서 할 수 있는 게 아니다
지금 벽에 탁! 부딪친 자의 것!
탁!
탁!

제10부 **오래된 농담**

농담

　농담 같은 시를 쓰고 싶다 어영부영 문장을 만들고 간도 좀 맞추면서 그러나 간이 맞지 않는 약간 짜지 않게 약간 맵지도 않게 약간 매콤하게 약간 쌉싸름하게 약간 달짝지근하게 약간 담백하게 조금 더 싱겁게 약간 보기 좋게 약간 씹기 좋게, 읽다가 약간 웃게 하고 싶은 또 씨익 웃고 말 것 같은 시

시인 둘이서 걸어야 시가 되나

1.

추어탕과 소주 한 병 반주하기 전
박세현 형과 함께 주문진을 한 바퀴 돌았다
오징어잡이 어화(漁火) 보다
더 환한 대낮 같은 건어물 가게들을 지나
주문진항을 향해 또 한 컷 저장했다
명절 때 혼자 수차례 걸어 다녔던 이 길도
시인 둘이서 걸어야 시가 되는
이상한 이 낯선 느낌!

도중에 모 건어물 가게 앞에서 큰댁 제수씨를 만났다
"아주버니! 언제 오셨어요?"
"아 들켰네!"

2.

큰 축항 입구 어상자(漁箱子) 제작하던 〈오대물산〉
우리 집 과거는 싹 다 없어졌더군!
지금은 해풍에 말린 오징어 파는 건어물 가게와
주문진 곰치국 전문집이라는 커다란 간판이
좀 이른 시각인데 불야성 같더구먼!
우리 집 옆의 큰 도랑도 이미 다 덮어버렸더군!

등대 쪽을 등지고 또 한 컷 저장했다
혼자 몇 번 눈여겨보았던 옛집 근처도
시인 둘이서 둘러보아야 시가 되나

"목재소 자리가 이쪽에 있었고 여기까지 우리 집이었어요"
일순 가슴 언저리에 담이 걸린 것 같다
"세발자전거도 있었어요"

3.
시인 둘이서 함께 마신 술이 시가 되었나
그날 함께 걸었던 저 길목이 시가 되었나
텅 빈 300번 버스 뒷모습이 시가 되었나
다음날 문자로 보내준 시인의 시가 이렇게 시가 되었나
아! 〈주문진 천주교회〉가 또 시가 되었나
그날 왼쪽 등에 걸렸던 담이 시가 되었나
이 시 한 편 탈고했는데 왜 이렇게 무거운지 모르겠네!

난해한 기억이여

버스 터미널에서 표를 바꿔가면서 동창과 호프 마시던
이승훈 선생의 그 시는 어디에 있을까
새해 벽두부터 왜 그 시가 갑자기 생각나서
아무것도 못하고 마는 걸까
그 시는 어디 있을까
그 시를 찾지 못하면 내일 치과 예약도 취소해야 하고
새해 신작시도 못 쓰고 오후 선약도 깨고…
황금알 판 전집에서 읽은 것 같은데
그 시는 어디에 있을까
시인한테 당장 물어보고 싶은 마음이 굴뚝같은데
이미 몇 해 전 이맘때쯤 작고했다

이틀째 이 전집을 붙들고 있는데
(참고로 631쪽이며 시집 15권 전작 시전집이다)
한 손으로 들고 읽기도 무거울 지경이다
두 번째 읽고 있는데 아직도 찾지 못하고 있다
오늘도 하루가 다 갔다
혹시 전집이 아니라 다른 시집에서 읽었나
강박증도 아니고 예민한 것도 아니고 집착도 아니고 이게 또 뭘까?
평소에도 화장실 슬리퍼 가지런히 놓아두는 것도
다 이런 증상의 일종 아닐까?

안방에 그냥 켜놓은 에프엠 라디오 소리 듣다
깜빡 잠이 들었다
코 고는 소리가 거실에서 들릴 정도였다고 한다
아 챗지피티한테 그 시를 찾아달라고 하면 어떨까
내가 기억력이 좋다는 건지 나쁘다는 건지 나도 모를 일이다
오오 난해한 기억이여 난해한 사랑이여

밤을 노래하다

1.

너는 결국 가게 문을 조용히 닫았다

너는 어둠이 되었고 이 밤보다 더 우울한 꽃 한 송이가 되었다

마침내 너는 이곳을 등지고 산으로 갔고

나는 이곳을 등질 수가 없었다

너는 등에 커다란 돌을 지고 산으로 갔고

나는 능선을 오르다 산을 내려왔다

너는 떠나는 것을 배웠고

나는 떠날 줄도 머물 줄도 몰랐다

2.

칼바람 부는 날엔 바람이 불어도 바람을 알 수 없고

눈 오는 밤엔 눈이 내려도 눈을 알 수가 없다

내가 알 수 있는 것은 없고 내가 모르는 것은 밤보다 깊다

노래를 못 부르는 것은 알고 있었지만

노래를 더 못 부를까 봐 걱정하는 밤은 깊어만 갔다

밤이 깊으면 밤은 또 어둡고 아름답지만

너는 어두운 것도 아름다운 것도 다 버렸을 것이다

심지어 네 노래는 너 혼자 부르기에도

어둡고 무거운 것이리라

3.

그러나 아름답고 깊은 밤은 무엇보다도 아름답고 깊은 밤이다

밤이 깊어 간다

네가 없는 이곳의 밤이 좀 더 깊어졌다

밤에는 밤의 노래를 불러야 한다

밤은 언제나 외로운 자의 나라다

동서고금을 막론하고 외로운 자만 밤을 노래할 수 있다

깊은 밤이다

다만 떠난 자를 노래하지 마라

밤보다 더 깊은 산으로 간 자를 노래하지 마라

너는 결코 돌아오지 않을 것이고

나는 떠나지 않을 것이다

4.

아니다 생을 탕진한 자만 밤을 노래할 수 있다

밤을 새운 자만 밤을 노래할 수 있다

이 밤이 조용하다고 세상이 조용한 것은 아니다

밤이 깊어도 밤의 깊이를 알 수 없다

이 밤보다 더 조용하다고 하여 모두가 잠든 것도 아니다

이 밤이 더 깊고 다 가라앉은 밤이 되어도

밤을 새운 자들은 알 것이다

5.

밤을 새운 자들은 무엇인가 또 무엇인가 말하려고 할 것이다
두 귀를 기울여도 들리지 않는
이 밤보다 더 깊은 저 어둠을!
이 밤의 노래는 어쩌면 이 어둠보다 잠들지 못하는 이들의 노래일
것이다
불면 불면 불면
새벽 세 시와 다섯 시 사이
몇 번이나 돌아누웠을 것이다
밤의 노래는 무엇인가 또 무엇인가 노래하고 있다는 것이다
아무리 귀 기울여도 들리지 않는
깊은 어둠의 노래를!

6.

아무리 답답해도 저 어둠의 노래는 들리지 않을 것이다
아무리 답답해도 저 밤의 노래는 들리지 않을 것이다
그것은 너의 노래도 아니고 나의 노래도 아니다
저 인생사 노래도 이 깊은 밤의 노래도 누구의 것이 아니다
머리가 센 백지 같은 밤
너의 노래와 너의 언어도 어둠이 되었고 다시 밤이 되었다

7.

너에 관한 또 이 어둠에 관한 내력을 여기다 기록할 순 없다

이 덧없음도 굳이 기록할 필요가 없다

꿈꾸는 자에 대해서도

만날 수도 없는 자에 대해서도 더 이상 기록할 게 없다

다만 아주 먼 곳에

영 너머 아주 먼 곳에, 이번엔 문학청년이 아니라 문학소녀가 아주

나이 어린 소녀가 밤을 기다리다 지친 밤이 있다면

아직도 그런 밤이 큰 짐승처럼 서성이고 있다면

누군가 거대한 음모처럼 이런 세계가 반복되기를

도모하고 있다면

공모하고 있다면

나는 그곳에 가서 늙은 타이피스트가 되고 싶다

풍경과 심경

ⓒ강세환, 2024

1판 1쇄 인쇄_2024년 10월 20일
1판 1쇄 발행_2024년 10월 30일

지은이_강세환
펴낸이_양정섭

펴낸곳_경진출판
      등록__제2010-000004호
      사업장주소__서울특별시 금천구 시흥대로 57길 17(시흥동, 영광빌딩), 203호
      전화__070-7550-7776 팩스__02-806-7282
      홈페이지__https://mykyungjin.tistory.com
      이메일__mykyungjin@daum.net

값 31,000원
ISBN 979-11-93985-37-3 03810